Ze Země na Měsíc

Kapitola 1.

Zbraňový Klub

Během války vzpoury byl ve městě Baltimore založen nový a vlivný klub ve státě Maryland. Je dobře známo, jakou energií se mezi národem majitelů lodí, obchodníků a mechaniků vyvinul vkus pro vojenské záležitosti. Prostí živnostníci vyskočili ze svých pultů, aby se stali vyhnulými kapitány, plukovníky a generály, aniž by někdy absolvovali výuku na západním bodě; nicméně; rychle soupeřili se svými konkurenty starého kontinentu a stejně jako oni předvedli vítězství díky bohatým výdajům na munici, peníze a muže.

Ale místo, ve kterém Američané jednotlivě distancovali Evropany, bylo ve střelecké vědě. Ne, že jejich zbraně si udržely vyšší stupeň dokonalosti než ty své, ale že vykazovaly neslýchané rozměry, a v důsledku toho dosáhly dosud neslýchaných dojezdů. V případě pastvy, vrhání, šikmého nebo šikmého střelby, nebo střílení bez střelby se anglické, francouzské a prusové nemají co učit; ale jejich děla, houfnice a minomety jsou pouhé kapesní pistole ve srovnání s impozantními motory amerického dělostřelectva.

Tuto skutečnost není třeba nikoho překvapit. Yankees, první mechanici na světě, jsou inženýři - stejně jako Italové jsou hudebníci a němečtí metafyzici - podle narození. Nic není tedy přirozenější než vnímat je, jak aplikují svou odvážnou vynalézavost na vědu střelecké. Svědky divů papouška, dahlgrenu a rodmana. Zbraně Armstrong, Paliser a Beaulieu byly nuceny klanět se před jejich transatlantickými soupeři.

Nyní, když má Američan nějaký nápad, přímo se o něj snaží sdílet druhého Američana. Pokud jsou tři, volí prezidenta a dva tajemníky. Vzhledem k tomu, že jsou čtyři, jmenují správce záznamů a kancelář je připravena k práci; pět, svolávají valnou hromadu a klub je plně ustaven. Takže věci byly zvládnuty v baltimoru. Vynálezce nového děla se spojil s kolečkem a vrtákem. Tak se vytvořilo jádro „zbraňového klubu“. Za jediný měsíc po svém vzniku měl 1 833 účinných členů a 30 565 odpovídajících členů.

Jedna podmínka byla uložena jako sine qua non každému kandidátovi pro přijetí do sdružení, a to byla podmínka, že navrhl nebo (více či méně) zdokonalil dělo; nebo ve výchozím nastavení děla alespoň střelná zbraň nějakého popisu. Lze však zmínit, že pouhí vynálezci revolverů, střeleckých karabin a podobných ručních palných zbraní se setkali s malou pozorností. Artilisté vždy veleli hlavnímu příznivci.

Odhad, ve kterém byli tito pánové drženi, podle jednoho z nej vědeckých exponentů klubu zbraní, byl „úměrný masám jejich zbraní a v přímém poměru čtverce vzdáleností dosažených jejich projektily“.

Jakmile jednou klub založil, je snadné si představit výsledek vynalézavého génia Američanů. Jejich vojenské zbraně dosáhly kolosálních rozměrů a jejich projektily překročily předepsané limity, bohužel občas rozřezaly dva neoficiální chodce. Tyto vynálezy ve skutečnosti nechaly daleko vzadu plaché nástroje evropského dělostřelectva.

Je však spravedlivé dodat, že se tito yankees, stateční, jak se kdy dokázali, neomezili na teorie a vzorce, ale že za své osobní vynálezy platili těžce, pro pro person persona. Mezi nimi měli být počítaní důstojníci všech řad, od poručíků po generály; vojenských mužů každého věku, od těch, kteří právě debutovali v povolání zbraní, až po ty, kteří stárli v kulometu. Mnozí si našli odpočinek na bojišti, jehož jména vycházela z „čestné knihy“ klubu zbraní; a těch, kteří se vrátili, větší podíl nesl známky jejich nesporné odvahy. Ve sbírce byly všechny berle, dřevěné nohy, umělé paže, ocelové háčky, kaučukové čelisti, stříbrná lebka, platinové nosy; a podle velkého statistika pitcairna bylo vypočteno, že v klubu zbraní nebyla úplně jedna ruka mezi čtyřmi osobami a dvě nohy mezi šesti.

Tito stateční artilleristé přesto tato malá fakta nijak zvlášť nezohlednili a cítili se oprávněně hrdí, když expedice bitvy vrátila počet obětí na desetinásobek množství projektilů.

Jednoho dne však - smutný a melancholický den - byl mezi přeživšími válkou podepsán mír; hrom pistolí postupně ustal, minomety mlčely, houfnice byly zamlžené na dobu neurčitou, dělo se stlačenými náhubky se vrátilo do arzenálu, výstřel byl odpuzen, všechny krvavé reminiscence byly odstraněny; na bavlněných rostlinách rostly bujné rostliny, všechny smuteční oděvy byly odloženy stranou a zármutkem; a klub zbraní byl odsunut do hluboké nečinnosti.

Někteří nemnoho pokročilejších a nadšených teoretiků se pustili do práce na výpočtech týkajících se zákonů projektilů. Vždy se vraceli k obrovským granátům a houfnicím bezkonkurenčního kalibru. Jaká byla hodnota pouhých teorií? V důsledku toho se klubovny staly opuštěnými, sluhové v předsíních, noviny rostly plesnivě na stolech, zvuky chrápání pocházely z temných rohů a členové klubu zbraní, kteří byli v jejich seancích tak hluční, byli ztišeni tento katastrofální mír a zcela se vzdali snů o platonickém druhu dělostřelectva.

"to je hrozné!" řekl jednoho lovce tom jeden večer, zatímco jeho dřevěné nohy rychle karbonizovaly v krbu kuřácké místnosti; „Nic se nedělat! Na co se těšit! Jaká zlověstná existence! Kdy nás zase zbraně vzbudí ráno jejich nádhernými zprávami?"

„ty dny jsou pryč," řekl vesele bilsby a pokusil se natáhnout své chybějící paže. „bylo to jednou za čas nádherné! Jeden vynalezl pistoli a těžko to bylo obsazení, když se spěchal, aby si to vyzkoušel před nepřítelem! Pak se jeden vrátil do tábora se slovem povzbuzení od Shermana nebo přátelského chvění ruka mclclellanu. Ale teď jsou generálové vráceni zpět ke svým pultům a místo projektilů odesílají balíky bavlny. Díky jove je budoucnost střelby v Americe ztracena! "

"ay! A žádná vyhlídka na válku!" pokračoval slavný james t. Maston, poškrábal se svým ocelovým hákem na lebce gutaperče. „Na obzoru není oblak! A to také v tak kritickém období v postupu vědy o dělostřelectvu! Ano, pánové! Kdo vás oslovuje, dnes ráno jsem zdokonalil model (plán, řez, výšku atd.)) malty určené ke změně všech podmínek válčení! "

"Ne! Je to možné?" odpověděl lovec, jeho myšlenky se nedobrovolně vrátily k bývalému vynálezu hon. Jt maston, kterým se mu při prvním pokusu podařilo zabít tři sta třicet sedm lidí.

"skutečnost!" odpověděl. „Přesto, jaké je využití tolika studií vypracovaných, tolik překonaných obtíží? Je to pouhá ztráta času! Zdá se, že nový svět si myslel, že bude žít v míru; a naše tribuna belliózy předpovídá některé blížící se katastrofy, které vzniknou tohoto skandálního nárůstu populace. "

"nicméně," odpověděl plukovník blomsberry, "v Evropě se vždy snaží udržet princip národnosti."

"studna?"

"no, tam dole by mohlo být nějaké pole pro podnikání a kdyby přijaly naše služby -"

"o čem sníš?" křičel bilsby; "pracuje ve střelnici ve prospěch cizinců?"

„to by bylo lepší, než kdybych tady nic nedělal," vrátil plukovník.

„docela dobře," řekl jt matson; "ale stále o tom nemusíme snít."

"a proč ne?" požadoval plukovník.

"protože jejich představy o pokroku ve starém světě jsou v rozporu s našimi americkými zvyky myšlení. Tito lidé věří, že člověk se nemůže stát generálem, aniž by nejprve sloužil jako praporčík, což je tolik, že lze říci, že člověk nemůže namířte pistoli, aniž byste ji nejprve vrhli! "

"směšný!" odpověděl lovec, který se svým bowie nožem natáhl ruce lehkého křesla; "Ale pokud tomu tak bude, vše, co nám zbývá, je pěstovat tabák a destilovat velrybí olej."

"co!" zařval jt maston, „nebudeme zaměstnávat zbývající roky našeho života v zdokonalování střelných zbraní? Nikdy nebude žádná nová příležitost vyzkoušet řadu střel? Nebude už vzduch znovu osvětlen oslněním našich zbraní? Žádné mezinárodní potíže někdy by nám umožnilo vyhlásit válku proti nějaké transatlantické moci? Copak francouzský dřez jednoho z našich parníků nebo Angličanů, v rozporu s právy národů, pověsí několik našich krajanů? "

"žádné takové štěstí," odpověděl plukovník blomsberry; „nic podobného se pravděpodobně nestane; ai kdyby to tak bylo, neměli bychom tím profitovat. Americká náchylnost rychle klesá a všichni jdeme ke psům."

„to je příliš pravda," odpověděl jt maston s novým násilím; „Existuje tisíc důvodů pro boj, a přesto nebojujeme. Zachraňujeme ruce a nohy ve prospěch národů, které nevědí, co s nimi dělat, ale přestaňte - aniž bychom museli jít ven najít příčinu války - nepatřila Severní Amerika jednou k Angličanům? "

„Nepochybně," odpověděl lovec a zběsilost své berle.

„Dobře," odpověděl jt maston, „proč by se Anglie neměla zasa patřit Američanům?"

„bylo by to ale spravedlivé a spravedlivé," vrátil plukovník blomsberry.

„jdi a navrhni to prezidentovi Spojených států," vykřikl

Jt maston, "a uvidíme, jak tě přijme."

"Bah!" zavrčel mezi čtyřmi zuby, které mu válka zanechala; "to nikdy neudělá!"

"holčičko!" vykřikl jt maston, „nesmí se spoléhat na můj hlas při příštích volbách!"

„ani na nás," odpověděl jednomyslně všichni bellicose invalids.

„Mezitím," odpověděl jt maston, „dovolte mi říci, že pokud nemůžu získat příležitost vyzkoušet své nové malty na skutečném poli bitvy, rozloučím se členy zbraňového klubu a jdu a pochovat se v prériích arkansas! "

„v tom případě vás budeme doprovázet," vykřikl ostatní.

Záležitosti byly v tomto nešťastném stavu a klub byl ohrožen blížícím se rozpuštěním, když nastala neočekávaná okolnost, která zabránila tak politováníhodné katastrofě.

V zítra po této konverzaci obdržel každý člen sdružení zapečetěný kruhový gauč takto:

Baltimore, říjen 3. Prezident střeleckého klubu má tu čest informovat své kolegy, že na schůzce v pátém okamžiku přinese před sebou komunikaci mimořádně zajímavé povahy. Požaduje proto, aby bylo vhodné účastnit se v souladu s touto pozvánkou. Velmi srdečně, impey barbicane, pgc

Kapitola ii

Komunikace prezidenta barbicane

5. Října, v 20 hodin, hustý dav přitlačil k salónům střeleckého klubu na ne. 21 unie náměstí. Všichni členové sdružení žijící v baltimoru se zúčastnili pozvání svého prezidenta. Co se týče odpovídajících členů, byly ulice doručovány stovkami ulicemi města, a jak velká byla velká hala, bylo dost nevhodné ubytovat dav savantů. Přetékali do sousedních místností, po úzkých průchodech, do vnějších nádvoří. Tam narazili na vulgární stádo, které se přitisklo ke dveřím, každý se snažil dosáhnout frontových řad, všichni dychtili dozvědět se podstatu důležité komunikace prezidenta Barbicana; všichni tlačí, mačkají, drtí se s dokonalou svobodou jednání, která je pro masy tak typická, když je vzdělávána v myšlenkách „samosprávy".

Toho večera nemohl cizinec, který mohl mít šanci být v baltimoru, získat vstup do lásky a peněz do velké haly. To bylo vyhrazeno výhradně pro rezidenty nebo odpovídající členy; nikdo jiný nemohl získat místo; a městští magnáti, městští radní a „vybraní muži" byli nuceni mísit se s pouhými městskými obyvateli, aby zachytili toulavé kousky zpráv z interiéru.

Nicméně obrovský sál představoval zvláštní podívanou. Jeho obrovská oblast byla jedinečně přizpůsobena účelu. Vznešené sloupy tvořené kanónem, superponované na obrovských maltách jako základně, podporovaly jemné kování oblouků, dokonalý kus litinové krajky. Trofeje blunderbuses, matchlocks, arquebuses, carbines, všechny druhy střelných zbraní, starověkých i moderních, byly malebně propleteny proti stěnám. Plyn se rozžhavil v plném záři nesčetných revolverů seskupených do podoby lustrů, zatímco skupiny pistolí a svícnů tvořené mušketami spojenými dohromady dokončily toto nádherné zobrazení brilantnosti. Modely kanónů, bronzových odlitků, mířidel pokrytých zářezy, talířů zasažcných výstřely střeleckého klubu, sortimentu pěchů a houbiček, pouzder skořápek, věnců projektilů, girlandy houfnic - zkrátka všechny přístroje artilisty, očarovalo oko tímto úžasným uspořádáním a vyvolalo jakési přesvědčení, že jejich skutečný účel byl spíše okrasný než smrtelný.

Na dalším konci salonu obsadil prezident s pomocí čtyř tajemníků velkou platformu. Jeho židle, podepřená vyřezávaným kulometem, byla modelována podle přemýšlivých rozměrů 32 palcové malty. Bylo namířeno pod úhlem devadesáti stupňů a zavěšeno na obušcích, aby se na něm prezident mohl vyrovnat jako na houpacím křesle, což je velmi příznivá skutečnost ve velmi horkém počasí. Na stole (obrovská železná deska podepřená na šesti karonádách) stála inkoustová stezka nádherné elegance, vyrobená z krásně pronásledovaného španělského kusu, a sonnette, který mohl v případě potřeby vydat zprávu rovnou zprávě revolveru. Během násilných debat tento nový druh zvonku stěží stačil utopit výkřik těchto vzrušujících artilleristů.

V přední části stolu byly lavice uspořádány v klikaté formě, stejně jako obvody překlenutí, tvořily posloupnost bašt a záclon oddělených pro použití členy klubu; a tento zvláštní večer bychom mohli říci: „Celý svět byl na hradbách." Prezident byl však dostatečně známý, aby si všichni mohli být jisti, že své kolegy nepohodlí bez nějakého velmi silného motivu.

Impey barbicane byl čtyřicetiletý muž, klidný, chladný, strohý; jedinečně seriózního a samostatného chování, přesné jako chronometr, nepohodlné povahy a nehybného charakteru; v žádném případě nezdvořilý, ale dobrodružný a vždy přinášející praktické nápady, které se týkají nejodvážnějších podniků; v podstatě nový englander, severní kolonista, potomek starých anti-stuartových kulatých hlav a nesmiřitelný nepřítel pánů z jihu, ti starověcí kavalíři z mateřské země. Jedním slovem byl yankee na páteři.

Barbicane vydělal velké štěstí jako obchodník se dřevem. Byl jmenován ředitelem dělostřelectva během války a ukázal se být plodným ve vynálezu. Odvážný ve svých představách, mocně přispěl k pokroku této paže a dal obrovský impuls experimentálním výzkumům.

Byl osobností střední výšky a ve vzácných výjimkách měl v kulovém klubu všechny své končetiny kompletní. Jeho silně označené rysy vypadaly přitažlivé čtvercem a pravidlem; a je-li pravdou, že k posouzení postavy člověka je třeba se podívat na jeho profil, projevil takto zkoumaný barbicane nejzajímavější náznaky energie, drzosti a zpívané žlázy.

V tuto chvíli seděl ve svém křesle, tichý, pohlcený, ztracený v odrazu, chráněný pod kloboukem s vysokou korunou - jakýsi černý válec, který se vždy zdá pevně přišroubovaný k hlavě Američana.

Právě když hluboko tónované hodiny ve velké hale udeřily osm, barbarský, jako by byl spuštěn pružinou, se zvedl. Následovalo hluboké ticho a řečník, poněkud důrazným tónem hlasu, začal takto:

"Moji stateční, kolegové, příliš dlouho už paralyzující mír uvrhl členy zbrojního klubu do žalostné nečinnosti. Po letech plných incidentů jsme byli nuceni opustit naši práci a zastavit se na cestě pokroku „Neváhám tvrdit, že jakákoli válka, která by nás vyvolala ke zbraním, bude vítána!" (ohromný potlesk!) „ale válka, pánové, je za stávajících okolností nemožná; a jakkoli si to můžeme přát, může uplynout mnoho let, než se naše dělo znovu rozhoří v bitvě. Musíme si tedy vymyslet mysl, hledat v jiné soustavě nápadů nějaké pole pro aktivitu, za kterou jsme všichni borovice. "

Schůzka měla pocit, že se prezident nyní blíží ke kritickému bodu, a podle toho zdvojnásobil svou pozornost.

„po několik měsíců, moji stateční kolegové," pokračoval barbikane, „ptal jsem se sebe sama, zda jsme se při omezování na vlastní konkrétní objekty nemohli zúčastnit velkého experimentu hodného devatenáctého století a zda pokrok dělostřelecká věda by nám neumožnila provést úspěšný problém. Uvažoval jsem o tom, pracuji, počítám a výsledkem mého studia je přesvědčení, že jsme v bezpečí uspět v podniku, který by se v jakékoli jiné zemi objevil zcela tento projckt, výsledek dlouhého rozpracování, je předmětem mé současné komunikace. Je hoden sebe samých, hodný předchůdců střeleckého klubu a nemůže se mu podařit vydat nějaký hluk ve světě. """

Setkání proběhlo vzrušení vzrušení.

Barbicane, který rychlým pohybem pevně připevnil klobouk na hlavu, klidně pokračoval ve své harangue:

„Mezi vámi není nikdo, moji stateční kolegové, kteří neviděli Měsíc, nebo alespoň o něm neslyšeli mluvit. Nebuďte překvapeni, když se chystám s vámi mluvit o královně noci. Je možná vyhrazeno pro nás, abychom se stali kolumbemi tohoto neznámého světa. Vstupujte pouze do mých plánů a vysílejte mě celou svou mocí, a dovedu vás k jeho dobytí, a její jméno se přidá k těm z těch třiceti šesti státy, které tvoří tuto velkou unii. "

"tři fandění na Měsíc!" zakřičel klub zbraní jedním hlasem.

„Měsíc, pánové, byl pečlivě prostudován," pokračoval barbicane; „její hmotnost, hustota a hmotnost; její složení, pohyby, vzdálenost a také její místo ve sluneční soustavě byly přesně určeny. Selenografické grafy byly konstruovány s dokonalostí, která se rovná, pokud dokonce nepřekoná, fotografie našich pozemských map. Fotografie nám poskytla důkazy o nesrovnatelné kráse našeho satelitu; vše je známo ohledně měsíce, který se o ní může matematická věda, astronomie, geologie a optika naučit. Byla s ní založena. """

Násilný pohyb zájmu a překvapení zde pozdravil tuto poznámku řečníka.

„dovolte mi," pokračoval, „abych vám krátce vysvětlil, jak jistí zanícení duchové, začínající na pomyslných cestách, pronikli do tajemství našeho satelitu. V sedmnáctém století se jistý david fabricius chlubil tím, že viděl na vlastní oči obyvatele v roce 1649 jeden francouzský baudoin, jean baudoin, vydal „cestu provedenou ze Země na Měsíc domingem gonzalezem", „španělským dobrodruhem". Ve stejném období publikoval cyrano de bergerac oslavující „cesty na Měsíci", které setkal se s takovým úspěchem ve Francii. O něco později jiný francouzský, jmenoval fontenelle, napsal „pluralitu světů," šéfkuchaře své doby. Kolem roku 1835 malé pojednání přeloženo z newyorského Američana, vztahující se k tomu, jak sir john herschel, která byla poslána do mysu dobré naděje za účelem provedení některých astronomických výpočtů, snížila pomocí dalekohledu, který byl přiveden k dokonalosti pomocí vnitřního osvětlení, zdánlivou vzdálenost měsíce t o osmdesát yardů! Pak zřetelně vnímal jeskyně navštěvované hrochy, zelené hory ohraničené zlatou krajkou, ovce s rohy slonoviny, bílý druh jelenů a obyvatele s membránovými křídly, jako netopýři. Tato brožura, práce amerického jménem Locke, měla velký prodej. Ale abych tento rychlý náčrtek uzavřel, dodám jen to, že určitý hans pfaal z rotterdamu, vypouštějící se do balónku naplněného plynem extrahovaným z dusíku, třicet sedmkrát lehčí než vodík, dosáhl měsíce po průchod devatenácti hodin. Tato cesta, stejně jako všechny předchozí, byla čistě imaginární; přesto to bylo dílo populárního amerického autora - mám na mysli edgar poe! "

"na zdraví edgar poe!" zařval shromáždění, elektrifikováno slovy prezidenta.

„Nyní jsem vyjmenoval," řekl barbicane, „experimenty, které nazývám čistě papírovými, a zcela nedostatečné k navázání vážných vztahů s královnou noci. Přesto musím dodat, že někteří praktičtí géniové se pokusili zjistit skutečné komunikace s ní. Před několika dny tedy německý geometrik navrhl vyslat vědeckou výpravu na stepi Sibiře. Tam, na těch rozlehlých pláníchch, měly popisovat obrovské geometrické útvary, nakreslené postavami odrážejícími jas, mezi nimiž Byl to návrh týkající se „čtverce hypotéky", který francouzský jazyk obvykle nazýval „zadkovým mostem". „Každá inteligentní bytost," řekl geometrik, „musí pochopit vědecký význam té postavy. Selenity, existují, bude odpovídat podobným číslem a po takto vytvořené komunikaci bude snadné vytvořit abecedu, která nám umožní hovořit s obyvateli Měsíce. "" tak mluvil německý geometr, ale jeho projekt nebyl nikdy uveden do praxe a dodnes neexistuje vazba mezi zemí a jejím satelitem. Je vyhrazeno pro praktického génia Američanů navázat komunikaci s hvězdou svět, prostředky, jak se tam dostat, jsou jednoduché, snadné, jisté, neomylné - a to je účel mého současného návrhu. "

Tato slova přivítala bouře aklamací. V celém publiku nebyl jediný člověk, který nebyl překonán, unesen, zvednut ze sebe mluvčími slovy!

Ze všech stran zazněl dlouhotrvající potlesk.

Jakmile vzrušení částečně ustoupilo, barbicane obnovil svou řeč poněkud vážnějším hlasem.

„víte," řekl, „jaký pokrok dělostřelecká věda dosáhla v posledních několika letech a čeho dosáhla určitá úroveň dokonalosti střelných zbraní všeho druhu. Kromě toho si dobře uvědomujete, že obecně, odporující síla dělo a expanzivní síla střelného prachu jsou prakticky neomezené. Dobře! Od tohoto principu se ptám, zda za předpokladu, že by bylo možné získat dostatečný počet přístrojů vyrobených za podmínek zjištěného odporu, by nebylo možné promítnout výstřel až na Měsíc ? "

Při těchto slovech z tisíce truchlících truhel unikl šok; pak následoval okamžik dokonalého ticha, připomínající hluboké ticho, které předchází prasknutí bouřky. Ve skutečnosti se ozvala bouřka, ale to bylo hromové potlesk nebo výkřiky a rozruch, který způsobil, že se samotná síň chvěla. Prezident se pokusil promluvit, ale nemohl. Bylo to úplně deset minut, než se mohl rozeznat.

„Trpějte mě až do konce," pokračoval klidně. "Díval jsem se na otázku ve všech jejích ložiscích, rozhodně jsem na ni zaútočil, a díky nezvratným výpočtům jsem zjistil, že projektil, který má počáteční rychlost 12 000 yardů za sekundu, a zaměřený na Měsíc, ji musí nutně dosáhnout. I." mám tu čest, vážení kolegové, navrhnout pokus o tento malý experiment. "

Kapitola iii

Vliv komunikace prezidenta

Je nemožné popsat účinek, který vyplynula z posledních slov váženého prezidenta - výkřiky, výkřiky, posloupnost řevů, hurry a všechny rozmanité zvuky, které americký jazyk dokáže poskytnout. Byla to scéna nepopsatelného zmatku a pobouření. Křičeli, tleskali, vyrazili na podlahu haly. Všechny zbraně v muzeu vypuštěné najednou nemohly prudce uvést do pohybu vlny zvuku. To nemusí být překvapeno. Někteří děla jsou téměř tak hlučná jako jejich vlastní zbraně.

Uprostřed tohoto nadšeného křiku zůstal barbikán klidný; možná chtěl toužit oslovit ještě několik slov svým kolegům, protože svými gesty požadoval ticho a jeho silné poplach byl opotřebován jeho násilnými zprávami. Jeho žádosti však nebyla věnována žádná pozornost. V současnosti byl vytržen ze svého křesla a prošel z rukou svých věrných kolegů do náručí neméně vzrušeného davu.

Američana nemůže nic ohromit. Často se tvrdilo, že slovo „nemožné" není francouzské. Lidé byli očividně oklamáni slovníkem. V Americe je vše snadné, vše jednoduché; a pokud jde o mechanické potíže, jsou překonány dříve, než se objeví. Mezi barbicanovým návrhem a jeho realizací by žádný skutečný yankee nedovolil ani zdání obtížnosti. Věc s nimi není dříve řečeno než hotovo.

Triumfální pokrok prezidenta pokračoval celý večer. Byl to pravidelný průvod pochodní. Irští, němečtí, francouzští, skotští, všechny heterogenní jednotky, které tvoří populaci maryland, křičely ve svých příslušných lidových lidech; a „vivas", „hurrahs" a „bravos" se mísily v nevyslovitelném nadšení.

Právě v této krizi, jako by pochopila všechny ty rozrušení sama o sobě, Měsíc zářil klidnou nádherou a za intenzivního osvětlení zatměnil všechna okolní světla. Všichni Yankeeové obrátili svůj pohled k jejímu zářivému orbitě, políbili ruce, nazvali ji všemi druhy roztomilých jmen. Mezi osmou a půlnocí si jeden optik v jonesově podzimní ulici vydělal štěstím prodejem operních brýlí.

Dorazila půlnoc a entuziasmus nevykazoval známky oslabení. Rovnoměrně se rozšířila mezi všechny třídy občanů - muži ve vědě, obchodníci, obchodníci, vrátní, předsedové, stejně jako „zelení", byli rozmícháni ve svých nejvnitřnějších vláknech. V sázce byl národní podnik. Celé město, vysoké a nízké, nábřeží hraničící s patapokem, lodě ležící v povodí, vyhrnuly dav opilý radostí, ginem a whisky. Každý chatoval, hádal se, diskutoval, zpochybňoval, tleskal, od gentlemana, který ležel na barokním gauči se sklenkou sherry-cobbler před sebou, až k vodákovi, který se opil o jeho "knock-me-down" v špinavých hospodách poklesl bod.

Asi ve dvě hodiny ráno však vzrušení začalo ustupovat. Prezident barbicane došel do svého domu, pohmožděný, drcený a stlačený téměř k mumii. Herkules nemohl odolat podobnému vypuknutí nadšení. Dav postupně opouštěl náměstí a ulice. Čtyři železnice z philadelphie a Washingtonu, Harrisburgu a Wheelingu, které se sbíhají na Baltimoru, roztočily heterogenní obyvatelstvo do čtyř rohů spojených států a město ustoupilo do srovnávacího klidu.

Následujícího dne se díky telegrafickým drátům, pět set novin a časopisů, denně, týdně, měsíčně nebo dvakrát měsíčně, dostalo otázky. Zkoumali ji ve všech jejích různých aspektech, fyzických, meteorologických, ekonomických nebo morálních, až po její zaměření na politiku nebo civilizaci. Debatovali o tom, zda je Měsíc hotovým světem, nebo zda je předurčeno k další transformaci. Připomínalo to Zemi v době, kdy byla tato atmosféra ještě nešťastná? Jaký druh podívané by jeho skrytá polokoule představila našemu pozemskému sféroidu? Přiznat, že v současné době jde jednoduše o vyslání střely na Měsíc, musí každý vidět, že to zahrnuje zahájení série experimentů. Všichni musí doufat, že amerika jednoho dne pronikne do nejhlubších tajemství této tajemné koule; a někteří se dokonce zdálo, že se bojí, aby jeho dobytí nemělo rozumně narušit rovnováhu Evropy.

Projekt, o kterém se diskutovalo, ani jediný odstavec nenaznačoval pochybnost o jeho realizaci. Všechny noviny, brožury, zprávy - všechny časopisy vydané vědeckou, literární a náboženskou společností rozšířily své výhody; a společnost přirozené historie bostonu, společnost vědy a umění albany, geografická a statistická společnost New Yorku, filosofická společnost philadelphie a kovárna z Washingtonu poslala do klubu zbraní nespočet gratulací, spolu s nabídky okamžité pomoci a peněz.

Od toho dne se impey barbicane stal jedním z největších občanů spojených států, jakési washingtonské vědy. Jediný rys pocitu, převzatý od mnoha jiných, bude sloužit k ukázání bodu, kterého tato pocta celých lidí dosáhla jediného jednotlivce.

Několik dní po tomto nezapomenutelném setkání střeleckého klubu oznámil manažer anglické společnosti v baltimorském divadle produkci „hodně nadšeného na nic". Ale obyvatelstvo, které v tomto titulu vidělo narážku poškozující barbarský projekt, vniklo do hlediště, rozbilo lavičky a přimělo nešťastného ředitele, aby změnil svůj playbill. Jako rozumný muž se uklonil veřejnosti a nahradil urážlivou komedii slovy „jak se vám líbí"; a na mnoho týdnů si uvědomil báječné zisky.

Kapitola iv

Odpověď observatoře Cambridge

Barbicane však neztratil ani jeden okamžik uprostřed veškerého nadšení, kterého se stal předmětem. Jeho první péčí bylo znovu sestavit své kolegy v zasedací místnosti střeleckého klubu. Tam, po nějaké diskusi, bylo dohodnuto konzultovat s astronomy ohledně astronomické části podniku. Jejich odpověď, jakmile se ujistí, pak mohli diskutovat o mechanických prostředcích a nic by nemělo být touhou zajistit úspěch tohoto velkého experimentu.

Pak byla napsána přesná poznámka, která obsahovala zvláštní výslechy, a byla adresována observatoři v Cambridge v Massachusetts. Toto město, kde byla založena první univerzita Spojených států, je spravedlivě oslavováno pro své astronomické pracovníky. Najdou se shromážděni všichni nejvýznamnější vědci. Zde je třeba v práci vidět, že výkonný dalekohled, který umožnil svazku vyřešit mlhovinu andromedy, a Clarke objevit satelit Sirius. Tato slavná instituce plně ospravedlňovala ve všech bodech důvěru, kterou v ní ukládá klub zbraní. Po dvou dnech byla tak netrpělivě očekávaná odpověď dána do rukou prezidenta Barbicana.

To bylo vyjádřeno takto:

Ředitel cambridgeské observatoře u prezidenta střeleckého klubu v Baltimoru.

Cambridge, 7. Října, po obdržení vaší laskavosti 6. Okamžiku, adresovaného observatoři v Cambridge jménem členů baltimorského střeleckého klubu, byli naši zaměstnanci okamžitě svoláni a bylo považováno za účelné odpovědět následovně :

Otázky, které mu byly navrženy, jsou tyto -

"1. Je možné přenášet projektil až na Měsíc?

"2. Jaká je přesná vzdálenost, která odděluje Zemi od jejího satelitu?"

"3. Jaká bude doba průchodu střely, která je vybavena dostatečnou počáteční rychlostí? V důsledku čeho by tedy měla být vypuštěna, aby se mohla v určitém bodě dotknout Měsíce?"

"4. V jakém přesném okamžiku se Měsíc ocitne v nejpříznivější poloze, kterou má projektil dosáhnout?"

"5. Na jaký bod v nebesích by měl být kanón zaměřen, na který je určen k odpálení střely?"

"6. Jaké místo bude Měsíc v okamžiku odletu střely zabírat na nebi?"

Pokud jde o první otázku, „je možné předat projektil až na Měsíc?"

Odpověď - ano; za předpokladu, že mají počáteční rychlost 1200 yardů za sekundu; výpočty to dokazují. V poměru, jak ustupujeme ze Země, působení gravitace klesá v inverzním poměru čtverce vzdálenosti; to znamená, že ve třikrát dané vzdálenosti je akce devětkrát menší. V důsledku toho se hmotnost výstřelu sníží a sníží se na nulu v okamžiku, kdy přitažlivost Měsíce přesně kontrastuje s přitažlivostí Země; to znamená na 47/52 jejího průchodu. V tu chvíli nebude mít projektil žádnou váhu; a pokud tento bod projde, padne na Měsíc jediným účinkem lunární přitažlivosti. Teoretická možnost experimentu je proto naprosto prokázána; jeho úspěch musí záviset na výkonu použitého motoru.

Pokud jde o druhou otázku: „Jaká je přesná vzdálenost, která odděluje Zemi od jejího satelitu?"

Odpověď - Měsíc nepopisuje kruh kolem Země, ale spíše elipsu, jejíž naše země zabírá jedno z ohnisek; důsledkem toho je, že v určitém čase se blíží k Zemi a v jiných se vzdaluje od Země; v astronomickém jazyce, to je najednou v apogee, v jiném v perigee. Nyní je rozdíl mezi jeho největší a nejmenší vzdáleností příliš velký na to, aby byl vynechán. Ve skutečnosti je měsíc v apogee 247 552 mil a ve svém perigee je vzdálen jen 218 657 mil; skutečnost, která činí rozdíl 28 895 mil, což je více než jedna devět celé vzdálenosti. Vzdálenost perigee je tedy ta, která by měla sloužit jako základ všech výpočtů.

Ke třetí otázce.

Odpověď - pokud by výstřel měl trvale udržovat svou počáteční rychlost 12 000 yardů za sekundu, bylo by potřeba dosáhnout více než devět hodin k dosažení cíle; ale pokud tato počáteční rychlost bude neustále klesat, zabere 300 000 sekund, což je 83 hodin. 20m. V dosažení bodu, kde přitažlivost Země a Měsíce bude v rovnováze. Od tohoto bodu spadne na Měsíc za 50 000 sekund nebo 13 hodin. 53m. 20. s. Bude tedy žádoucí, aby byl vybit 97 hodin. 13m. 20. s. Před příjezdem měsíce v místě, na které je zaměřen.

Pokud jde o otázku č. 4, „v jakém přesném okamžiku se měsíc objeví v nejvýhodnější poloze atd.?"

Odpověď - po tom, co bylo řečeno výše, bude nejprve nutné zvolit období, ve kterém bude měsíc v perigee, a také okamžik, kdy bude překročit zenit, což druhá událost dále sníží celá vzdálenost o délku rovnou poloměru Země, tj. 3 919 mil; výsledkem bude, že poslední zbývající úsek, který má být dokončen, bude 214 976 mil. Ale ačkoli Měsíc míjí každý měsíc její perigee, nedosáhne zenitu vždy přesně ve stejnou chvíli. Neobjevuje se za těchto dvou podmínek současně, s výjimkou dlouhých časových intervalů. Bude tedy nutné počkat, až se její průchod v perigee bude shodovat s průchodem v zenitu. Nyní, za šťastné okolnosti, 4. Prosince následujícího roku, měsíc představí tyto dvě podmínky. O půlnoci bude v perigee, tj. V nejkratší vzdálenosti od Země, a ve stejnou chvíli překročí zenit.

K páté otázce, „v jakém okamžiku na nebi by mělo být dělo zaměřeno?"

Odpověď - předcházející poznámky byly připuštěny, dělo by mělo být poukázáno na zenit místa. Jeho oheň bude proto kolmý na rovinu horizontu; a projektil co nejdříve překročí rozsah pozemské přitažlivosti. Aby však Měsíc dosáhl zenitu daného místa, je nutné, aby místo nepřesahovalo v zeměpisné šířce sklon svítidla; jinými slovy, musí být obsažena ve stupních 0 a 28 @ lat. N. Nebo s. Na každém jiném místě musí být oheň nutně šikmý, což by vážně odporovalo úspěchu experimentu.

Pokud jde o šestou otázku: "Jaké místo bude měsíc v nebi v okamžiku odletu střely zabírat na nebi?"

Odpověď - v okamžiku, kdy má být projektil vypuštěn do vesmíru, bude měsíc, který cestuje denně vpřed 13 @ 10 '35' ', vzdálen od zenitového bodu čtyřnásobkem tohoto množství, tj. 52 @ 41' 20 ", prostor, který odpovídá cestě, kterou popíše během celé cesty projektilu. Ale pokud je stejně nutné vzít v úvahu odchylku, kterou rotační pohyb Země udělí výstřelu, a protože výstřel nemůže dosáhnout měsíce, dokud po odchylce rovnající se 16 poloměrům Země, která se vypočítala na oběžné dráze Měsíce se rovnají asi jedenácti stupňům, je nutné přidat těchto jedenáct stupňů k těm, které vyjadřují zpomalení právě zmíněného měsíce: to znamená v kulatých číslech asi šedesát čtyři stupňů. V okamžiku střelby tedy vizuální poloměr aplikovaný na Měsíc popíše se svislou čarou místa úhel šedesáti čtyř stupňů.

To jsou naše odpovědi na otázky navržené

Hvezdárna Cambridge členů střeleckého klubu:

Abych to shrnul-

1. Dělo by mělo být vysazeno v zemi ležící mezi 0 a 28 @ n. Nebo s. Lat.

2. Mělo by to směřovat přímo k zenitu místa.

3. Projektil by měl být poháněn počáteční rychlostí 12 000 yardů za sekundu.

4. Mělo by být vypuštěno za 10 hodin. 46m. 40 s. 1. Prosince následujícího roku.

5. Setká se s Měsícem čtyři dny po jeho propuštění, přesně o půlnoci 4. Prosince, v okamžiku jeho průchodu přes zenit.

Členové střeleckého klubu by proto měli neprodleně zahájit práce nezbytné pro takový experiment a být připraveni zahájit práci ve stanoveném okamžiku; protože, pokud by měli trpět toto 4. Prosince, aby mohli projít, nenajdou Měsíc znovu za stejných podmínek jako perigee a zenith až osmnáct let a jedenáct dní poté.

Personál observatoře v Cambridge se zcela zbavil všech otázek teoretické astronomie; a tímto blahopřejeme k blahopřání všem ostatním americkým. Pro astronomický štáb, jm belfast, ředitel observatoře Cambridge.

Kapitola v

Romantika měsíce

Pozorovatel s nekonečným rozsahem vidění a umístěný v neznámém centru, kolem kterého se celý svět otáčí, mohl během chaotické epochy vesmíru spatřit nesčetné množství atomů vyplňujících celý prostor. S postupným věkem se postupně mění; projevil se obecný zákon přitažlivosti, kterému se dosud poslušné atomy poslušně dostávaly: tyto atomy se chemicky kombinovaly podle svých spřízněných vztahů, tvořily se v molekuly a skládaly ty mlhavé masy, kterými se prohlubují hloubky nebes. Tyto masy se okamžitě staly rotačním pohybem kolem jejich vlastního centrálního bodu. Toto centrum vytvořené z neurčitých molekul se začalo točit kolem své vlastní osy během jeho postupné kondenzace; pak, podle neměnných zákonů mechaniky, v poměru, jak se jeho objem zmenšoval kondenzací, se jeho rotační pohyb zrychlil a tyto dva efekty pokračovaly, výsledkem bylo vytvoření jedné hlavní hvězdy, středu mlhavé hmoty.

Pozorným pozorováním by pak pozorovatel viděl, že by se další molekuly hmoty, po příkladu této centrální hvězdy, staly kondenzovány postupně zrychlenou rotací a gravitací kolem ní ve tvaru nespočetných hvězd. Tak vznikly mlhoviny, z nichž astronomové počítali téměř 5 000.

Mezi těmito 5 000 mlhovinami je jeden, který obdržel jméno mléčné dráhy a který obsahuje osmnáct milionů hvězd, z nichž každá se stala středem slunečního světa.

Pokud by pozorovatel poté speciálně zaměřil svou pozornost na jedno z pokornějších a méně geniálních těchto hvězdných těl, na hvězdu čtvrté třídy, na kterou se arogantně říká slunce, na všechny jevy, ke kterým má vznik vesmíru být připisován by byl postupně naplněn před jeho očima. Ve skutečnosti by toto slunce vnímal jako dosud v plynném stavu a složený z pohybujících se molekul, které se točí kolem své osy, aby dokončil svou práci soustředění. Tento pohyb, věrný zákonům mechaniky, by se zrychlil se zmenšováním jeho objemu; a okamžik by přišel, když by odstředivá síla přemohla centripetal, což způsobí, že všechny molekuly budou mít sklon směrem ke středu.

Před fenoménem pozorovatele by nyní prošel další jev a molekuly umístěné v rovině rovníku, unikající jako kámen z praku, který šňůra najednou praskla, by se vytvořily kolem sluneční soustavy soustředných prstenců připomínajících saturn . Naopak, tyto kruhy kosmické hmoty, vzrušené rotačním pohybem kolem centrální hmoty, by se rozpadly a rozložily na sekundární mlhoviny, tj. Na planety. Podobně by pozoroval, že tyto planety odhodí jeden nebo více prstenů, což se stalo původem sekundárních těl, které nazýváme satelity.

Tedy, postupující z atomu na molekulu, z molekuly na mlhavou hmotu, z toho na hlavní hvězdu, z hvězdy na slunce, ze slunce na planetu a odtud na satelit, máme celou řadu transformací podstoupených nebeskými těly během první dny světa.

Nyní z těch doprovodných těl, která slunce udržuje na svých eliptických drahách podle velkého gravitačního zákona, málokdo zase satelity. Uranus má osm, saturn osm, jupiter čtyři, Neptun možná tři, a ten pozemský. Tento poslední, jeden z nejméně důležitých z celé sluneční soustavy, nazýváme měsíc; a to je ona, kterou odvážný génius Američanů prosadil svůj záměr dobýt.

Měsíc, díky své srovnávací blízkosti a neustále se měnícím vzhledům, které vyvolala v několika fázích, vždy zabýval značnou část pozornosti obyvatel Země.

Od doby thales milétu, v pátém století před naším letopočtem, až po copernicus v patnáctém a tycho brahe v šestnáctém století ad, pozorování byla čas od času prováděna s větší či menší korektností, až do současnosti den byly výšky lunárních hor přesně stanoveny. Galileo vysvětlil jevy lunárního světla produkovaného v některých jejích fázích existencí hor, kterým přidělil střední nadmořskou výšku 27 000 stop. Po něm hevelius, astronom dantzicu, snížil nejvyšší výšky na 15 000 stop; výpočty riccioli je však znovu zvýšily na 21 000 stop.

Na konci osmnáctého století herschel vyzbrojený výkonným dalekohledem výrazně snížila předchozí měření. Přidělil výšce 11 400 stop maximální výšce a snížil průměr různých výšek na něco málo přes 2 400 stop. Herschelovy výpočty byly naopak korigovány pozorováním halley, nasmyth, bianchini, gruithuysen a dalších; ale to bylo vyhrazeno pro práce Boeer a maedler konečně vyřešit otázku. Podařilo se jim změřit 1 905 různých výšek, z nichž šest přesahuje 15 000 stop a dvacet dva přesahuje 14 400 stop. Nejvyšší vrchol všech věží do výšky 22 606 stop nad povrchem lunárního disku. Ve stejném období bylo dokončeno zkoumání Měsíce. Zdálo se, že je úplně posetá krátery, a její v podstatě sopečná povaha byla patrná při každém pozorování. Neexistencí lomu v paprscích planet, které se jí objevily, jsme dospěli k závěru, že absolutně postrádá atmosféru. Nepřítomnost vzduchu znamená nepřítomnost vody. Ukázalo se tedy, že seleničtí lidé, kteří podporují život za takových podmínek, musí mít vlastní vlastní organizaci, musí se výrazně lišit od obyvatel Země.

Díky modernímu umění prozkoumávaly nástroje stále vyšší dokonalosti měsíc bez přestávky a nezanechávaly jediný bod svého povrchu neprobádaný; a přestože její průměr měří 2 150 mil, její povrch se rovná jedné patnácté části naší planety a její objem jedna čtyřicátá devátá část zemského sféroidu - ani jedno z jejích tajemství nedokázalo uniknout oči astronomů; a tito zruční muži vědy nesli ještě více své úžasné pozorování.

Tak poznamenali, že během úplňku se disk objevil v určitých částech s bílou čarou; a během fází s černou. Při stíhání jejich studia s ještě větší přesností se jim podařilo získat přesný popis povahy těchto linií. Byly dlouhé a úzké rýhy potopené mezi rovnoběžnými hřebeny, hraničícími obecně s okraji kráterů. Jejich délka se pohybovala mezi deseti a 100 mil a jejich šířka byla asi 1600 yardů. Astronomové jim říkali propasti, ale už se nemohli dostat dál. Ať už tyto propasti byly vyschlé postele starodávných řek, nebo ne, nemohly to důkladně zjistit.

Američané mimo jiné doufali, že jednoho dne určí tuto geologickou otázku. Zavázali se také prozkoumat pravou podstatu tohoto systému paralelních valů objevených na povrchu Měsíce gruithuysenem, učeným mnichovským profesorem, který je považoval za „systém opevnění vyvolaného selenitickými inženýry". Tyto dva body, přesto temné, stejně jako ostatní, nepochybně nemohly být definitivně vyřešeny, kromě přímé komunikace s Měsícem.

Co se týče míry intenzity jeho světla, v tomto bodě se už toho nebylo co učit. Bylo známo, že je 300 000krát slabší než slunce a že jeho teplo nemá na teploměr žádný významný vliv. Pokud jde o jev známý jako „ashy light", je to přirozeně vysvětleno účinkem přenosu slunečních paprsků ze Země na Měsíc, který dává vzhledu úplnosti lunárnímu disku, zatímco se prezentuje pod půlměsíční forma během první a poslední fáze.

Takový byl stav znalostí získaných ohledně pozemského satelitu, který se klub zbraní zavázal zdokonalovat ve všech jeho aspektech, kosmografickém, geologickém, politickém a morálním.

Kapitola vi

Permisivní limity nevědomosti a víry ve spojené státy

Okamžitým výsledkem barbicaneho návrhu bylo umístit na příkazy dne všechna astronomická fakta týkající se královny noci. Všichni se rozhodli pilně studovat. Člověk by si myslel, že Měsíc se právě objevil poprvé, a že ji nikdo předtím nezachytil v nebi. Noviny oživily všechny staré anekdoty, na nichž se podílelo „slunce vlků"; vzpomínali na vlivy, které jí připisovala nevědomost minulých věků; zkrátka celá Amerika byla zabavena selenomanie, nebo se stala šílencem měsíce.

Vědecké časopisy se zabývaly zejména otázkami, které se dotýkaly podnikání střeleckého klubu. Dopis observatoře v Cambridge byl vydán nimi a komentoval s bezvýhradným souhlasem.

Do té doby většina lidí nevěděla o způsobu, ve kterém se vypočítává vzdálenost, která odděluje měsíc od Země. Využili této skutečnosti, aby jim vysvětlili, že tato vzdálenost byla získána změřením paralaxy měsíce. Termín paralaxa prokazující „caviare k generálu", dále vysvětlili, že to znamenalo úhel tvořený sklonem dvou přímek vedených od jednoho z konců zemského poloměru k měsíci. Při pochybnostech vyjádřených o správnosti této metody okamžitě dokázali, že nejenom byla střední vzdálenost 234 347 mil, ale že astronomové nemohli být ve svém odhadu chybní o více než sedmdesát mil.

Těm, kteří nebyli obeznámeni s pohyby Měsíce, demonstrovali, že má dva odlišné pohyby, první je pohyb rotace po její ose, druhý rotační pohyb kolem Země, a to společně ve stejném období čas, tedy za dvacet sedm a jednu třetinu.

Pohyb rotace je pohyb, který produkuje den a noc na povrchu měsíce; kromě toho, že v lunárním měsíci je pouze jeden den a jednu noc, z nichž každá trvala tři sta padesát čtyři a jedna třetina hodin. Ale naštěstí pro ni je tvář obrácená k zemskému povrchu osvětlena intenzitou rovnající se čtrnácti měsícům. Co se týče druhé tváře, pro nás vždy neviditelné, má nutně tři sta padesát čtyři hodin absolutní noci, zmírněné pouze tím „bledým zábleskem, který na něj dopadá z hvězd".

Některé dobře míněné, ale poněkud tvrdohlavé osoby nemohly nejprve pochopit, jak může, když Měsíc během své revoluce neustále zobrazuje stejnou tvář k Zemi, popsat se sama o sobě. K tomu odpověděli: „jděte do jídelny a chodte kolem stolu tak, aby se vaše tvář neustále otáčela směrem ke středu; v době, kdy dosáhnete jednoho úplného kola, budete mít jedno otočení vy sami, protože vaše oko bude postupně procházet každým bodem místnosti. Dobře, pak je místnost nebesa, stůl je země a měsíc je sám sebou. " a odešli potěšení.

Tak tedy měsíc zobrazuje vždy stejnou tvář k Zemi; nicméně, abych byl přesný, je třeba dodat, že v důsledku určitých výkyvů na sever a na jih a na západ a na východ označila její osvobození, dovoluje spíše než polovinu, tj. Pět sedminy, být vidět.

Jakmile nevědomky pochopily, jak věděla sama ředitelka observatoře, začali se bát své revoluce kolem Země, načež se k záchraně okamžitě přišlo dvacet vědeckých recenzí. Upozornili na ně, že nebeská větev se svou nekonečností hvězd může být považována za jednu obrovskou ciferník, po kterém putuje Měsíc, což ukazuje skutečný čas všem obyvatelům Země; že během tohoto hnutí královna noci vystavuje různé fáze; že Měsíc je plný, když je v opozici vůči slunci, to znamená, když jsou tři těla na stejné přímce a Země zabírá střed; že je nová, když je ve spojení se sluncem, to znamená, když je mezi ní a zemí; a konečně, že je ve své první nebo poslední čtvrtině, když dělá se sluncem a zemí úhel, který sama zaujímá na vrcholu.

Pokud jde o nadmořskou výšku, kterou Měsíc dosahuje nad obzorem, v dopise cambridgeské observatoře bylo řečeno vše, co v tomto ohledu mělo být řečeno. Každý věděl, že tato nadmořská výška se mění podle zeměpisné šířky pozorovatele. Ale jedinou zónou zeměkoule, ve které Měsíc prochází zenitem, tj. Bodem přímo nad hlavou diváka, je nutně složeno mezi dvacátým osmým rovnoběžkem a rovníkem. Proto je důležité, aby rada vyzkoušela experiment v určitém bodě této části zeměkoule, aby se projektil mohl vybít kolmo, a tak co nejdříve uniknout gravitační akci. To byla základní podmínka úspěchu podniku a pokračovalo v aktivním zapojení veřejnosti.

Pokud jde o cestu popsanou Měsícem v její revoluci kolem Země, Cambridgeova observatoř prokázala, že tato cesta je křivkou opětovného vstupu, nikoli dokonalým kruhem, ale elipsou, jejíž země zabírá jeden z ohnisek. Bylo také dobře známo, že je nejvzdálenější odstraněna ze země během svého apogee a téměř se k ní blíží u svého perigu.

To byl pak rozsah znalostí, které měl každý Američan v dané oblasti a o nichž nikdo nemohl slušně vyznávat nevědomost. Přestože se tyto principy rychle šířily, mnoho chyb a iluzorních strachů bylo méně snadno vymýtit.

Například, někteří hodní lidé tvrdili, že Měsíc byl starověká kometa, která při popisu své protáhlé oběžné dráhy kolem Slunce přešla blízko Země, a stala se omezenou v jejím okruhu přitažlivosti. Tito astronomové v salonu tvrdili, že vysvětlují spálený aspekt měsíce - katastrofu, kterou připsali intenzitě slunečního tepla; pouze poté, co jim bylo připomenuto, že komety mají atmosféru a že Měsíc má málo nebo vůbec žádný, dostaly odpověď na odpověď.

Jiní znovu, patřící do pochybné třídy, vyjádřili určité obavy ohledně polohy Měsíce. Slyšeli, jak říká, že podle pozorování v době kalifů se její revoluce do jisté míry zrychlila. Proto logicky dospěli k závěru, že zrychlení pohybu by mělo být doprovázeno odpovídajícím zmenšením vzdálenosti oddělující dvě těla; a za předpokladu, že dvojí efekt bude pokračovat do nekonečna, měsíc skončí o jeden den pádem na Zemi. Ujistili se však, že osud budoucích generací bude upřesněn, že podle výpočtů místa je toto zrychlení pohybu omezeno ve velmi omezených mezích a že k jeho dosažení bude jistě úměrné snížení rychlosti. Tak by tedy stabilita sluneční soustavy nebyla v nadcházejících věcích narušena.

Zbývá ale třetí třída, pověrčivý. Tito hodni nebyli spokojeni pouze s odpočinkem v nevědomosti; musí vědět všechno o věcech, které vůbec neexistují, a pokud jde o Měsíc, o ní už dávno věděli. Jedna sada považovala její disk za leštěné zrcadlo, díky kterému lidé mohli vidět sebe z různých míst Země a vyměňovat si své myšlenky. Další soubor předstíral, že z jednoho tisíce nových měsíců, které byly pozorovány, bylo devět set padesát navštěvováno s pozoruhodnými nepokoji, jako jsou kataklyzmy, revoluce, zemětřesení, potopa atd., pak věřili v nějaký záhadný vliv, který jí způsobila nad lidské osudy - že každý selenit byl připoután k nějakému obyvateli Země spojeneckým soucitem; tvrdili, že celý životně důležitý systém podléhá její kontrole atd., ale časem se většina těchto vulgárních chyb vzdala a obhajovala skutečnou stránku otázky. Co se týče yankees, neměli nic jiného, než se zmocnit tohoto nového kontinentu oblohy a zasadit na vrchol své nejvyšší výšky hvězdný prapor Spojených států amerických.

Kapitola vii

Hymna dělové koule

Observatoř Cambridge ve svém památném dopise řešila otázku z čistě astronomického hlediska. Mechanická část stále zůstávala.

Prezident barbicane jmenoval bez ztráty času pracovní výbor klubu zbraní. Povinností tohoto výboru bylo vyřešit tři velké otázky děla, projektilu a prášku. To bylo složeno ze čtyř členů se skvělými technickými znalostmi, barbicane (s rozhodujícím hlasem v případě rovnosti), obecný morgan, major elphinstone a jt maston, kterým byly svěřeny funkce sekretáře. 8. Října se výbor sešel v domě prezidenta Barbicana na 3. Republikánské ulici. Schůzi zahájil sám prezident.

„pánové," řekl, „musíme vyřešit jeden z nejdůležitějších problémů v celé ušlechtilé vědě o střelbě. Možná by se mohlo zdát nejlogičtějším kurzem, který by náš první schůzku věnoval diskusi o motoru přesto se mi po zralém zvážení zdálo, že otázka střely musí mít přednost před otázkou děla, a že rozměry posledně jmenovaného musí nutně záviset na dimenzích děla. "

„trpět, abych řekl slovo," přerušil se jt maston. Povolení bylo uděleno, "pánové," řekl s inspirovaným přízvukem, "náš prezident má pravdu, když položí otázku projektilu nad všechny ostatní. Míč, který se chystáme vypustit na Měsíc, je naším vyslancem, a já přeji si to zvážit z morálního hlediska. Dělová koule, pánové, je podle mého názoru nejúžasnějším projevem lidské síly. Pokud prozřetelnost vytvořila hvězdy a planety, tak člověk použil dělovou kouli na existenci „nechat prozřetelnost požadovat rychlost elektřiny a světla, hvězd, komet a planet, větru a zvuku - tvrdíme, že jsme vynalezli rychlost děla, stokrát vyšší než rychlost nejrychlejších koně nebo železniční vlak. Jak slavný bude okamžik, kdy, nekonečně překračujícím všechny dosud dosažené rychlosti, vypustíme náš nový projektil rychlostí sedm mil za sekundu! Ne, pánové - nebude tam přijato s vyznamenání díky pozemský velvyslanec? "

Přemožitel emoce se orator posadil a aplikoval se na obrovskou desku sendvičů před sebou.

"a teď," řekl barbicane, "opusťte oblast poezie a pojďte přímo k otázce."

„všemi prostředky," odpověděli členové, každý s ústy plnými sendvičů.

„problém před námi," pokračoval prezident, „je jak

Komunikovat projektilu rychlostí 12 000 yardů za sekundu.

Prozkoumejme dosud dosažené rychlosti.

Generál morgan nás bude v tomto bodě schopen poučit. """

„a snadněji," odpověděl generál, „že během války jsem byl členem experimentální komise. Mohu tedy říci, že 100-pounderové dahlgreny, které nesly vzdálenost 5 000 yardů, zapůsobily na jejich projektil počáteční rychlost 500 yardů za sekundu. Kolumbijský rodman hodil ránu o hmotnosti půl tuny na vzdálenost šesti mil, s rychlostí 800 yardů za sekundu - výsledek, který armstrong a palisser nikdy nezískali v Anglii. "

„toto," odpověděl barbicane, „je, myslím, maximální dosažená maximální rychlost?"

„je to tak," odpověděl generál.

"ah!" zasténal jt maston, „pokud by moje malta nepraskla——"

„ano," odpověděla tiše barbicane, „ale praskla. Musíme tedy vzít pro náš výchozí bod tuto rychlost 800 yardů. Musíme ji zvýšit dvacetinásobně. Nyní si vyhrazujeme pro další diskusi prostředky k výrobě tohoto rychlost, budu vás upozornit na rozměry, které bude vhodné přiřadit k výstřelu. Rozumíte, že tady nemáme co dělat s projektily o hmotnosti nejvýše půl tuny. "

"proč ne?" požadoval major.

„protože výstřel," odpověděl rychle JT Maston, „musí být dostatečně velký, aby upoutal pozornost obyvatel Měsíce, pokud existují?"

„ano," odpověděl barbicane, „a z jiného důvodu ještě důležitější."

"co myslíš ty?" zeptal se major.

"Myslím, že nestačí vypustit projektil, a pak si toho nevšímám; musíme ho sledovat po celou dobu, až do okamžiku, kdy dosáhne svého cíle."

"co?" vykřikl generál a major s velkým překvapením.

"nepochybně," odpověděl barbicane složeně, "nebo náš experiment nepřinese žádný výsledek."

„ale pak," odpověděl major, „budete muset dát této projektile obrovské rozměry."

„ne! Být tak dobrý, aby poslouchal. Víte, že optické nástroje získaly velkou dokonalost; s některými nástroji se nám podařilo získat zvětšení 6000 krát a zmenšit měsíc na vzdálenost čtyřicet mil. Nyní, v této vzdálenosti, jakékoli objekty šedesát stop čtvereční by byly dokonale vidět.

„pokud se tedy penetrační síla dalekohledů dále nezvýšila, je to proto, že tato síla rozptyluje jejich světlo; a Měsíc, který je pouze odrazným zrcadlem, nedává zpět dostatečné světlo, aby nám umožnil vnímat objekty menší velikost. "

"Tak co tedy navrhuješ udělat?" zeptal se generál.

„dali byste svému střelu průměr šedesáti stop?"

"není tak."

"Máte tedy v úmyslu zvýšit světelnou sílu Měsíce?"

"přesně tak. Pokud se mi podaří snížit hustotu atmosféry, kterou musí měsíční světlo projít, musím zesílit její světlo. Aby tento předmět mohl dosáhnout, bude stačit na nějaké vyvýšené hoře postavit dalekohled." je to, co uděláme. "

„Vzdám se toho," odpověděl major. "máte takový způsob, jak věci zjednodušit. A jaké rozšíření očekáváte tímto způsobem?"

"jeden z 48 000 krát, který by měl dostat Měsíc do zjevné vzdálenosti pěti mil; a aby byly vidět, objekty nemusí mít průměr větší než devět stop."

„Takže," zvolal jt maston, „náš projektil nemusí mít průměr větší než 9 stop."

"dovolte mi však pozorovat," přerušil major elphinstone, "bude to zahrnovat váhu jako --—"

„můj milý majore," odpověděl barbicane, „než jsem probral její váhu, dovolte mi vyjmenovat některé zázraky, které naši předkové v tomto ohledu dosáhli. Nechci předstírat, že věda o střelbě neprošla, ale je to také mít na paměti, že ve středověku získali výsledky překvapivější, budu se odvážně říkat, než naše. Například při obléhání konstantinopolitů mahometem ii., v roce 1453, byly použity kamenné výstřely o hmotnosti 1900 liber ... V Maltě, v době rytířů, byla zbraň pevnosti St Elmo, která hodila projektil o hmotnosti 2 500 liber. A nyní, jaký je rozsah toho, co jsme sami viděli? 500 liber a střely pro rodmane o půl tuny! Zdá se tedy, že pokud se střely dostanou v dosahu, ztratily mnohem více na váze. Nyní, pokud obrátíme své úsilí tímto směrem, měli bychom dorazit, s pokrokem ve vědě, desetinásobkem hmotnosti výstřelu o f mahomet ii. A rytíři malty. "

„jasně," odpověděl major; "Ale jaký kov počítáš po zaměstnávání?"

„prostě litina," řekl generál morgan.

"ale," přerušil major, "protože hmotnost výstřelu je úměrná jeho objemu, železná koule o průměru 9 stop by měla obrovskou hmotnost."

"Ano, kdyby to bylo pevné, ne, kdyby to bylo duté."

"duté? Pak by to byla skořápka?"

„Ano, skořápka," odpověděl barbicane; „Rozhodně to musí být. Pevný výstřel 108 palců by vážil více než 200 000 liber, hmotnost zjevně příliš velká. Stále, protože si musíme vyhradit určitou stabilitu pro náš projektil, navrhuji mu dát váhu 20 000 liber. "

„jaká bude tedy tloušťka stran?" zeptal se major.

„pokud budeme dodržovat obvyklý poměr," odpověděl morgan, „průměr 108 palců by vyžadoval strany o tloušťce dvou stop nebo méně."

„to by bylo moc," odpověděl barbicane; „Uvidíte, že se nejedná o výstřel určený k proražení železné desky; bude stačit, aby jí poskytl dostatečně silné strany, aby odolaly tlaku plynu. Problém je tedy tento - jaká tloušťka by měla být litinová skořápka, aby neměla váhu více než 20 000 liber? Náš chytrý sekretář nás v tomto bodě brzy osvětí. ""

"nic jednoduššího." odpověděl hodný tajemník výboru; a rychle vystopoval několik algebraických vzorců na papíře, mezi nimiž se často objevovaly n^2 a x^2, v současnosti řekl:

"strany budou vyžadovat tloušťku menší než dva palce."

"Bude to stačit?" zeptal se major pochybně.

"jasně ne!" odpověděl prezident.

"co tedy udělat?" řekl elphinstone se zmateným vzduchem.

"místo železa použijte jiný kov."

"měď?" řekl morgan.

"Ne! To by bylo příliš těžké. Mám lepší nabídku než to."

"co pak?" zeptal se major.

"hliník!" odpověděl barbicane.

"hliník?" vykřikl jeho tři kolegové sborem.

„Nepochybně, přátelé, tento cenný kov má bělost stříbra, nezničitelnost zlata, houževnatost železa, tavitelnost mědi, lehkost skla. Snadno se vyrábí, je velmi široce distribuován a tvoří základ většiny z hornin, je třikrát lehčí než železo a zdá se, že byl vytvořen pro výslovný účel, aby nám poskytl materiál pro náš projektil. "

„Ale, můj drahý prezidente," řekl major, „není cena hliníku extrémně vysoká?"

"Bylo to tak při prvním objevu, ale nyní kleslo na devět dolarů za libru."

"ale přesto, devět dolarů za libru!" odpověděl major, který se ochotně nevzdal; "i to je obrovská cena."

"Nepochybně, má drahá majorko, ale ne mimo náš dosah."

"co bude potom projektil vážit?" zeptal se morgan.

„Tady je výsledek mých výpočtů," odpověděl barbicane. "střela o průměru 108 palců a tloušťce dvanáct centimetrů by v litině vážila 67,440 liber; lití do hliníku bude jeho hmotnost snížena na 19 250 liber."

"hlavní město!" vykřikl major; "ale víte, že za 9 dolarů za libru bude tento projekt stát -"

„sto sedmdesát tři tisíce a padesát dolarů (173 050 $). Vím to docela dobře. Ale neboj se, přátelé, peníze nebudou pro náš podnik chtít. Odpovím za to. , Pánové?"

"adoptováno!" odpověděl tři členové výboru. Tak skončilo první setkání. Otázka projektilu byla definitivně vyřešena.

Kapitola vii

Historie děla

Usnesení přijatá na posledním zasedání měla za dveřmi velký účinek. Plaší lidé se báli strachu z myšlenky, že se do vesmíru vypustí výstřel o hmotnosti 20 000 liber; zeptali se, co dělo může kdy přenést dostatečnou rychlost na tak mohutnou masu. Zápis z druhého zasedání byl vítězně předurčen k zodpovězení takových otázek. Následující večer byla diskuse obnovena.

„moji drazí kolegové," řekl barbicane, aniž by to bylo nutné, „předmětem před námi je konstrukce motoru, jeho délka, jeho složení a hmotnost. Je pravděpodobné, že skončíme tím, že mu dáme gigantické rozměry; jakkoli mohou být potíže v cestě, náš mechanický génius je snadno překoná. Pak je tedy dost dobrý, aby mi dal vaši pozornost, a neváhejte podat námitky na závěr. Nemám strach z nich. Před námi je způsob, jak sdělit počáteční sílu 12 000 yardů za sekundu skořápce o průměru 108 palců, která váží 20 000 liber. Nyní, když je projektil vypuštěn do vesmíru, co se s ním stane? Jedná se o něj tři nezávislé síly: odpor vzduchu, přitažlivost Země a síla impulsu, se kterou je obdarován. Prozkoumejme tyto tři síly. Odpor vzduchu je málo důležitý. Atmosféra Země nepřesahuje čtyřicet mil ... Nyní, s darem n rychlost, projektil to projde za pět sekund a doba je příliš krátká na to, aby byl odpor média považován jinak, než za nevýznamný. Postupujeme-li tedy k přitažlivosti Země, tj. Hmotnosti skořápky, víme, že tato hmotnost se bude zmenšovat v inverzním poměru čtverce vzdálenosti. Když tělo ponechané samo na sebe padá na povrch Země, padne v první sekundě pět stop; a pokud by stejné tělo bylo odstraněno 257 542 mil dále, jinými slovy, do vzdálenosti Měsíce, jeho pád by se v první sekundě snížil na asi půl řádku. To je téměř rovnocenné stavu dokonalého odpočinku. Naším úkolem je tedy postupně překonávat tuto gravitační akci. Způsob, jak toho dosáhnout, je silou impulsu. "

„Jsou tu potíže," přerušil se major.

„pravda," odpověděl prezident; „ale překonáme to, protože síla impulsu bude záviset na délce motoru a použitého prášku, přičemž tento prášek je omezen pouze odporovou silou bývalého. Naše podnikání je tedy dnes v dimenzích děla. "

„Teď, dodnes," řekl barbikane, „naše nejdelší děla nepřekročila délku dvacet pět stop. Proto budeme ohromovat svět rozměry, které budeme muset přijmout. Zjevně to tedy musí být," dělo velkého dosahu, protože délka kusu zvýší zadržení plynu nahromaděného za projektilem, ale není tu žádná výhoda při překročení určitých limitů. "

„docela dobře," řekl major. "Jaké je pravidlo v takovém případě?"

„Obvykle je délka děla dvacet až dvacet pětkrát větší než průměr výstřelu a jeho hmotnost je dvě stě třicet pět až dvacet a čtyřicetkrát větší, než je výstřel."

„to nestačí," křičel JT Maston impulzivně.

"Souhlasím s tebou, můj dobrý příteli, a ve skutečnosti by po této proporci pro projektil o průměru 9 stop a hmotnosti 30 000 liber měla zbraň délku pouze dvě stě dvacet pět stop a hmotnost 7 200 000 liber. "

"směšný!" znovu se připojil k mastonu. "také si vezmi pistoli."

"Myslím, že také," odpověděl barbicane; "Proto navrhuji čtyřnásobit tuto délku a postavit kulomet devět set stop."

Generál a major nabídli některé námitky; nicméně, návrh, aktivně podporovaný sekretářkou, byl rozhodně přijat.

"ale," řekl elphinstone, "jakou tloušťku musíme dát?"

„tloušťka šest stop," odpověděl barbikane.

"Určitě si nemyslíš, že bys takovou hmotu namontoval na kočár?" zeptal se major.

„Byl by to ale skvělý nápad," řekl maston.

„ale neproveditelné," odpověděl barbikane. „Ne, myslím na to, že se tento motor ponoří jen do země, spojí ho s obručemi z tepaného železa a nakonec ho obklopí hustou hmotou zdiva z kamene a cementu. Jakmile je kus odlit, musí se nudit s velkou přesností, aby se zabránilo jakémukoli možnému vinutí. Takže nedojde k žádné ztrátě plynu ani k pohonu se použije veškerá rozpínavá síla prášku. "

„jedna jednoduchá otázka," řekl elphinstone: „má být naše zbraň puška?"

"Ne, určitě ne," odpověděl barbicane; "Vyžadujeme enormní počáteční rychlost; a vy dobře víte, že výstřel vystřelí z pušky méně rychle než u hladkého vrtání."

„pravda," připojil se major.

Výbor zde odložil na několik minut čaj a sendviče.

Při obnovené diskusi, „pánové," řckl barbar, „musíme nyní vzít v úvahu kov, který se má použít. Naše dělo musí mít velkou houževnatost, velkou tvrdost, musí být infuzní žárem, nerozpustné a neoxidovatelné žíravým působení kyselin. "

„O tom není pochyb," odpověděl major; "a protože budeme muset použít obrovské množství kovu, nebudeme mít na výběr."

"Tak tedy," řekl morgan, "navrhuji nejlepší dosud známou slitinu, která se skládá ze sta dílů mědi, dvanácti cínu a šesti mosazi."

„Přiznávám," odpověděl prezident, „že toto složení přineslo vynikající výsledky, ale v tomto případě by bylo příliš nákladné a velmi obtížné pracovat. Myslím si, že bychom tedy měli přijmout materiál vynikající ve svém způsobem a nízkou cenou, jako je litina. Jaká je vaše rada, majore? "

„S tebou docela souhlasím," odpověděl elphinstone.

„ve skutečnosti," pokračoval barbicane, „litina stojí desetkrát méně než bronz; snadno se odlévá, snadno běží z forem písku, snadno se s ní manipuluje, je to současně hospodárné z peněz i času. Kromě toho je vynikající jako materiál, a dobře si pamatuji, že během války, při obléhání Atlanty, některé železné zbraně vypálily tisíc nábojů v intervalech dvaceti minut bez zranění. "

„Litina je však velmi křehká," odpověděl morgan.

„Ano, ale má velký odpor. Nyní požádám našeho důstojného sekretáře, aby vypočítal hmotnost litinové zbraně s otvorem devíti stop a tloušťkou šesti stop kovu."

„za chvíli," odpověděl maston. Pak, zastrašovat některé algebraické vzorce s úžasným zařízením, za minutu nebo dva vyhlásil následující výsledek:

"kanón bude vážit 68 040 tun. A při dvou centech za libru to bude stát --——"

"dva miliony pět set a deset tisíc sedm set a jeden dolar."

Maston, major a všeobecně považovaný barbicane s neklidným pohledem.

„dobře, pánové," odpověděl prezident, „opakuji to, co jsem řekl včera. Usnadněte se; miliony nebudou chtít."

S tímto ujištěním svého předsedy se výbor oddělil poté, co stanovil své třetí zasedání na následující večer.

Kapitola ix

Otázka prášků

Za úvahu zůstala pouze otázka prášků. Veřejnost se zájmem očekávala konečné rozhodnutí. Velikost střely, délka usazeného děla, jaké by bylo množství prášku potřebné k vytvoření impulsu?

Obecně se tvrdí, že střelný prach byl vynalezen ve čtrnáctém století mnichem schwartzem, který svým životem zaplatil za svůj velký objev. Je však docela dobře prokázáno, že tento příběh by měl být zařazen mezi legendy středověku. Střelný prach nebyl vynalezen nikým; byl to přímý nástupce řeckého ohně, který, stejně jako on, byl složen ze síry a ledu. Jen málo lidí je obeznámeno s mechanickou silou střelného prachu. Nyní je to přesně to, čemu je třeba rozumět, abychom pochopili důležitost otázky předložené výboru.

Litr střelného prachu váží asi dvě libry; při spalování produkuje 400 litrů plynu. Tento plyn po uvolnění a působení na teplotu zvýšenou na 2 400 stupňů zabírá prostor 4 000 litrů: v důsledku toho je objem prášku objemem plynu produkovaného jeho spalováním 1 až 4 000. Lze tedy posoudit obrovský tlak na tento plyn, když je stlačen v prostoru, který je příliš omezen na 4

000krát. To vše bylo samozřejmě známo členům výboru, když se sešli následující večer.

Prvním řečníkem při této příležitosti byl major elphinstone, který byl během války ředitelem továrny na střelný prach.

„pánové," řekl tento význačný chemik, „začínám s některými postavami, které budou sloužit jako základ našeho výpočtu. Starý výstřel 24 liber vyžadoval jeho vypuštění šestnáct liber prášku."

"Jste si jistí této částky?" zlomil se v barbicane.

„zcela jistě," odpověděl major. „Armstrong dělo zaměstnává jen sedmdesát pět liber prášku na projektil osm set liber a rodmanská kolumbie používá jen sto šedesát liber prášku k odeslání své půl tuny výstřelů na vzdálenost šesti mil. Tyto skutečnosti nelze nazvat v otázce, protože jsem sám vyzdvihl bod během výpovědí přijatých před výborem dělostřelectva. "

„docela pravda," řekl generál.

"dobře," odpověděl major, "tyto údaje dokazují, že množství prášku se nezvyšuje s hmotností výstřelu; to znamená, pokud výstřel 24 liber vyžaduje šestnáct liber prášku; - jinými slovy Pokud v obyčejných kanonech používáme množství prášku rovnající se dvěma třetinám hmotnosti projektilu, není tento poměr konstantní. Vypočítejte a uvidíte, že místo tří set třicet tři libry prášku množství je sníženo na ne více než sto šedesát liber. "

"na co míříte?" zeptal se prezident.

„Pokud posunete svou teorii do extrémů, můj drahý major," řekl jt maston, „dostanete se k tomu, že jakmile bude váš záběr dostatečně těžký, nebudete potřebovat žádný prášek."

„náš kamarád maston je vždy ve svých vtipech, i když ve vážných věcech," zvolal major; "Ale ať mu to ulehčí mysl, v současné době navrhuji střelný prach dost na to, aby uspokojil sklony svého artilisty. Držím se statistických faktů pouze tehdy, když říkám, že během války a u největších zbraní hmotnost prášku byla na základě zkušeností snížena na desetinu hmotnosti výstřelu. "

"naprosto správně," řekl morgan; "ale než se rozhodnu o množství prášku, které je nutné dát impuls, myslím, že by to bylo také——"

„Budeme muset použít velkozrnný prášek," pokračoval major; „jeho spalování je rychlejší než u malých."

„O tom není pochyb," odpověděl morgan; "ale je to velmi destruktivní a končí rozšířením otvoru kusů."

"udělené; ale to, co poškozuje zbraň určenou k dlouhodobému výkonu, není pro naši kolumbii tak. Nebudeme vystaveni nebezpečí výbuchu; a je nutné, aby náš prášek okamžitě vystřelil, aby se jeho mechanický účinek mohl být kompletní. "

„musíme mít," řekl maston, „několik dotekových otvorů, abychom je mohli vystřelit na různých místech současně."

„určitě," odpověděl elphinstone; „Ale to ztěžuje práci s kusem. Vrátím se pak k mému velkozrnnému prášku, který tyto obtíže odstraní. Ve svých kolumbijských poplatcích použil rodman prášek tak velký jako kaštany, vyrobený z uhlí vrby, jednoduše sušený v obsazení - železné pánve. Tento prášek byl tvrdý a třpytivý, nezanechal po ruce žádné stopy, obsahoval vodík a kyslík ve velkém poměru, okamžitě vzpálil, ai když byl velmi destruktivní, nepoškozoval citlivě ústí. "

Až do této chvíle barbicane držel stranou od diskuse; nechal ostatní mluvit, zatímco on sám poslouchal; zjevně dostal nápad. Nyní jednoduše řekl: „No, přátelé, jaké množství prášku navrhujete?"

Tři členové se na sebe podívali.

"dvě stě tisíc liber." konečně řekl morgan.

„pět set tisíc," dodal major.

„osm set tisíc," vykřikl maston.

Za tímto trojitým návrhem následovala chvíle ticha; prezident to konečně přerušil.

"pánové," řekl tiše, "vycházím z tohoto principu, že odpor zbraně, konstruované za daných podmínek, je neomezený. Překvapím našeho přítele mastona, pak stigmatizuji jeho výpočty jako plachý, a navrhuji zdvojnásobit jeho 800 000 liber prášku. "

"šestnáct set tisíc liber?" vykřikl maston a vyskočil ze sedadla.

"přesně tak."

„Budeme muset přijít k mému ideálu děla o půl míle dlouhé; vidíte, že 1 600 000 liber zabírá prostor asi 20 000 krychlových stop; a protože obsah vašeho děla nepřesahuje 54 000 krychlových stop, bylo by to napůl plný a vrt nebude dostatečně dlouhý, aby plyn mohl komunikovat s projektilem dostatečný impuls. "

„přesto," řekl prezident, „držím se toho množství prášku. Nyní, 1 600 000 liber prášku vytvoří 6 000 000 000 litrů plynu. Šest 000 milionů!

"co se má potom udělat?" řekl generál.

"věc je velmi jednoduchá; musíme snížit toto obrovské množství prášku a přitom si zachovat jeho mechanickou sílu."

"dobře; ale jak?"

„Chci ti to říct," odpověděl barbicane tiše.

„nic není jednodušší, než redukovat tuto hmotu na jednu čtvrtinu své hmotnosti. Víte, že zvědavá buněčná hmota, která tvoří základní tkáně zeleniny? Tato látka se nachází v mnoha tělech, zejména v bavlně, docela čistá, což není nic jiného než dolů ze semen bavlníkové rostliny, nyní se bavlna kombinovaná se studenou kyselinou dusičnou proměnila v látku neobyčejně nerozpustnou, hořlavou a výbušnou. Poprvé byla objevena v roce 1832 francouzským chemikem braconnotem, který ji nazval xyloidin v roce 1838 další francouzský pelouze zkoumal jeho různé vlastnosti a v roce 1846 konečně Schonbein, profesor chemie u balíků, navrhl své zaměstnání pro válečné účely. Tento prášek, nyní nazývaný pyroxyle nebo fulminující bavlna, je připraven s velkou zařízení pouhým ponořením bavlny po dobu patnácti minut do kyseliny dusičné, poté ji omyjte vodou, poté ji vysušte a je připravena k použití. ""

„Nic jednoduššího nemůže být," řekl morgan.

„Kromě toho je pyroxyle nezměněn vlhkostí - cenná vlastnost pro nás, protože nabíjení děla by trvalo několik dní. Zapálí se místo 170 stupňů na 240 stupňů a jeho spalování je tak rychlé, že se na něj může dostat světlo na vrcholu obyčejného prášku, aniž by ten měl čas na zapálení. "

"perfektní!" zvolal major.

"jen to je dražší."

"na čem záleží?" vykřikl jt maston.

„Konečně, dává přednost projektilům čtyřikrát vyšší rychlost než střelný prach. Dokonce dodám, že pokud ji smícháme s jednou osminou vlastní hmotnosti dusičnanu draselného, jeho expanzivní síla se opět výrazně zvýší."

"Bude to nutné?" zeptal se major.

„Myslím, že ne," odpověděl barbicane. „Takže místo 1 600 000 liber prášku budeme mít 400 000 liber fulminující bavlny; a protože můžeme bez nebezpečí stlačit 500 liber bavlny na dvacet sedm metrů krychlových, celé množství nebude zabírat výška více než 180 stop uvnitř vývrtu kolumbie. Tímto způsobem bude mít výstřel více než 700 stop vývrtů, aby mohl projít pod silou 6 000 000 000 litrů plynu, než se vydá k letu na Měsíc. "

V tomto okamžiku nemohl mastt potlačit jeho emoce; vrhl se do náruče svého přítele násilím projektilu a barbicane by byl v peci, kdyby nebyl odolný proti boomu.

Tento incident ukončil třetí schůzi výboru.

Barbicane a jeho odvážní kolegové, kterým se nic nezdálo nemožné, uspěli při řešení složitých problémů s projektily, děly a prachem. Jejich plán byl vypracován a zbývá jej pouze realizovat.

„pouhá záležitost detailu, bagatelle," řekl jt maston.

Kapitola x

Jeden nepřítel vs. Dvacet pět milionů přátel

Americká veřejnost se živě zajímala o nejmenší detaily podniku střeleckého klubu. Den za dnem následovala diskuse výboru. Nejjednodušší přípravy velkého experimentu, otázky čísel, kterých se to týkalo, mechanické obtíže, které je třeba vyřešit - jedním slovem, celý plán práce - vyvolaly populární vzrušení na nejvyšší hřiště.

Čistě vědecká přitažlivost byla náhle zesílena následující událostí:

Viděli jsme, jaké legie obdivovatelů a přátel barbicaneův projekt shromáždili kolem svého autora. Ve všech státech unie však byl jediný člověk, který protestoval proti pokusu o střelný klub. Zuřivě zaútočil na každou příležitost a lidská povaha je taková, že barbicane cítil ostřejší opozici toho jednoho muže, než potlesk všech ostatních. Dobře si uvědomoval motiv této antipatie, původ tohoto osamělého nepřátelství, příčinu jeho osobnosti a starého postavení a v jakém rivalství sebe-lásky to vzrostlo.

Tento vytrvalý nepřítel, který prezident klubu zbraní nikdy neviděl. Naštěstí to tak bylo, že by se schůzky mezi těmito dvěma muži zúčastnili vážných následků. Tento soupeř byl muž vědy, stejně jako sám barbicane, ohnivé, odvážné a násilné dispozice; čistý yankee. Jeho jméno bylo kapitán nicholl; žil ve filadelfii.

Většina lidí si je vědoma zvědavého boje, který vznikl během federální války mezi zbraněmi a brnění železných lodí. Výsledkem byla celá rekonstrukce námořnictva obou kontinentů; s tím, jak jeden těžší, byl druhý v poměru silnější. Merrimac, monitor, tennessee, weehawken vypustili obrovské projektily, poté, co byli oděni zbroji proti projektilům ostatních. Ve skutečnosti udělali ostatním to, co by jim neudělali - ten velký princip nesmrtelnosti, na kterém spočívá celé válečné umění.

Nyní, když barbicane byl velký zakladatel výstřelu, nicholl byl skvělý padělek desek; jeden vrhl noc a den na Baltimore, druhý kovaný den a noc v philadelphii. Jakmile barbicane vynalezl nový výstřel, nicholl vynalezl nový talíř; každý následoval proud myšlenek v zásadě protichůdných k druhému. Naštěstí pro tyto občany, tak užitečné pro jejich zemi, byla vzdálenost od padesáti do šedesáti kilometrů oddělena od sebe navzájem a ještě se nikdy nesetkali. Který z těchto dvou vynálezců měl výhodu oproti druhému, bylo obtížné se rozhodnout na základě získaných výsledků. Podle posledních účtů by se však zdálo, že pancířová deska by nakonec musela vystřelit; nicméně existovali kompetentní soudci, kteří měli pochybnosti.

Při posledním experimentu se válcovité kuželové střely barbikanu zasekly jako tolik kolíků v nicholl deskách. V ten den se pak falšovatel železa philadelphie domníval, že zvítězil, a nemohl dostatečně prokázat pohrdání jeho soupeřem; ale poté, co ostatní poté nahradili kuželové výstřely jednoduchých 600 liber nábojů, při velmi mírné rychlosti byl kapitán povinen se vzdát. Ve skutečnosti tyto střely zaklepaly jeho nejlepší kovovou desku na otřesy.

Záležitosti byly v této fázi a zdálo se, že vítězství spočívá na výstřelu, když válka skončila v ten samý den, kdy nicholl dokončil nový pancíř z tepané oceli. Bylo to mistrovské dílo svého druhu a vzdorovalo všem projektilům světa. Kapitán jej předal do polygonu ve Washingtonu a vyzval prezidenta zbrojního klubu, aby jej zlomil. Barbicane, mír byl vyhlášen, odmítl vyzkoušet experiment.

Nicholl, nyní zběsilý, nabídl vystavit jeho talíř šokům nějakého výstřelu, pevné, duté, kulaté nebo kuželové. Odmítl prezident, který se nerozhodl ohrozit svůj poslední úspěch.

Nicholl, znechucený touto tvrdohlavostí, se pokusil svádět barbicane tím, že mu nabídl každou šanci. Navrhl opravit desku do dvou set yardů od zbraně. Barbicane stále tvrdohlavě odmítá. Sto yardů? Ani sedmdesát pět!

"Pak v padesátce!" zařval kapitán novinami.

"ve dvaceti pěti yardech! A já budu stát za sebou!"

Barbicane se vrátil, aby odpověděl, že i kdyby byl kapitán nicholl tak dobrý, aby stál před ním, už nebude střílet.

Nicholl se nemohl v této odpovědi zachytit; házel náznaky zbabělosti; že se člověk, který odmítl vystřelit z děla, téměř bál; že artilleristé, kteří bojují na vzdálenost šesti kilometrů, nahrazují matematické vzorce pro individuální odvahu.

Na tyto náznaky barbicane nevrátil žádnou odpověď; možná o nich nikdy neslyšel, tak byl pohlcen ve výpočtech pro svůj velký podnik.

Když jeho slavná komunikace proběhla v klubu zbraní, hněv kapitána překonal všechny hranice; s jeho intenzivní žárlivostí se mísil pocit absolutní impotence. Jak vymyslel něco, co porazil tuto kolumbii o 900 stop? Jaká brnění může někdy odolat střelu o hmotnosti 30 000 liber? Ohromen nejprve pod tímto násilným šokem, on a tím se zotavil, a rozhodl se rozdrtit návrh podle váhy jeho argumentů.

Poté násilně zaútočil na práce střeleckého klubu, publikoval řadu dopisů v novinách, snažil se prokázat barbarům neznalé prvních principů střelby. Tvrdil, že je naprosto nemožné zapůsobit na jakékoli tělo bez ohledu na rychlost 12 000 yardů za sekundu; že ani při takové rychlosti nemohl projektil takové váhy překročit hranice zemské atmosféry. Dále, dokonce pokud jde o rychlost, která má být získána, a za předpokladu, že je dostatečná, skořepina nemohla odolat tlaku plynu vyvíjeného zapálením 160000 liber liber; a za předpokladu, že bude odolávat tomuto tlaku, bude méně schopná tuto teplotu podporovat; roztavilo by to při odchodu z kolumbiády a spadlo zpět do zářivě horké sprchy na hlavách nesrozumitelných diváků.

Barbicane pokračoval ve své práci bez ohledu na tyto útoky.

Nicholl pak vzal otázku v jejích dalších aspektech. Aniž by se dotkl jeho zbytečnosti ve všech ohledech, pokládal experiment za extrémně nebezpečný, jak pro občany, kteří by mohli svou přítomností sankcionovat tak zatraceně velkolepou podívanou, tak také pro města v sousedství tohoto žalostného děla. On také poznamenal, že jestliže projektile nepodařilo dosáhnout jeho cíle (výsledek absolutně nemožný), to nevyhnutelně muselo spadnout zpět na Zemi a to šok takové hmoty, násobil čtvercem jeho rychlosti, by vážně ohrozil každý bod světa. Proto za okolností a bez zásahu do práv svobodných občanů to byl případ zásahu vlády, který by neměl ohrozit bezpečnost všech pro potěšení jednoho jednotlivce.

Navzdory všem jeho argumentům však kapitán nicholl podle jeho názoru zůstal sám. Nikdo ho neposlouchal a nepodařilo se mu odcizit jednoho obdivovatele od prezidenta střeleckého klubu. Posledně uvedený nepřišel s bolestí, aby vyvrátil argumenty svého rivala.

Nicholl, zahnaný do svých posledních zásahů a neschopný osobně bojovat ve věci, se rozhodl bojovat s penězi. Publikoval proto v průzkumu Richmonda řadu sázek koncipovaných v těchto termínech a ve stále větší míře:

Ne. 1 (1 000 USD) - že potřebné prostředky na experiment střelného klubu nebudou připraveny.

Ne. 2 (2 000 $). - že operace odhození děla 900 stop je nepraktická a nemůže uspět.

Ne. 3 (3 000 $). - to je nemožné načíst kolumbii a pyroxyle bude spontánně střílet pod tlakem střely.

Ne. 4 (4 000 USD) - že kolumbie praskne při prvním požáru.

Ne. 5 (5 000 $). - že střela nepůjde dále než šest kilometrů a že se po několika sekundách po propuštění opět vrátí zpět.

Byla to tedy důležitá částka, kterou kapitán riskoval ve své nepřekonatelné tvrdohlavosti. Neměl v sázce nejméně 15 000 dolarů.

I přes důležitost výzvy dne 19

Může obdržet zapečetěný balíček obsahující následující

Skvěle lakonická odpověď:

"baltimore, říjen 19.

"Hotovo.

"barbicane."

Kapitola xi

Florida a texas

Ještě zbývá rozhodnout o jedné otázce; bylo nutné zvolit pro experiment příznivé místo. Podle rady observatoře v Cambridge musí být zbraň vystřelena kolmo k rovině obzoru, tj. Směrem k zenitu. Nyní Měsíc nepřekračuje zenit, s výjimkou míst nacházejících se mezi 0 a 28 @ zeměpisné šířky. Bylo tedy nutné přesně určit místo na světě, kde by měla být obsazena ohromná kolumbie.

20. Října, na valné hromadě klubu zbraní, barbicane vytvořil nádhernou mapu spojených států. „pánové," řekl při zahájení diskuse, „předpokládám, že se všichni shodneme na tom, že tento experiment nelze a nemělo by být vyzkoušeno nikde, ale v mezích půdy unie. Nyní, naštěstí, jistými hranicemi Spojených států sahají dolů až k 28. Rovnoběžce severní šířky. Pokud se podíváte na tuto mapu, uvidíte, že máme k dispozici celou jižní část texasu a floridu. "

Nakonec bylo dohodnuto, že kolumbie musí být odhozena na zem texasu nebo floridy. Výsledkem tohoto rozhodnutí však bylo vytvořit rivalitu zcela bez precedensu mezi různými městy těchto dvou států.

28. Rovnoběžka, při dosažení amerického pobřeží, prochází poloostrovem Florida a dělí jej na dvě téměř stejné části. Pak, ponořit se do Mexického zálivu, podrobí oblouk tvořený pobřežím alabamy, mississippi a louisiana; pak sokl texas, od kterého to ukáže úhel, to pokračuje jeho běh přes Mexiko, prochází sonora, stará Kalifornie, a ztrácí sebe v tichém oceánu. Byly to tedy pouze ty části texas a floridy, které byly

umístěny pod touto rovnoběžkou a které spadaly do předepsaných podmínek zeměpisné šířky.

Florida ve své jižní části nepočítá s žádnými důležitými městy; to je jednoduše poseté pevnostmi zvednutými proti vznášejícím se Indům. Jedno osamělé město, město tampa, bylo schopno uplatnit nárok na jeho situaci.

Naopak, v texasu jsou města mnohem početnější a důležitější. Corpus christi, v okrese nueces, a všechna města na rio bravo, laredo, komality, san ignacio na webu, rio grande city na starr, edinburgh v hidalgo, santa rita, elpanda, brownsville ve fotoaparátu , vytvořil impozantní ligu proti domněnce Floridy. Tak sotva bylo známo rozhodnutí, když poslanci texaské a floridské oblasti dorazili na Baltimore v neuvěřitelně krátkém čase. Od té chvíle byli prezident barbicane a vlivní členové klubu zbraní obléháni dnem i nocí obrovskými nároky. Pokud sedm měst Řecka bojovalo o čest porodit homera, hrozily zde dva celé státy, aby přišly o ránu děla.

Soupeřící strany proměňovaly ulice s rukama v ruce; a při každé příležitosti jejich schůzky měla být zadržena kolize, která mohla být postižena katastrofálními výsledky. Naštěstí obezřetnost a adresa prezidenta barbicane odvrátily nebezpečí. Tyto osobní demonstrace našly rozdělení v novinách různých států. Newyorský herald a tribuna podporovaly texas, zatímco časy a americká recenze se zasazovaly o příčinu floridských poslanců. Členové střeleckého klubu se nemohli rozhodnout, kterému dávají přednost.

Texas vytvořil své pole dvaceti šesti krajů; florida odpověděl, že dvanáct krajů bylo lepší než dvacet šest v zemi, pouze jedna šestina velikosti.

Texas se chopil svých 330 000 domorodců; florida, s mnohem menším územím, se chlubila mnohem hustěji osídleným 56 000 obyvateli.

Texasani, skrz sloupy heraldů, tvrdili, že je třeba věnovat pozornost státu, který pěstoval nejlepší bavlnu v celé Americe, produkoval nejlepší zelený dub pro službu námořnictva a obsahoval nejjemnější ropu, kromě železných dolů, ve kterém byl výnos padesát procent. Z čistého kovu.

K tomu americká recenze odpověděla, že půda Floridy, i když není stejně bohatá, poskytla nejlepší podmínky pro formování a lití kolumbie, sestávající stejně jako písek a argilující země.

„to může být všechno velmi dobré," odpověděli texani; „ale musíte se nejdřív dostat do této země. Nyní je komunikace s Floridou obtížná, zatímco pobřeží texasu nabízí zátoku Galveston, která má obvod čtrnácti lig a je schopna pojmout námořnictvo celého světa!"

„opravdu pěkná představa," odpověděli noviny v zájmu Floridy, „v galvestonské zátoce pod 29. Rovnoběžkou! Nezískali jsme zátoku espiritu santo, která se otvírala přesně na 28. Stupni, a díky níž mohou lodě dosáhnout tampa město přímou cestou? "

"jemná zátoka; napůl dusená pískem!"

"udusili jste se!" vrátil ostatní.

Válka tedy pokračovala několik dní, když se florida snažila odvrátit svého protivníka na čerstvou půdu; a jednoho rána časy naznačovaly, že podnik je v podstatě americký, nemělo by se o něj pokoušet na jiném než čistě americkém území.

K těmto slovům texas odsekl: „Američané! Nejsme tak moc jako vy? Nebyli jste do unie v roce 1845 začleněni jak texas, tak florida?"

"nepochybně," odpověděly časy; "ale my jsme patřili k

Američané od roku 1820. "

"Ano!" vrátil tribunu; "poté, co byli Španěli nebo

Anglicky po dvě stě let, byl jsi prodán spojeným

Státy za pět milionů dolarů! "

„dobře! A proč to musíme červenat? Nebyla louisiana koupena od napoleona v roce 1803 za cenu šestnácti milionů dolarů?"

"skandální!" zařval zástupci texasu. „ubohý malý pruh země, jako je Florida, se odváží porovnat s texy, které místo prodeje se prosadily za svou samostatnost, vyhnaly mexikany 2. Března 1846 a po vítězství vyhnaly federální republiku Samuel Houston, na březích san jacinto, nad jednotkami santa anna! - země v pohodě, která se dobrovolně připojila ke Spojeným státům americkým! "

"Ano; protože se bál Mexičanů!" odpověděl florida.

"strach!" od této chvíle se stav věcí stal nesnesitelným. Zdálo se, že mezi oběma stranami v ulicích baltimoru denně hrozí sanguinární setkání. Bylo nutné sledovat poslance.

Prezident barbicane nevěděl, jak vypadat. Poznámky, dokumenty, dopisy plné hrozeb osprchovaly jeho dům. Kterou stranu má vzít? Pokud jde o přivlastnění půdy, komunikační prostředek, rychlost dopravy, nároky obou států byly rovnoměrně vyvážené. Co se týče politických předložek, s otázkou neměli nic společného.

Tento mrtvý blok existoval nějakou dobu, když se barbikane rozhodl zbavit se toho všeho najednou. Svolal setkání svých kolegů a položil před ně návrh, který, jak bude vidět, byl nesmírně strohý.

„při pečlivém zvážení,“ řekl, „co se nyní děje mezi Floridou a texasem, je jasné, že se stejnými obtížemi se bude opakovat se všemi městy zvýhodněného státu. Rivalita sestoupí ze státu do města, atd. Nyní má Texasas jedenáct měst za předepsaných podmínek, které dále zpochybní čest a vytvoří nás nové nepřátele, zatímco Florida má jen jedno. Vcházím tedy do Floridy a Tampa. "

Toto rozhodnutí bylo poté, co bylo oznámeno, zcela rozdrceno texanské poslance. Chytili nepopsatelnou zuřivostí a adresovali vyhrožující dopisy různým členům zbraňového klubu jménem. Smírčí soudci museli mít jen jeden kurz, a oni to vzali. Pronajali si speciální vlak, přinutili do něj Texasany, ať už chtějí nebo ne; a opustili město rychlostí třicet mil za hodinu.

Rychle, nicméně, když byli posláni, našli čas hodit poslední a hořký sarkasmus na své protivníky.

Poukazujíc na rozsah floridy, pouhého poloostrova uzavřeného mezi dvěma mořimi, předstírali, že nikdy nedokáže udržet šok výboje a že by to při prvním výstřelu „vyhodilo".

"velmi dobře, nech to dopadnout!" odpověděl Floridanům stručností dob starověké Sparty.

Kapitola xii

Urbi et orbi

Astronomické, mechanické a topografické potíže vyřešené, konečně přišla otázka financí. Požadovaná částka byla pro každého jednotlivce nebo dokonce pro každý stát příliš velká na to, aby poskytla potřebné miliony.

Prezident barbicane se zavázal, přestože jde o čistě americkou záležitost, učinit z něj univerzální zájem a požádat o finanční spolupráci všech národů. Tvrdil, že právo a povinnost celé Země zasahovat do záležitostí jejího satelitu. Předplatné otevřené na Baltimore se rozšířilo do celého světa - urbi et orbi.

Toto předplatné bylo úspěšné nad veškerá očekávání; přesto to nebyla otázka půjčování, ale poskytování peněz. Šlo o čistě nezajímavou operaci v nejpřísnějším slova smyslu a nenabízelo ani nejmenší šanci na zisk.

Účinek komunikace barbicane se však neomezil na hranice Spojených států; to překročilo Atlantik a mírumilovný, napadat současně Asii a Evropu, Afriku a Oceánie. Observatoře odboru se dostaly do bezprostřední komunikace s pozorovateli zahraničních zemí. Někteří, jako například pařížské, petersburgské, berlínské, stockholmské, hamburgské, maltské, lisabonské, benarské, madrasské a jiné, předávali svá přání; zbytek zachovával obezřetné ticho a tiše čekal na výsledek. Pokud jde o observatoř v greenwichi, vysílanou, jak tomu bylo u dvaadvaceti astronomických zařízení Velké Británie, mluvila dostatečně jasně. Odvážně popíral možnost

úspěchu a vyslovoval se ve prospěch teorií kapitána
Nicholla. Ale to nebylo nic víc než pouhá anglická žárlivost.

Dne 8. Října prezident barbicane vydal manifest plný nadšení, ve
kterém apeloval na „všechny osoby dobré vůle na tváři
země". Tento dokument přeložený do všech jazyků se setkal s
obrovským úspěchem.

Seznamy předplatného byly otevřeny ve všech hlavních městech
unie, s ústředím na baltimorské bance, 9 baltimorskou ulicí.

Navíc byly předány úpisy u následujících bank v různých státech
dvou kontinentů:

Ve Vídni, s sm de rothschildem.

V petersburgu, stieglitz a spol.

V Paříži, úvěr mobilier.

V Stockholmu, tottie a arfuredson.

V Londýně, nm rothschild a syn.

V Turíně, ardouinu a spol.

V Berlíně, mendelssohn.

V Ženevě, lombardi, odierovi a spol.

U stálých lidí, osmanské banky.

V Bruselu, j. Lambert.

V madrid, daniel weisweller.

V amsterdamu, nizozemská úvěrová spolupráce.

V Římě, torlonii a spol.

V Lisabonu, Lecesne.

V Kodani, soukromá banka.

V rio de janeiro, soukromá banka.

V montevideo, soukromá banka.

Na valparaiso a lima, thomas la chambre a spol.

V Mexiku, martin daran a co.

Tři dny po manifestu prezidentského barbikánu bylo do různých měst unie vyplaceno 4 000 000 dolarů. S takovou rovnováhou by klub zbraní mohl začít pracovat najednou. Ale o několik dní později byly obdrženy rady v tom smyslu, že zahraniční odběry byly dychtivě využívány. Některé země se vyznačovaly svou liberálností; jiní svázali své peněženkové struny s menším vybavením - záležitost temperamentu. Čísla jsou však výmluvnější než slova, a zde je oficiální výpis částek, které byly vyplaceny na vrub klubu zbraní na konci předplatného.

Rusko zaplatilo jako její kontingent obrovskou částku 368 733 rublů. Nikdo to nemusí být překvapen, kdo má na paměti vědecký vkus Rusů a impuls, který dali astronomickým studiím - díky jejich četným observatořím.

Francie začala vysmíváním se předsudků Američanů. Měsíc sloužil jako záminka pro tisíce zatuchlých hříček a desítek balad, ve kterých špatná chuť zpochybnila dlaň s nevědomostí. Ale jak dříve francouzština platila před zpěvem, tak teď zaplatili poté, co se smáli, a upsali částku 1 253 930 franků. Za tu cenu měli právo se trochu bavit.

V době finanční krize se rakousko ukázalo velkorysé. Její veřejné příspěvky činily částku 216 000 florinů - perfektní dar z nebes.

Padesát dva tisíc rixů dolarů bylo poukazem na Švédsko a Norsko; tato částka je pro zemi velká, ale nepochybně by se výrazně zvýšila, pokud by se předplatné otevřelo v christianě současně s předplacením ve Stockholmu. Norové z nějakého důvodu neradi posílají své peníze Švédsku.

Prusko, díky převodu 250 000 thalerů, svědčí o jejím vysokém schválení podniku.

Turecko se chovalo velkoryse; ale měla o tuto záležitost osobní zájem. Měsíc ve skutečnosti reguluje cyklus svých let a její půst ramadánu. Nemohla udělat méně než 1 372 640 piastrů; a dala jim dychtivost, která však naznačovala určitý tlak ze strany vlády.

Belgie se mezi druhostupňovými státy odlišovala grantem 513 000 franků - asi dva centimetrů na hlavu její populace.

Holandsko a její kolonie se zajímaly o 110 000 florinů, požadovaly pouze pětiprocentní příspěvek. Sleva na zaplacení hotových peněz.

Denmark, který se na teritoriu trochu stahoval, dal přesto 9 000 dukátů, což dokazuje její lásku k vědeckým experimentům.

Německá konfederace se zavázala k 34 285 florinům. Nebylo možné požadovat více; kromě toho by to nedali.

I když byla velmi zmrzačená, v Itálii našla 200 000 lirů v kapsách svých lidí. Kdyby měla Benátku, udělala by to lépe; ale ne.

Stavy církve si myslely, že nemohou poslat méně než 7 040 římských korun; a Portugalsko přeneslo svou oddanost vědě až k 30 000 cruzadům. Byl to vdovský roztoč - osmdesát šest piastrů; ale samostané říše jsou vždy dost peněz.

Dvě stě padesát sedm franků, to byl skromný příspěvek Švýcarska k americké práci. Člověk musí svobodně připustit, že neviděla praktickou stránku věci. Nezdálo se jí, že by pouhé odeslání střely na Měsíc mohlo s ní navázat jakýkoli vztah; a nezdálo se jí rozumné pustit se do kapitálu tak nebezpečného podniku. Koneckonců, možná měla pravdu.

Co se týče Španělska, nedokázala seškrábat více než 110 skutečností. Omluvila se, že musí dokončit železnice. Pravdou je, že věda v této zemi není příznivě považována, je stále v zaostalém stavu; a navíc, někteří Španělé, v žádném případě nejméně vzdělaní, netvořili správný odhad objemu projektilu ve srovnání s měsícem. Báli se, že by to narušilo zavedený pořádek věcí. V tom případě bylo lepší držet se stranou; což udělali k vyladění některých skutečností.

Zůstal ale anglie; a my víme o opovržlivou antipatii, se kterou dostala návrh na barbicane. Angličané mají pouze jednu duši pro celých šestadvacet milionů obyvatel, které Velká Británie obsahuje. Naznačili, že podnikání střeleckého klubu je v rozporu s „zásadou nezasahování". A nepřihlásili se k jednomu mizení.

V této intimaci klub zbraní jen pokrčil rameny a vrátil se ke své skvělé práci. Když jihoamerická, to znamená peru, chili, brazílie, provincie la plata a columbia, vylila svou kvótu do svých rukou, částku 300 000 dolarů, ocitla se v držení značného kapitálu, z něhož toto je prohlášení:

Předplatné Spojených států,. . 4 000 000 USD

Zahraniční předplatné. . . 1 446 675 $

_____

Celkem,. . . . 5 446 675 $

Taková byla částka, kterou veřejnost nalila do pokladny střeleckého klubu.

Nenechte nikoho překvapit obrovskou částkou. Práce odlévání, vrtání, zdiva, přepravy dělníků, jejich usazení v téměř neobydlené zemi, výstavba pecí a dílen, zařízení, prášek, projektil a počáteční náklady by podle odhadů absorbovaly téměř celý. Některé kanonové střely ve federální válce stály tisíc dolarů za kus. Tento prezidentský barbicane, jedinečný v análích střelby, by mohl stát pět tisíckrát více.

20. Října byla uzavřena smlouva s manufakturou v chladném prameni poblíž New Yorku, která během války vybavila největší papoušky z litiny. Mezi smluvními stranami bylo stanoveno, že by se manufaktura na výrobu chladu měla zapojit do dopravy do tampaského města na jižní Floridě, nezbytného materiálu pro obsazení kolumbie. Práce měla být dokončena nejpozději 15. Října následujícího a dělo bylo dodáno v dobrém stavu pod pokutou propadnutí sto dolarů denně až do okamžiku, kdy by se Měsíc opět představil za stejných podmínek - znamená, za osmnáct let a jedenáct dní.

Angažovanost dělníků, jejich odměna a všechny potřebné podrobnosti o práci přenesené na společnost s chladem.

Tato smlouva, vyhotovená ve dvojím vyhotovení, byla podepsána barbikánem, prezidentem klubu zbraní na jedné straně at. Murchison director of manufaktury na výrobu studených pramenů druhé strany, která takto vykonala listinu jménem svých příslušných ředitelů.

Kapitola xiii

Kamenné kopce

V době, kdy bylo rozhodnuto klubem zbraní, k zneuctění texů, každý v Americe, kde je čtení univerzálním osvojením, se pustil do studia geografie Floridy. Nikdy předtím neexistoval takový prodej děl, jako jsou „bertramovy cesty na Floridě", „římská přirozená historie východní a západní Floridy", „williamovo území Floridy" a „cleland na pěstování cukrové třtiny na Floridě. " bylo nutné vydávat nová vydání těchto děl.

Barbicane měl něco lepšího než číst. Chtěl vidět věci na vlastní oči a označit přesnou polohu navrhované zbraně. Tak, aniž by na okamžik ztratil čas, dal k dispozici observatoři v Cambridge finanční prostředky potřebné pro stavbu dalekohledu, a zahájil jednání s domem chleba a spol., albany, na stavbu hliníku projektil požadované velikosti. On pak opustil baltimore, doprovázený jt mastonem, major elphinstone, a manažer chladicí továrny.

Následující den dorazili čtyři spolucestující k novým orleanům. Tam okamžitě nastoupili na palubu tampika, expediční lodi patřící federálnímu námořnictvu, kterou vláda dala k dispozici; a když vstávala pára, břehy louisiana rychle zmizely z dohledu.

Průchod nebyl dlouhý. Dva dny po startu se tampico po čtyřiceti a osmdesáti mil při pohledu na pobřeží Floridy. Při bližším přístupu se barbicane ocitl s ohledem na nízkou, rovnou zemi poněkud neúrodného aspektu. Po pobřeží podél řady potoků hojných v humrech a ústřicích vstoupila tampico do zátoky espiritu santo, kde se konečně zakotvila v malém přírodním přístavu vytvořeném nátiskem řeky hillisborough, v sedmnáct hodin, 22. Října, 22. Října .

Naši čtyři cestující vystoupili najednou. "pánové," řekl barbicane, "nemáme čas ztratit; zítra musíme získat koně a přistoupit k průzkumu země."

Barbicane se stěží postavil na břeh, když se k němu přišlo tři tisíce obyvatel tampaského města, čest díky prezidentovi, který svou zemi signalizoval svou volbou.

V každém franklinovém hotelu se však ocitl barbicane, který upadal, a to při jakémkoli druhu ovace.

Na zítra stáli někteří z malých koní španělského plemene plného ráznosti a ohně pod očima; ale místo čtyř steers tu bylo padesát spolu s jejich jezdci. Barbicane sestoupil se svými třemi spolucestujícími; a užasli, kdyby se všichni ocitli uprostřed takové kavalérie. Poznamenal, že každý jezdec nesl karabinu přehozenou přes ramena a pistole v pouzdrech.

Když vyjádřil své překvapení nad těmito přípravami, byl rychle osvícen mladým floridanem, který tiše řekl:

"Pane, jsou tam seminoly."

"co myslíš semináři?"

„divoši, kteří hledají prérie. Mysleli jsme proto, že je nejlepší doprovodit vás na vaší cestě.“

"Pú!" vykřikl jt maston a upevnil ho.

"v pořádku," řekl floridan; "ale přesto je to pravda."

„pánové,“ odpověděl barbicane, „děkuji vám za laskavou pozornost; ale je čas být pryč.“

Bylo pět hodin, když se barbicane a jeho strana opouštějící tampa město vydaly podél pobřeží směrem k potoku Alifia. Tato řeka padá do zátoky Hillisborough dvanáct mil nad městem Tampa. Barbicane a jeho doprovod pobíhali podél pravého břehu k východu. Vlny zátoky brzy zmizely za zatáčkou stoupajícího terénu a floridské „šampaňské“ se nabídlo k pohledu.

Florida, objevená na neděli v roce 1512, jian ponce de leon, byla původně pojmenována pascha florida. Toto označení si zasloužilo jen s jeho suchými a vyprahlými pobřežími. Ale po několika kilometrech traktu se půda postupně mění a země se ukazuje být hodná jména. Brzy se objeví kultivované pláně, kde jsou sjednoceny všechny produkce severní a tropické flóry a končí v prériích bohatých na ananas a jámy, tabák, rýži, bavlníkové rostliny a cukrové hole, které sahají mimo dohled, a hodí své bohatství vysílání s nedbalostí.

Barbicane vypadal velmi potěšen pozorováním postupného vyvýšení země; a v odpovědi na otázku jt maston odpověděl:

"můj hodný příteli, nemůžeme dělat lépe, než potopit naši kolumbii v těchto vysokých pozemcích."

"Asi se přiblížit k Měsíci?" řekl tajemník klubu zbraní.

„ne přesně," odpověděl barbikane s úsměvem; „Nevidíš, že mezi těmito vyvýšenými plošinami budeme mít mnohem snazší práci? Žádné zápasy s vodními prameny, které nám ušetří dlouhé drahé trubice; a budeme pracovat za denního světla místo hlubokého a úzkého Naše práce tedy spočívá v otevření našich zákopů na zemi několik set yardů nad hladinou moře. "

„Máte pravdu, pane," udeřil v murchison, inženýr; "a pokud se nemýlím, najdeme dlouho vhodné místo pro náš účel."

„Přál bych si, abychom byli na prvním tahu krumpáče," řekl prezident.

„a přeji si, abychom byli konečně," vykřikl jt maston.

Kolem desáté hodiny dopoledne malá skupina překročila tucet mil. Do úrodných plání následoval region lesů. V tropickém hojnosti se mísily parfémy nejrůznějších druhů. Tyto téměř neproniknutelné lesy byly složeny z granátových jablek, pomerančů, citronů, fíků, oliv, meruněk, banánů, obrovských vinic, jejichž květy a plody si vzájemně konkurovaly barvou a parfémem. Pod nepříjemným stínem těchto nádherných stromů se třepotalo a svíjelo malý svět brilantně opeřených ptáků.

Jt maston a major nemohli potlačit svůj obdiv k tomu, že se ocitli v přítomnosti slavných krás tohoto bohatství přírody. Prezident Barbicane, nicméně, méně citlivý na tyto zázraky, byl ve spěchu tlačit kupředu; samotná bujarost této země mu byla zalíbená. Proto pospíchali kupředu a byli nuceni brodit několik řek, ne bez nebezpečí, protože byly zamořeny obrovskými aligátory dlouhé od patnácti do osmnácti stop. Maston je odvážně ohrožoval ocelovým háčkem, ale podařilo se mu vyděsit jen pár pelikánů a šedozelená, zatímco vysoký plameňáci hloupě zírali na párty.

Na délku tito obyvatelé bažin na oplátku zmizeli; Menší stromy se staly rozptýleny mezi méně husté houštiny - několik izolovaných skupin se oddělilo uprostřed nekonečných plání, nad nimiž se pohybovala stáda vyděšených jelenů.

„Konečně," zvolal barikan a zvedl se ve třmenech, „tady jsme v oblasti borovic!"

„Ano! A také divochů," odpověděl major.

Ve skutečnosti se některé semináře právě objevily na obzoru; násilně jeli dozadu a dopředu na svých flotilách, oháněli kopí nebo vybíjeli zbraně s matnou zprávou. Tyto nepřátelské demonstrace však neměly žádný účinek na barbicane a jeho společníky.

Poté okupovali střed skalnatého pláně, které slunce zapalovalo svými paprsky. Toto bylo tvořeno značným vyvýšením půdy, který vypadal, že nabídne členům zbraňového klubu všechny podmínky potřebné pro stavbu jejich kolumbie.

"Stůj!" řekl barbicane, reining nahoru. "má toto místo nějaké místní označení?"

„Říká se tomu kamenný kopec," odpověděl jeden z floridanů.

Barbikane, aniž by řekl slovo, sesedl, chopil se jeho nástrojů a začal si jeho pozici s extrémní přesností všimnout. Malá kapela, natažená vzadu, sledovala jeho jednání v hlubokém tichu.

V tuto chvíli Slunce prošlo poledníkem. Barbikane po několika okamžicích rychle zapisoval výsledek svých pozorování a řekl:

„toto místo se nachází osmnáct set metrů nad hladinou moře, 27 27 'severní šířky a 5 7' dlouhé délky poledníku Washingtonu.

Zdá se mi, že jeho skalní a neúrodná postava nabídněte všechny podmínky potřebné pro náš experiment. Na této pláni budou vytyčeny naše časopisy, dílny, pece a dělnické chaty a odtud z tohoto místa, "řekl, a dupl nohou na vrchol kopce kamenů," odtud bude náš projektil letět do oblastí slunečního světa. "

Kapitola xiv

Krumpáč a stěrka

Stejný večerní barbicane a jeho společníci se vrátili do města Tampa; a inženýr, mistrison, se pustil na palubu tampica pro nové orleans. Jeho cílem bylo získat armádu dělníků a shromáždit větší část materiálů. Členové střeleckého klubu zůstali ve městě tampa, aby za pomoci lidí v zemi provedli pěšky předběžné práce.

Osm dní po svém odjezdu se tampico vrátilo do zátoky espiritu santo s celou flotilou parních lodí. Murchison se podařilo shromáždit dohromady patnáct set řemeslníků. Přitahoval vysokou mzdu a značné odměny nabízené střeleckým klubem a bez jakéhokoli barevného výběru si vybral legii sázkařů, zakladatelů železa, hořáků na vápno, horníků, cihlářů a řemeslníků z každého obchodu. Jak mnoho z těchto lidí přineslo jejich rodiny s nimi, jejich odchod se podobal dokonalé emigraci.

31. Října, v deset hodin ráno, vystoupila jednotka na nábřeží města Tampa; a lze si představit aktivitu, která prostupovala městečkem, jehož populace se za jediný den zdvojnásobila.

Během prvních několika dnů byli zaneprázdněni vykládáním nákladu, který přinesla flotila, stroje a příděly, jakož i velké množství chat postavených ze železných desek, které byly odděleny rozdělené a očíslované. Ve stejném období položil barbicane první pražce železnice dlouhé patnáct kilometrů, které měly sjednotit kamenné kopce s městem Tampa. 1. Listopadu opouští barbarské město tampa s odloučením dělníků; a následujícího dne bylo celé chaty postaveno kolem kopce kamenů. Toto uzavřeli s palisádami; a pokud jde o energii a aktivitu, mohlo se to změnit za jedno z velkých měst unie. Všechno bylo umístěno pod úplný systém disciplíny a práce byly zahájeny v naprostém pořádku.

Povaha půdy byla pečlivě prozkoumána pomocí opakovaných vrtů, práce výkopu byla stanovena na 4. Listopadu.

V ten den barbicane svolal své předáky a oslovil je takto: „Jste si dobře vědomi, mí přátelé, o předmětu, se kterým jsem se shromáždil v této divoké části Floridy. Naším obchodem je postavit dělo o rozměrech devět stop ve svém vnitřním průměru, šest stop tlustý a s kamennou obnovou devatenácti a půl metru tlustou. Proto máme studnu šedesát stop v průměru, abychom se vykopali do hloubky devět set stop. Tato skvělá práce musí být dokončen do osmi měsíců, takže musíte vykopat 2 543 400 kubických stop Země za 255 dní, tj. V kulatých číslech 2 000 kubických stop denně. To by nepředstavovalo žádné potíže tisícům námořníků pracujících v otevřené zemi bude samozřejmě obtížnější v poměrně omezeném prostoru. Nicméně věc se musí udělat, a za její dosažení se počítám na vaši odvahu stejně jako na vaši schopnost. ““

V osm hodin příštího rána byla zasažena první mrtvice krumpáče na Floridě; a od té chvíle nebyl princ nástrojů v rukou rypadel nikdy na jeden okamžik neaktivní. Gangy se ulevily každé tři hodiny.

4. Listopadu začalo padesát dělníků kopat v samém středu uzavřeného prostoru na vrcholu kamenných kopců kruhový otvor o průměru šedesáti stop. Krumpáč nejprve narazil na druh černé země o tloušťce šesti palců, která byla rychle odstraněna. Na tuto Zemi se podařilo dvě stopy jemného písku, který byl pečlivě položen stranou jako hodnotný pro obsazení vnitřní formy. Po písku se objevila nějaká kompaktní bílá hlína, připomínající křídu velké Británie, která sahala až do hloubky čtyř stop. Pak železo hrbolků narazilo na tvrdé lože půdy; druh skály tvořené zkamenělými skořápkami, velmi suchý, velmi pevný a do kterého by hroty mohly snadno proniknout. V tomto bodě vykopávky vykazovaly hloubku šest a půl metru a začalo se zednické práce.

Na dně výkopu postavili kolo z dubu, jakýsi kruh silně sevřený k sobě a obrovskou sílu. Střed tohoto dřevěného disku byl vydutý na průměr rovný vnějšímu průměru kolumbie. Na tomto kolečku spočívaly první vrstvy zdiva, kameny byly spojeny hydraulickým cementem, s neodolatelnou houževnatostí. Dělníci poté, co položili kameny z obvodu do středu, byli tak uzavřeni do jakési průměrně dvacet jedna stop. Když tato práce byla dokončena, horníci pokračovali v jejich výběrech a odřízli skálu zpod kola samotného, dávali pozor, aby ji podpořili, když postupovali na bloky velké tloušťky. Na každé dvě nohy, které díra získala do hloubky, postupně stáhly bloky. Kolo pak postupně klesalo as ním masivní prstenec zdiva, na horním loži, na kterém zedníci pracovali nepřetržitě, vždy si rezervoval nějaké větrací otvory, aby umožnil únik plynu během provozu odlitku.

Tato práce vyžadovala ze strany dělníků extrémní laskavost a drobnou pozornost. Více než jeden, při kopání pod volantem, byl nebezpečně zraněn třískami kamene. Ale jejich nadšení nikdy neuspokojilo, ve dne nebo v noci. Ve dne pracovali pod paprsky spalujícího slunce; v noci, pod zábleskem elektrického světla. Zvuky úderů proti skále, prasknutí dolů, broušení strojů, věnce kouře rozptýlené vzduchem, vysledované kolem kamenů kopců kruh teroru, který stáda buvolů a válečné strany seminářů nikdy odvážný projít. Práce však pokračovaly pravidelně, protože parní jeřáby aktivně odstraňovaly odpadky. Z neočekávaných překážek tam byl malý účet; a vzhledem k předpokládaným obtížím byly rychle odstraněny.

Na konci prvního měsíce studna dosáhla hloubky stanovené pro tento čas, konkrétně 112 stop. Tato hloubka byla v prosinci zdvojnásobena a v lednu ztrojnásobena.

Během měsíce února se dělníci museli potýkat s vodní hladinou, která se dostala přes vnější půdu. Bylo nutné použít velmi výkonná čerpadla a motory se stlačeným vzduchem, aby se vypustily, aby se uzavřel otvor od toho, odkud bylo vydáno; stejně jako jeden zastaví únik na palubě lodi. Konečně se jim podařilo získat horní část těchto nepřátelských proudů; pouze v důsledku uvolnění půdy se kolo částečně uvolnilo a následovalo mírné částečné usazení. Tato nehoda stála život několika dělníků.

Žádný nový výskyt prozatím nezastavil postup operace; a desátého června, dvacet dní před vypršením období stanoveného barbarem, dosáhla studna lemovaná kamenem do hloubky 900 stop. Na dně zdivo spočívalo na masivním bloku měřícím třicet stop tloušťky, zatímco na horní části bylo na úrovni okolní půdy.

Prezident Barbicane a členové klubu zbraní vřele poblahopřáli k jejich inženýrské práci; cyklopeanská práce byla dokončena s mimořádnou rychlostí.

Během těchto osmi měsíců barbicane nikdy neopustil kopec kamenů na jediný okamžik. Držel někdy blízko práce výkopu, on nepřetržitě se zabýval se blahobytem a zdravím jeho pracovníků, a byl jedinečně šťastný v odvrácení epidemií obyčejných k velkým společenstvím lidí, a tak katastrofální v těch oblastech světa, které jsou vystaveny na vlivy tropického podnebí.

Je pravda, že mnoho dělníků zaplatilo svými životy za vyrážku vlastní nebezpečným pracím; ale těmto nehodám nelze zabránit a jsou zařazeny mezi detaily, s nimiž se Američané potýkají, ale málo. Ve skutečnosti mají větší ohled na lidskou povahu obecně než na jednotlivce.

Nicméně, barbicane vyznával opačné principy k těmto, a uváděl je v platnost při každé příležitosti. Takže díky jeho péči, inteligenci, užitečnému zásahu do všech obtíží, jeho nesmírné a humánní sagility průměr nehod nepřekročil průměr transatlantických zemí, známý pro jejich nadměrná preventivní opatření - například Francie, kde počítají s jednou nehodou za každých dva sta tisíc franků práce.

Kapitola xv

Fete obsazení

Během osmi měsíců, které byly použity při výkopových pracích, probíhaly přípravné práce odlitku současně s extrémní rychlostí. Cizinec přicházející na kamenný kopec by byl překvapen podívanou, kterou mu nabídl jeho pohled.

Na 600 yardů od studny a kruhově uspořádané kolem ní jako středový bod, zvedly 1200 ozvučovacích pecí, každá o průměru šesti stop, a od sebe se oddělily v odstupu tří stop. Obvod obsazený těmito 1200 pecemi představoval délku dvě míle. Všichni byli postaveni na stejném plánu, každý s vysokým kvadrangulárním komínem, a produkovali nejpozoruhodnější efekt.

Bude připomenout, že na jejich třetím zasedání se výbor rozhodl použít litinu pro kolumbii, zejména bílý popis. Tento kov je ve skutečnosti nejpevnější, nejtvárnější a nejpevnější a následně vhodný pro všechny formovací operace; a když je taveno uhlí z uhlí, má vynikající kvalitu pro všechny strojírenské práce vyžadující velkou odolnost, jako jsou děla, parní kotle, hydraulické lisy apod.

Litina je však, pokud je vystavena pouze jedné fúzi, zřídka dostatečně homogenní; a to vyžaduje druhou fúzi, aby se úplně zjemnila tím, že ji zbaví svých posledních pozemských ložisek. Tak dlouho před tím, než byla předána do města tampa, byla železná ruda roztavená ve velkých pecích chladu a přivedena do kontaktu s uhlí a křemíkem zahřátým na vysokou teplotu, karburizována a přeměněna na litinu. Po této první operaci byl kov poslán na kamenný kopec. Museli se však vypořádat s 136 000 000 kilogramy železa, což je příliš nákladné na to, aby je bylo možné poslat po železnici. Náklady na dopravu by byly dvojnásobné než náklady na materiál. Zdálo se lépe nakládat lodě v New Yorku a plnit je železem v barech. To však vyžadovalo ne méně než šedesát osm plavidel o hmotnosti 1 000 tun, skutečnou flotilu, která, která opustila New York 3. Května, vystoupila 10. Května téhož měsíce do zálivu espiritu santo a vyložila náklad, bez poplatků, v přístavu ve městě Tampa. Odtud bylo železo přepravováno po železnici na kamenný kopec a zhruba v polovině ledna byla na místo určení doručena tato obrovská hmota kovu.

Snadno pochopíme, že 1200 pecí nebylo příliš mnoho na to, aby se tavilo současně těchto 60 000 tun železa. Každá z těchto pecí obsahovala téměř 140 000 liber hmotnosti kovu. Všechny byly postaveny podle vzoru těch, které sloužily k odlupování rodmanské zbraně; měly lichoběžníkový tvar a vysoký eliptický oblouk. Tyto pece, vyrobené z ohnivzdorné cihly, byly speciálně přizpůsobeny pro spalování uhlí z uhlí, s plochým dnem, na kterém byly položeny železné tyče. Toto dno, nakloněné pod úhlem 25 stupňů, umožnilo kovu téci do přijímacích žlabů; a 1200 sbíhajících se zákopů odvádělo roztavený kov dolů do centrální studny.

Den po dni, kdy byly dokončeny práce zdiva a nudy, se barbicane pustil do práce na střední formě. Jeho cílem bylo nyní vyvinout se ve středu studny as shodnou osou, válec vysoký 900 stop a průměr devíti stop, který by měl přesně zaplnit prostor vyhrazený pro vrt kolumbie. Tento válec byl složen ze směsi hlíny a písku, s přídavkem malého sena a slámy. Prostor ponechaný mezi formou a zdivem měl být vyplněn roztaveným kovem, který by tak vytvořil stěny o tloušťce šest stop. Tento válec, aby si udržel rovnováhu, musel být vázán železnými pásy a v určitých intervalech pevně fixován příčnými svorkami připevněnými k obložení kamene; po odlitcích by byly pohřbeny v kovovém bloku a nezanechaly žádnou vnější projekci.

Tato operace byla dokončena 8. Července a běh kovu byl stanoven na následující den.

„Tato slavnost obsazení bude velkým obřadem," řekl j.

T. Maston svému příteli barbicane.

"nepochybně," řekl barbicane; "ale nebude to veřejné slavnosti"

„Cože! Neotevřete brány uzavřeného prostoru pro všechny příchozí?"

„Musím být velmi opatrný, mastone. Obsazení kolumbiády je nesmírně delikátní, nemluvě o nebezpečné operaci, a já bych měl raději, aby se to dělo soukromě. Při vypouštění střely, svátek, pokud se vám líbí - do té doby , Ne!"

Prezident měl pravdu. Operace zahrnovala nepředvídaná nebezpečí, která by mu velký příliv diváků zabránil odvrátit se. Bylo nutné zachovat úplnou svobodu pohybu. Nikdo nebyl přijat do uzavřeného prostoru, kromě delegace členů střeleckého klubu, který provedl plavbu do města Tampa. Mezi nimi byl svižný bilsby, lovec tomů, plukovník blomsberry, major elphinstone, generál morgan, a zbytek louky, na kterou bylo obsazení kolumbie záležitostí osobního zájmu. Jt maston se stal jejich ciceronem. Nevynechal žádný detail; řídil je v časopisech, dílnách, uprostřed motorů a nutil je, aby navštívili celých 1200 pecí jeden po druhém. Na konci dvanácté seté návštěvy byli docela dobře sraženi.

Casting měl proběhnout přesně ve dvanáctou hodinu. Předchozího večera byla každá pec naplněna 114 000 kilogramů hmotnosti kovu v barech umístěných napříč k sobě, aby umožnil volný oběh horkého vzduchu mezi nimi. Za úsvitu 1 200 komínů zvracelo jejich torrenty plamene do vzduchu a země se otřásla tupými chvěními. Tolik kilogramů kovu, kolik jich bylo na obsazení, tolik liber uhlí spálilo. Tak tam bylo 68,000 tun uhlí, které promítlo do tváře slunce tlustou clonu kouře. Teplo se v kruhu pecí brzy stalo nepřekonatelným, jehož rachotění připomínalo hřmění hromů. Výkonní ventilátoři přidali své nepřetržité výbuchy a nasycenými kyslíkem žhnoucí desky. Operace, aby byla úspěšná, musí být prováděna s velkou rychlostí. Na signálu vysílaném z kanónu měla každá pec propustit roztavené železo a úplně se vyprázdnit. Tato uspořádání, předáci a dělníci čekali na předběžný okamžik s netrpělivostí mísenou s určitým množstvím emocí. Uvnitř uzavřeného prostoru nezůstala žádná duše. Každý superintendant převzal svůj příspěvek otvorem běhu.

Barbicane a jeho kolegové, posazený na sousední vyznamenání, pomáhal při operaci. Před nimi byl kus dělostřelectva připravený vystřelit na signál od inženýra. Několik minut před polednem začaly proudit první driblety z kovu; nádrže se postupně plnily; a v době, kdy bylo celé tavení kompletně dokončeno, bylo udržováno několik minut v nečinnosti, aby se usnadnilo oddělení cizích látek.

Dvanáct hodin zasáhlo! Vystřelila náhle výstřel a vystřelil svůj plamen do vzduchu. Současně bylo otevřeno dvanáct set tavících žlabů a dvanáct set ohnivých hadů se vplížilo k centrální studni a rozvinovalo své žhavé křivky. Tam se vrhli úžasným hlukem do hloubky 900 stop. Byla to vzrušující a velkolepá podívaná. Země se třásla, zatímco tyto roztavené vlny vynášely do nebe své kouřové věnce, odpařovaly vlhkost formy a vrhaly ji vzhůru skrz větrací otvory kamenného obložení ve formě hustých parních mraků. Tyto umělé mraky rozvinuli své silné spirály do výšky 1 000 yardů do vzduchu. Divoch, putující někam za hranice obzoru, mohl uvěřit, že se v lůně Floridy utvořil nějaký nový kráter, ačkoli nedošlo ani k žádnému výbuchu, tajfunu, bouři, ani zápasům s prvky, ani s žádným z těchto hrozné jevy, které příroda dokáže produkovat. Ne, byl to jediný člověk, kdo vytvořil tyto načervenalé páry, tyto gigantické plameny hodné samotného sopky, tyto obrovské vibrace připomínající šok zemětřesení, tyto odrazy soupeří s hurikány a bouří; a to byla jeho ruka, která se vysrážela do propasti, vykopanou samotnou, celou niagaru roztaveného kovu!

Kapitola xvi

Kolumbie

Uspěl obsazení? Byli redukováni na pouhou domněnku. Tam byl opravdu každý důvod očekávat úspěch, protože forma absorbovala celou hmotu roztaveného kovu; ještě musí uplynout nějaký značný čas, než budou moci v této záležitosti dospět k jakékoli jistotě.

Během této doby byla trpělivě zkoušena trpělivost členů zbrojního klubu. Ale nemohli nic dělat. JT maston unikl pražení zázrakem. Patnáct dní po obsazení stále stoupal na otevřené obloze obrovský sloup kouře a země vypalovala chodidla chodidel v okruhu dvou set stop kolem vrcholu kopce kamenů. Nebylo možné se přiblížit blíž. Mohli jen čekat s jakou trpělivostí.

„tady jsme 10. Srpna," zvolal jit maston jednoho rána, „jen čtyři měsíce do 1. Prosince! Nikdy nebudeme připraveni včas!" barbicane neřekl nic, ale jeho mlčení zakrývalo vážné podráždění.

Denní pozorování však odhalilo určitou změnu probíhající ve stavu země. Asi 15. Srpna se vypouštěné páry významně snížily co do intenzity a tloušťky. O několik dní později Země vydechovala jen slabý kouř, poslední dech netvora uzavřený v jeho kruhu kamene. Kousek po kousku se pás tepla stahoval, až 22. Srpna, barbicane, jeho kolegové a inženýr byli umožněni vstoupit na železnou desku, která ležela na úrovni kopce kamenů.

"nakonec!" zvolal prezident klubu zbraní s obrovským úlevou.

Práce byla obnovena téhož dne. Najednou přistoupili k vyjmutí vnitřní formy za účelem vyklizování vyvrtávání kusu. Krumpáče a nudné žehličky byly nastaveny k práci bez přestávky. Jílovitá a písčitá půda získala působením tepla extrémní tvrdost; ale pomocí strojů byl odpad po vykopání rychle odvezen na železničních vagónech; a to byla horlivost práce, tak přesvědčivé argumenty barbarských dolarů, že do 3. Září všechny stopy plísně úplně zmizely.

Okamžitě byla zahájena operace nudy; a za pomoci výkonných strojů, o několik týdnů později, byl vnitřní povrch obrovské trubky dokonale válcovitý a otvor díry získal důkladný lesk.

Na délku, 22. Září, méně než twelvemonth po barbicaneově původní nabídce, byla obrovská zbraň, přesně znuděná a přesně svisle, připravena k práci. Teď už čekal jen měsíc; a byli si docela jisti, že se při setkání nedotkne.

Extáze jt maston neznala žádné meze a on zúženě unikl strašlivému pádu, zatímco zíral do trubice. Ale pro silnou ruku plukovníka blomsberry by hodný sekretář, jako moderní erostratus, našel jeho smrt v hlubinách kolumbie.

Dělo bylo poté dokončeno; nebylo možné pochybovat o jeho dokonalém dokončení. 6. Října tedy kapitán Nicholl otevřel účet mezi sebou a prezidentským barbikánem, ve kterém se mu odečítal ve výši dvou tisíc dolarů. Jeden může věřit, že hněv kapitána byl zvýšen k jeho nejvyššímu bodu, a musel ho vážně nemocit. Měl však stále tři sázky na tři, čtyři a pět tisíc dolarů; a kdyby z nich získal dva, jeho postavení by nebylo velmi špatné. Otázka peněz však do jeho výpočtů nevstoupila; byl to úspěch jeho soupeře, když hodil dělo, proti kterému by železné talíře o tloušťce šedesáti stop byly neúčinné, což by mu udělalo hroznou ránu.

Po 23. Září byla veřejnost otevřena výběh z kamenů; a bude snadno představitelné, jaký byl pohyb návštěvníků tohoto místa! Tam byl neustálý proud lidí do a z města Tampa a na místo, které se podobalo průvodu, nebo spíše poutě.

Bylo již jasné, že v den samotného experimentu bude počet diváků spočítán miliony; protože už přicházeli ze všech částí země na tento úzký pruh ostrohu. Evropa emigrovala do Ameriky.

Do té doby se však musí přiznat, zvědavost četných příchozích byla jen sporadicky uspokojená. Většina se spoléhala na to, že bude svědkem divadelní představení obsazení, a bylo s nimi zacházeno pouze kouřem. To bylo líto jídlo pro hladové oči; ale barbicane by k této operaci nepřiznal nikoho. Pak následoval reptání, nespokojenost, reptání; obviňovali prezidenta, zdanili ho diktátorským chováním. Jeho sbor byl prohlášen za „neamerický". Tam byl velmi skoro nepokoje kolem kopce kamenů; ale barbicane zůstal nepružný. Když však byla kolumbie zcela dokončena, tento stav zavřených dveří již nemohl být zachován; kromě toho by bylo špatným vkusem a dokonce i opatrností utrácet veřejné pocity. Barbicane proto otevřel kryt pro všechny příchozí; ale na základě své praktické dispozice se rozhodl vydělat peníze z veřejné zvědavosti.

Bylo to skutečně něco, co bylo možné uvažovat o této obrovské kolumbii; ale aby sestoupil do svých hloubek, zdálo se Američanům ne plus ultra pozemské felicity. V důsledku toho nebyl žádný zvědavý divák, který se nechtěl věnovat návštěvě interiéru této velké kovové propasti. Koše zavěšené na parních jeřábech jim umožnily uspokojit jejich zvědavost. Byla tu dokonalá mánie. Ženy, děti, staří muži, všichni dělali povinnost proniknout do tajemství kolosální zbraně. Cena za sestup byla stanovena na pět dolarů za hlavu; a navzdory tomuto vysokému poplatku, během dvou měsíců, které předcházely experimentu, příliv návštěvníků umožnil klubu zbraní kapesovat téměř pět set tisíc dolarů!

Netřeba říkat, že první návštěvníci kolumbie byli členy střeleckého klubu. Toto privilegium bylo oprávněně vyhrazeno tomuto slavnému tělu. Obřad se konal 25. Září. Čestný koš snesl prezidenta, jt mastona, major elphinstone, generála morgana, plukovníka blomsberry a další členy klubu, na celkem deset. Jak horké to bylo na dně té dlouhé kovové trubky! Byli napůl udušení. Ale co potěšení! Jaká extáze! Na masivní kámen, který tvořil dno kolumbie, byl položen stůl se šesti kryty a osvětlen proudem elektrického světla připomínajícího samotný den. Před hosty byla postupně umístěna řada vynikajících jídel, která vypadala, že sestupuje z nebe, a nejbohatší vína francie tekla hojně během této nádherné pochůzky, sloužila devět set stop pod povrchem země!

Festival byl animovaný, nemluvě poněkud hlučný. Toasty létaly dozadu a dopředu. Vypili na zemi a na její satelit, do klubu zbraní, unie, měsíc, diana, phoebe, selene, „pokojný kurýr noci!" všechny hurry, nesené vzhůru po sonorových vlnách obrovské akustické trubice, dorazily se zvukem hromu v jeho ústech; a zástupy se pohybovaly kolem kopců kamenů, které srdečně spojovaly své výkřiky s těmi z deseti potěšitelů skrytých před pohledem na dno gigantické kolumbie.

Jt maston už nebyl sám pánem. Ať už křičel nebo gestikuloval, jedl nebo pil nejvíc, bylo by obtížné určit to. V každém případě by se nevzdal místa pro impérium, „ani kdyby ho dělo - naložené, připravené a vystřelené v tu chvíli - nemělo vrhnout do kusů do planetárního světa." "

Kapitola xvii

Telegrafní odeslání

Velké práce, které provedl klub zbraní, se nyní prakticky skončily; a dva měsíce ještě zůstaly před dnem pro vypuštění střely na Měsíc. K obecné netrpělivosti se tyto dva měsíce objevily tak dlouho, jak roky! Doposud byly nejmenší podrobnosti operace denně zaznamenávány časopisy, které veřejnost pohltila dychtivýma očima.

Právě v tuto chvíli nastala okolnost, ta nej neočekávanější, nejneobvyklejší a nejneuvěřitelnější, probudila jejich vzdychající duchy a vrhla každou mysl do stavu nejsilnějšího vzrušení.

Jednoho dne, 30. Září, v 15:47, telegram, přenášený kabelem z valentia (irsko) na newfoundland a americkou pevninu, dorazil na adresu prezidenta barbicane.

Prezident roztrhl obálku, přečetl výtisk a přes jeho pozoruhodné schopnosti sebekontroly se jeho rty zbledly a jeho oči ztuhly, když četl dvacet slov tohoto telegramu.

Zde je text expedice, která nyní figuruje v archivech klubu zbraní:

Francie, Paříž,

30. Září, 4:00

Barbicane, tampa town, florida, usa.

Nahraďte sférickou skořepinu válcovou kónickou střelou.

Půjdu dovnitř. Dorazí parníkem atlanta.

Michel ardan.

Kapitola xviii

Cestující z Atlanty

Kdyby tato ohromující zpráva místo toho, aby proletěla elektrickými dráty, dorazila jednoduše poštou v obyčejné zapečetěné obálce, barbicane by na okamžik neváhal. Držel by o tom svůj jazyk, a to jak z opatrnosti, tak aby nemusel přehodnocovat své plány. Tento telegram by mohl být krytem některých žertů, zvláště když pocházel od francouzského muže. Která lidská bytost by někdy pojala myšlenku takové cesty? A pokud taková osoba skutečně existuje, musí to být idiot, kterého by někdo uzavřel na šílenství, spíše než ve stěnách střely.

Obsah odeslání se však rychle stal známým; protože telegrafní úředníci disponovali jen malou volností a michel ardanův návrh běžel najednou napříč několika státy unie. Barbikane proto neměl žádné další motivy k mlčení. V důsledku toho svolal takové kolegy, jaké byly v současné době ve městě Tampa, a bez jakéhokoli vyjádření svých vlastních názorů jim jednoduše přečetl samotný lakonický text. To bylo přijato se všemi možnými projevy pochybností, nedůvěry a výsměch od každého, s výjimkou JT Mastona, který zvolal: „je to skvělý nápad!"

Když barbicane původně navrhl poslat výstřel na Měsíc, každý z nich považoval podnik za dostatečně jednoduchý a proveditelný - pouhá otázka střelby; ale když člověk, vyznávající se jako rozumná bytost, nabídl průchod uvnitř střely, celá věc se stala fraškou nebo, v obyčejnějším jazyce, humbugem.

Jedna otázka však zůstala. Existovala taková bytost? Tento telegram proběhl v hloubkách atlantiku, označení plavidla na palubě, na kterém měl projít, datum přiřazené k jeho rychlému příchodu, to vše dohromady a propůjčilo návrhu určitý charakter reality. Musí získat jasnější představu o této záležitosti. Rozptýlené skupiny tazatelů se nakonec zúžily na kompaktní dav, který se rovnal rezidenci prezidenta Barbicana. Tento hodný jedinec mlčel s úmyslem sledovat události, když se objevily. Ale zapomněl vzít v úvahu veřejnou netrpělivost; a bez příjemného výrazu sledoval, jak se pod okny shromažďuje populace města Tampa. Šeptání a hlasité zvuky dole ho v současné době zavázaly, aby se objevil. Předstoupil proto, a když bylo odebráno ticho, mu občan položil následující otázku: „Je osoba uvedená v telegramu pod jménem michel ardan na cestě sem? Ano nebo ne."

„pánové," odpověděl barbicane, „nevím nic víc než vy."

„musíme vědět," zařval netrpělivé hlasy.

„čas ukáže," odpověděl prezident klidně.

„Čas nemá podnikání udržet celou zemi v napětí," odpověděl řečník. „Změnil jsi plány střely podle žádosti telegramu?"

„Ještě ne, pánové, ale máte pravdu! Musíme mít lepší informace, které musíme projít. Telegraf musí vyplnit své informace."

"do telegrafu!" zařval dav.

Barbicane sestoupil; a zamířil do obrovské sestavy a vedl cestu do telegrafní kanceláře. O několik minut později byl telegram poslán tajemníkovi upisovatelů v Liverpoolu, kde si vyžádal odpovědi na následující dotazy:

"o lodi Atlantě - kdy opustila Evropu? Měla na palubě francouzský michel ardan?"

Dvě hodiny poté dostal barbikan informace příliš přesné, aby ponechal prostor pro nejmenší zbývající pochybnosti.

"parník atlanty z Liverpoolu položeného na moře 2. Října, směřující do města Tampa, který měl na palubě frenchman nesený na seznamu cestujících jménem michel ardan."

Toho samého večera napsal domu chléb a co. A požádal je, aby zastavili vrhání střely až do obdržení dalších objednávek. 10. Října v devět hodin signalizovaly semafory kanálu bahama hustý kouř na obzoru. O dvě hodiny později si s nimi vyměnil velký parník. Jméno atlanty najednou přeletělo nad městem Tampa. Ve čtyři hodiny vstoupila anglická loď do zálivu espiritu santo. V pět překročil průchod kopce Hillisborough v plné páře. V šest vrhla kotvu v přístavu tampa. Kotva sotva chytila písčité dno, když Atlanta obklopilo pět set lodí a parník byl napaden útokem. Barbicane byl první, kdo vstoupil na palubu, a hlasem, jehož se marně pokoušel skrýt emoce, nazvaný „michel ardan".

"tady!" odpověděl jednotlivec posazený na hovno.

Barbicane se zkříženýma rukama se pevně podíval na pasažéra v Atlantě.

Byl to muž kolem čtyřiceti dvou let, velké postavy, ale mírně zaoblený. Jeho masivní hlava na okamžik potřásla šokem načervenalých vlasů, který připomínal lví hřívu. Jeho tvář byla krátká se širokým čelem a byla vybavena knírkem jako štětina jako kočka a malými skvrnami nažloutlých vousů na plných tvářích. Kulaté, divoké oči, mírně slabozraké, dokončily fyziognomii v podstatě kočkovitou. Nos měl pevně tvarovaný, ústa obzvláště sladká ve výrazu, vysoká čelo, inteligentní a svraštělá vrásky jako nově orané pole. Tělo bylo silně vyvinuté a pevně připevněno k dlouhým nohám. Svalnaté paže a obecná rozhodovací síla mu přinesla vzhled vytrvalého, veselého společníka. Byl oblečený v obleku s velkými rozměry, volným šátkem, otevřeným košilím a odhalil robustní krk; jeho manžety byly vždy rozepnuté, skrze které se objevila dvojice červených rukou.

Na můstku parníku, uprostřed davu, se zhroutil sem a tam, nikdy na okamžik, „táhl kotvy," jak říkají námořníci, gestikuloval, uvolňoval se s každým, kousal si nehty nervózním nadšením . On byl jeden z těch originálů, které příroda občas vymýšlí v podivné chvíli, a z nichž pak rozbije formu.

Kromě jiných zvláštností se tato zvědavost vydala na vznešenou nevědomost, „jako shakespeare", a vyznávala nejvyšší pohrdání všemi vědeckými muži. Tito „chlapi", jak jim říkal, „jsou způsobilí jen označit body, zatímco hrajeme hru." ve skutečnosti byl důkladný bohémský, dobrodružný, ale nikoli dobrodruh; chlap s mozkem zajíce, druh icaru, který vlastní pouze křídla. Pro zbytek, on byl vždy v šrotu, končit vždy tím, že spadne na jeho nohy, jako ty malé postavy, které oni prodávají pro dětské hračky. Několika slovy, jeho mottem bylo „mám své názory" a láska k nemožnému představovala jeho vládnoucí vášeň.

Takový byl cestující z Atlanty, vždy vzrušující, jako by se vařil pod vlivem vnitřního ohně podle charakteru jeho fyzické organizace. Kdyby někdy dva jedinci nabídli výrazný kontrast mezi sebou, byli to určitě michel ardan a yankee barbicane; oba kromě toho jsou stejně podnikaví a odvážní, každý svým vlastním způsobem.

Kontrola, kterou zavedl prezident klubu zbraní v souvislosti s tímto novým soupeřem, byla rychle přerušena výkřiky a huráby davu. Výkřiky se konečně staly tak hrozné a lidové nadšení přijalo tak osobní formu, že michel ardan, když několikrát potřásl rukama, při bezprostředním nebezpečí, že nechal prsty za sebou, konečně omdlel, aby udělal závor pro jeho kabinu.

Barbicane ho následoval beze slova.

"Jste barbicane, myslím?" řekl michel ardan tónem, v němž by oslovil přítele, který stál dvacet let.

„Ano," odpověděl prezident klubu zbraní.

"v pořádku! Jak to děláš, barikane? Jak se máš na tom - docela dobře? To je v pořádku."

"ano," řekl barbicane bez dalších předběžných opatření, "jste odhodláni jít."

"docela rozhodnuto."

"nic tě nezastaví?"

„nic. Upravili jste svůj projektil podle mého telegramu."

„Čekal jsem na tvý příjezd.

„Odráží se? Mám čas ušetřit? Najdu příležitost udělat prohlídku na Měsíci, a tím chci z toho profitovat. Je tu celá podstata věci."

Barbicane se na toho muže, který tak lehce hovořil o jeho projektu, s tak úplnou absencí úzkosti podíval tvrdě. „Ale alespoň," řekl, „máte nějaké plány, nějaké prostředky k realizaci vašeho projektu?"

"Výborně, můj drahý barbikane; dovolte mi, abych nabídl pouze jednu poznámku: Mým přáním je vyprávět můj příběh jednou provždy všem, a pak s ním udělat; pak nebude potřeba rekapitulace. Takže, pokud máte žádné námitky, shromáždit své přátele, kolegy, celé město, celou Floridu, celou Ameriku, pokud se vám líbí, a zítra budu připraven vysvětlit své plány a odpovědět na jakékoli námitky, cokoli může být pokročilé. Čekat bez míchání. Bude to vyhovovat? "

"v pořádku," odpověděl barbicane.

Prezident řekl kabině a informoval dav o návrhu michel ardan. Jeho slova byla přijímána s tleskáním rukou a výkřiky radosti. Odstranili všechny potíže. Zítra by každý přemýšlel o své lehkosti tohoto evropského hrdiny. Nicméně někteří diváci, více pobuřující než ostatní, by neopustili palubu Atlanty. Minuli noc na palubě. Mezi jiným jt maston dostal jeho hák fixovaný v česání hovínka, a to skoro téměř vyžadovalo capstan dostat to znovu ven.

„Je to hrdina! Vykřikl, téma, o kterém nikdy nebyl unavený, že zazvonil změny; "a my jsme jen jako slabé, hloupé ženy, ve srovnání s touto Evropanem!"

Pokud jde o prezidenta, poté, co návštěvníkům navrhl, že je čas odejít, znovu vstoupil do kabiny cestujícího a zůstal tam, dokud zvonek parníku nedělal půlnoci.

Ale pak dva soupeři v popularitě potřásli rukama a rozdělili se na intimní přátelství.

Kapitola xix

Setkání monster

Následujícího dne se barbicane, který se obával, že michel ardan může položit nerozhodné otázky, chtěl snížit počet diváků na několik zasvěcených, například na své vlastní kolegy. Mohl se také pokusit zkontrolovat pády niagary! Byl proto nucen se tohoto nápadu vzdát a nechat svého nového přítele, aby řídil šance na veřejnou konferenci. Místo, které bylo vybráno pro toto setkání s netvory, bylo rozlehlou plání situovanou v zadní části města. Během několika hodin se díky lodní dopravě v přístavu natáhla přes vyprahlou prérii obrovská střecha plátna a chránila ji před hořícími paprsky slunce. Tam tři sta tisíc lidí po mnoho hodin vzdorovalo dusivému vedru, zatímco čekalo na příchod francouzáka. Z tohoto davu diváků mohl první soubor vidět i slyšet; druhý set špatně viděl a vůbec nic neslyšel; a co se týče třetího, vůbec nic neviděl ani neslyšel. Ve tři hodiny vystoupil michel ardan s doprovodem hlavních členů střeleckého klubu. Po jeho pravici byl podporován prezidentským barbicanem a po jeho levé straně jt mastonem, zářivějším než polední slunce a téměř stejně rudý. Ardan nasedl na plošinu, z níž se jeho pohled rozšířil přes moře černých klobouků.

Nevykazoval sebemenší rozpaky; byl stejně gay, povědomý a příjemný, jako by byl doma. K hurrahům, kteří ho pozdravili, odpověděl elegantním lukem; pak mával rukama, aby požádal o ticho, promluvil v naprosto správné angličtině takto:

„pánové, navzdory velmi horkému počasí vás žádám o trpělivost na krátkou dobu, zatímco nabízím několik vysvětlení týkajících se projektů, o kterých se zdá, že vás tak zajímají. Nejsem ani řečníkem, ani vědeckým člověkem, a neměl jsem tušení oslovit Vy jste na veřejnosti, ale můj přítel barbicane mi řekl, že byste mě chtěli slyšet, a já jsem docela k vašim službám. Poslouchejte mě tedy svými šesti stovkami tisíc uší a omluvte prosím chyby reproduktoru. Modlete se, nezapomeňte, že před sebou vidíte dokonalého nevědomého člověka, jehož nevědomost jde tak daleko, že nedokáže ani pochopit potíže! Zdálo se mu, že je docela jednoduché, přirozené a snadné zaujmout místo v projektilu a začít pro Měsíc! Tato cesta musí proběhnout dříve nebo později a pokud jde o způsob lokomoce, jde jednoduše o zákon pokroku. Muž začal chodit po všech čtyřech, pak jeden krásný den na dvou stopách; pak v kočáru, pak v jevišti a lastl y železniční. Projektil je nosičem budoucnosti a samotné planety nejsou ničím jiným! Teď si někteří z vás, pánové, dokážeme představit, že rychlost, kterou jí navrhujeme, je extravagantní. Není to nic podobného. Všechny hvězdy jej rychle překračují a Země nás v tuto chvíli nese třikrát rychleji kolem Slunce a přesto je na cestě ve srovnání s mnoha jinými planetami pouhým lehátkem! A její rychlost neustále klesá. Není tedy zřejmé, že se vás tedy ptám, že se někdy objeví rychlosti mnohem větší než tyto, z nichž světlo nebo elektřina bude pravděpodobně mechanickým činitelem?

„Ano, pánové," pokračoval řečník, „navzdory názorům některých úzkoprsých lidí, kteří zavřeli lidskou rasu na této planetě, jako v nějakém magickém kruhu, který nesmí nikdy překonat, jednoho dne budeme cestovat na Měsíc, planety a hvězdy, se stejným zařízením, rychlostí a jistotou, jak nyní provádíme plavbu z Liverpoolu do New Yorku! Vzdálenost je jen relativní výraz a musí skončit snížením na nulu. "

Shromáždění, silně predisponované, protože byly pro

Francouzský hrdina, byli v této odvážné teorii trochu ohromeni.

Michel ardan tuto skutečnost vnímal.

„pánové," pokračoval s příjemným úsměvem, „vy se vám nezdá docela přesvědčen. Velmi dobře! Dejte nám důvod tuto věc vyjasnit. Víte, jak dlouho bude trvat, než se expresní vlak dostane na Měsíc? Tři sta dní; nic víc a co je to? Vzdálenost není více než devětkrát větší obvod Země, a nejsou žádní námořníci ani cestovatelé, kteří by měli jen mírnou aktivitu, kteří za své životy neprovedli delší cesty, než jsou cesty. Že budu na své cestě jen devadesát sedm hodin. Aha! Vidím, že počítáte s tím, že Měsíc je daleko od Země, a že člověk musí myslet dvakrát před provedením experimentu. Kdybychom mluvili o tom, že půjdeme do Neptunu, který se točí ve vzdálenosti více než dva tisíce sedm set dvacet milionů mil od Slunce! A co je to ve srovnání se vzdáleností pevných hvězd, z nichž některé, jako například arcturus, jsou od nás vzdáleny miliardy kilometrů? A pak mluvíte o d Odpor, který odděluje planety od slunce! A existují lidé, kteří tvrdí, že existuje něco jako vzdálenost. Absurdita, hloupost, idiotský nesmysl! Víš, co si myslím o našem vlastním solárním vesmíru? Řeknu ti svou teorii? Je to velmi jednoduché! Podle mého názoru je sluneční soustava pevným homogenním tělesem; planety, které ji tvoří, jsou ve skutečném vzájemném kontaktu; a cokoli mezi nimi existuje, není nic jiného než prostor, který odděluje molekuly nejhustšího kovu, jako je stříbro, železo nebo platina! Mám tedy právo potvrdit a opakuji s přesvědčením, které musí proniknout do všech vašich myslí, „vzdálenost je jen prázdné jméno; vzdálenost opravdu neexistuje! ""

"Hurá!" vykřikl jeden hlas (je třeba říci, že to byl jt maston). "vzdálenost neexistuje!" a přemožen energií svých pohybů téměř spadl z plošiny na zem. Právě unikl prudkému pádu, který by mu dokázal, že vzdálenost není v žádném případě prázdné jméno.

„pánové," pokračoval řečník, „opakuji, že vzdálenost mezi Zemí a jejím satelitem je pouhá maličkost a nezaslouží vážné ohledy. Jsem přesvědčen, že před dvaceti lety bude více než polovina naší země zaplacena návštěva na Měsíci. Teď, moji hodní přátelé, pokud se mě chcete na něco zeptat, obáváte se, bohužel, ubohého muže, jako jsem já; přesto se budu snažit odpovědět. "

Až do této chvíle byl prezident střeleckého klubu spokojen s obratem, který diskuse vedla. Nyní však bylo žádoucí odklonit se od otázek praktické povahy, s nimiž byl bezpochyby mnohem méně obeznámený. Barbicane se proto rychle ponořil do slova a začal se ptát svého nového přítele, zda si myslí, že Měsíc a planety byly obývány.

„dal jsi mi před sebou velký problém, můj hodný prezidente," odpověděl řečník s úsměvem. „muži velké inteligence, jako je plutarch, švédsko, bernardin de st. Pierre, a jiní se, pokud se nemýlím, vyslovili kladně. Při pohledu na otázku z pohledu přírodního filozofa bych měl říci, že na světě nic zbytečného neexistovalo, a když odpovím na vaši otázku jiným, měl bych se odvážit tvrdit, že pokud jsou tyto světy obyvatelné, buď jsou, byly nebo budou obývány. ""

„nikdo nemohl odpovědět logičtěji ani spravedlivěji," odpověděl prezident. „Otázka se pak vrací k tomuto: jsou tyto světy obyvatelné? Z mé strany věřím, že jsou."

„Pro sebe to cítím jistě," řekl michel ardan.

„přesto," odsekl jeden z publika, „existuje mnoho argumentů proti obývatelnosti světů. Životní podmínky musí být zjevně značně upraveny na většině z nich. Abychom zmínili pouze planety, měli bychom být buď živí někteří, nebo zmrazení k smrti v jiných, podle toho, že jsou více či méně vzdálení od slunce. "

„Je mi líto," odpověděl michel ardan, „že nemám tu čest osobně znát svého protivníka, protože bych se ho pokusil odpovědět. Jeho námitka má své přednosti, přiznávám; ale myslím si, že s tím můžeme úspěšně bojovat, protože stejně jako všechny ostatní, které ovlivňují obývatelnost jiných světů. Kdybych byl přirozeným filozofem, řekl bych mu, že kdyby bylo méně kalorického množství uvedeno do pohybu na planetách, které jsou nejblíže slunci, a naopak, naopak, na ti, kteří jsou z toho nejdál odstraněni, by tato jednoduchá skutečnost sama o sobě stačila k vyrovnání tepla a aby byla teplota těchto světů podporovatelná bytostmi organizovanými jako my. Kdybych byl přírodovědcem, řekl bych mu, že podle některých slavných muži vědy, příroda nás vybavila příklady na Zemi zvířat existujících za velmi proměnlivých životních podmínek, které ryby dýchají ve středně osudném stavu vůči jiným zvířatům, že obojživelná stvoření mají dvojí existenci velmi obtížně vysvětlitelnou na; že určití obyvatelé moří udržují život v obrovských hloubkách, a tam podporují tlak rovnající se tlaku padesáti nebo šedesáti atmosfér, aniž by byli rozdrceni; že několik vodních hmyzů necitlivých na teplotu se setkává stejně mezi vroucími prameny a na zamrzlých pláních polárního moře; v pořádku, že nemůžeme pomoci rozpoznat v přírodě rozmanitost prostředků pro provoz často nepochopitelné, ale ne méně reálné. Kdybych byl lékárnou, řekl bych mu, že aerolity, těla zjevně vytvořená zevně našeho pozemského světa, odhalily po analýze nesporné stopy uhlíku, látku, která vděčí za svůj původ pouze organizovaným bytostem a která podle experimenty reichenbachu, musely být samy o sobě animovány. A konečně, byl mimo jiné teolog, řekl bych mu, že schéma Božího vykoupení, podle st. Paul, zdá se být použitelný nejen na Zemi, ale na všechny nebeské světy. Ale bohužel nejsem ani teolog, ani chemik, ani přírodovědec ani filozof; proto se ve své absolutní nevědomosti o velkých zákonech, kterými se řídí vesmír, omezuji na odpověď: „Nevím, zda jsou světy obývány nebo ne: a protože nevím, uvidím!" "

Zda by michel ardanův antagonista riskoval další argumenty, nebo ne, je nemožné říci, protože hrozné výkřiky davu by neumožnily žádné vyjádření názoru k slyšení. Po obnovení ticha se triumfální řečník spokojil s přidáním následujících poznámek:

„pánové, všimnete si, že jsem se této velké otázky dotkl, ale mírně jsem se dotkl. Existuje další úplně jiná linie argumentů ve prospěch obyvatelnosti hvězd, které v současné době vynechávám. Chci jen upozornit na jeden bod ... Těm, kteří tvrdí, že planety nejsou obydleny, může odpovědět: můžete mít naprosto pravdu, pokud dokážete jen ukázat, že Země je nejlepším možným světem, navzdory tomu, co řekl voltaire. , zatímco jupiter, uran, saturn, Neptun mají každý několik, výhodou není v žádném případě opovržení., ale to, co činí náš vlastní planetu tak nepříjemným, je sklon její osy k rovině její oběžné dráhy. Noci, tedy nepříjemná různorodost ročních období. Na povrchu našich nešťastných sféroidů jsme vždy buď příliš horcí nebo příliš chladní, v zimě mrzneme, v létě grilovali, je to planeta revmatismu, kašle, bronchitida; povrch o Například v případě, že osa je mírně nakloněná, mohou si obyvatelé užívat stejných teplot. Má zóny věčných pramenů, léta, podzimů a zim; každý jovian si může sám zvolit, jaké klima má rád a celý jeho život stráví v bezpečí před všemi změnami teploty. Určitě snadno připustíte tuto nadřazenost jupiteru nad naší vlastní planetou, abyste neřekli nic o jeho letech, z nichž každý se rovná dvanácti našim! Pod takovou záštitou a tak úžasnými podmínkami existence se mi zdá, že obyvatelé tak šťastného světa musí být v každém ohledu nadřazeni sobě samým. Vše, co k dosažení této dokonalosti potřebujeme, je pouhá maličkost spočívající v tom, že osa rotace je méně nakloněna k rovině její oběžné dráhy! "

"Hurá!" zařval energický hlas: „spojme naše úsilí, vymyslíme potřebné stroje a napravíme zemskou osu!"

Tento návrh následoval hromový potlesk, jehož autorem samozřejmě nebyl jen jt maston. A s největší pravděpodobností, pokud musí být řečeno pravdě, pokud by yankees mohli najít pouze místo aplikace, vytvořili by páku schopnou pozvednout Zemi a napravit její osu. Právě tento nedostatek zmatil tyto odvážné mechaniky.

Kapitola xx

Útočí a riposte

Jakmile vzrušení ustoupilo, zazněla silná a odhodlaná slova následující slova:

„Nyní, když nás řečník upřednostnil s tolik fantazií, byl by tak dobrý, aby se vrátil ke svému tématu a poskytl nám trochu praktického pohledu na otázku?"

Všechny oči směřovaly k tomu, kdo mluvil. Byl to trochu vyschlý muž aktivní postavy s americkým bradavičím bradou. Profitoval z různých pohybů v davu a díky stupňům dokázal získat přední řadu diváků. Tam se zkříženýma rukama a přísným pohledem sledoval hrdinu setkání. Poté, co položil svou otázku, mlčel a zdálo se, že si nevšiml tisíců pohledů namířených proti sobě, ani šepot nespokojenosti nadšený jeho slovy. Setkal se nejprve bez odpovědi a zopakoval svou otázku se zřetelným důrazem a dodal: „Jsme tady, abychom mluvili o Měsíci a ne o Zemi."

„Máte pravdu, pane," odpověděl michel ardan; „diskuse se stala nepravidelnou. Vrátíme se na Měsíc."

„Pane," řekl neznámý, „předstíráte, že náš satelit je obýván. Velmi dobrý, ale pokud existují selenity, musí rasa bytostí jistě žít bez dýchání, protože - varuji vás pro vlastní potřebu - neexistuje nejmenší částice vzduchu na povrchu měsíce. "

V této poznámce ardan zvedl šok z rudých vlasů; viděl, že se právě zapojil do boje s touto osobou na samotném základu celé otázky. On se na něj přísně podíval a řekl:

„ach! Takže na Měsíci není vzduch? a modli se, pokud jsi tak dobrý, kdo se to dovolí potvrdit?

"muži vědy."

"opravdu?"

"opravdu."

„Pane," odpověděl michel, „rozkošně, mám hlubokou úctu k mužům vědy, kteří mají vědu, ale k hlubokému pohrdání muži, kteří nemají vědu."

"znáš někoho, kdo patří do druhé kategorie?"

„rozhodně. Ve Francii jsou někteří, kdo tvrdí, že matematicky pták nemůže létat; jiní, kteří teoreticky prokazují, že ryby nebyly nikdy stvořeny k tomu, aby žily ve vodě."

"Nemám nic společného s osobami tohoto popisu a mohu citovat, na podporu mého prohlášení, jména, ke kterým nemůžete odmítnout úcty."

„Pak, pane, budete smutně v rozpacích ubohého ignoranta, který kromě toho nepožaduje nic lepšího, než se učit."

"Proč tedy představujete vědecké otázky, pokud jste je nikdy nečetli?" zeptal se poněkud hrubě neznámý.

"z toho důvodu, že je vždy statečný a nikdy netuší nebezpečí." Nevím nic, je to pravda, ale právě to je moje velmi slabá stránka, která tvoří moji sílu. ""

„Tvoje slabost je bláznovství," odsekla neznámá ve vášni.

„o to lépe," odpověděl náš francouzák, „pokud mě to dovede až na Měsíc. "

Barbicane a jeho kolegové pohltí očima vetřelce, který se tak odvážně postavil do protikladu k jejich podnikání. Nikdo ho neznal a prezident, znepokojený výsledkem tak svobodné diskuse, pozoroval svého nového přítele s jistou úzkostí. Setkání začalo být poněkud fidgety také, protože soutěž zaměřila jejich pozornost na nebezpečí, ne-li skutečné nemožnosti, navrhované expedice.

„Pane," odpověděl ardanův antagonista, „existuje mnoho nezvratných důvodů, které prokazují nepřítomnost atmosféry na Měsíci. Mohl bych říci, že a priori, pokud někdo vůbec existuje, musel být pohlcen Zemí; Raději předkládám nesporná fakta. "

"Pak je přiveďte dopředu, pane, tolik, kolik chcete."

„víte," řekl cizinec, „že když jakýkoli světelný paprsek překročí médium, jako je vzduch, jsou odkloněny z přímky; jinými slovy, podstoupí lom. Dobře! Když hvězdy dopadají na Měsíc, Jejich paprsky na pastvě na okraji disku nevykazují nejmenší odchylku ani nenabízejí sebemenší náznak lomu. Z toho vyplývá, že měsíc nemůže být obklopen atmosférou.

„ve skutečnosti," odpověděl ardan, „tohle je tvůj náčelník, ne-li tvůj jediný argument; a skutečně vědecký člověk by mohl být zmatený, aby na to odpověděl. Pro sebe jednoduše řeknu, že je vadný, protože předpokládá, že úhlový průměr měsíce byl úplně určen, což není pravda. Ale pokračujme. Řekni mi, můj drahý pane, připouštíš existenci sopek na povrchu měsíce? "

"zaniklý, ano! V činnosti, ne!"

"tyto sopky však byly najednou ve stavu činnosti?"

"je pravda, ale protože si dodávají kyslík nezbytný pro spalování, pouhá skutečnost, že jejich erupce neprokazuje přítomnost atmosféry."

„pokračuj znovu; a odložme tuto třídu argumentů, abychom se dostali k přímým pozorováním. V roce 1715 astronomové louville a halley, pozorující zatmění 3. Května, poznamenali některé velmi mimořádné scintilace. , rychlejší povahy a častého opakování, přičítali bouřky generované v měsíční atmosféře. "

„v roce 1715,“ odpovědělo neznámé, „astronomové si mylně a halley zaměňují omyly s jevy, které byly čistě pozemské, jako jsou meteorická nebo jiná těla, která se vytvářejí v naší vlastní atmosféře. Toto bylo vědecké vysvětlení v době skutečností ; a to je moje odpověď nyní. “

„znovu,“ odpověděl ardan; "herschel, v roce 1787, pozorovala na povrchu měsíce velké množství světelných bodů, že?"

„Ano! Ale bez jejich řešení. Herschel od nich nikdy nevyvodil nutnost měsíční atmosféry. A mohu dodat, že baeer a maedler, dva velké úřady na Měsíci, se zcela shodují, pokud jde o celou absenci vzduch na jeho povrchu. “

Mezi shromážděním se zde projevilo hnutí, které se zdálo, že argumenty této jedinečné osobnosti vzruší.

„Pojďme,“ odpověděl ardan s dokonalým chladem, „a dospějeme k jednomu důležitému faktu. Zručný francouzský astronom, m. Laussedat, sledující zatmění 18. Července 1860, sondoval, že rohy měsíčního půlměsíce byly zaoblené a nyní zkrácený. Tento vzhled mohl být způsoben pouze odchylkou slunečních paprsků při průchodu atmosférou měsíce. Neexistuje jiné možné vysvětlení faktů. “

"ale je to prokázáno jako fakt?"

"absolutně jisté!"

Zde došlo k protiútoku ve prospěch hrdiny setkání, jehož protivník byl nyní ztišen. Ardan pokračoval v konverzaci; a aniž by projevil nadšení z výhody, kterou získal, jednoduše řekl:

„Uvidíš, můj drahý pane, nesmíme tedy s absolutní pozitivitou vyslovovat proti existenci atmosféry na Měsíci. Tato atmosféra je pravděpodobně extrémní vzácnosti; v současné době však věda obecně připouští, že existuje."

„ne na horách, ve všech událostech," vrátil neznámý, nechtěl se vzdát.

„Ne! Ale na dně údolí a nepřesahujícím výšku několika stovek stop."

"v každém případě budete dělat dobře, abyste přijali veškerá preventivní opatření, protože vzduch bude hrozně zřídkavý."

„Můj dobrý pane, vždy bude dost pro osamělého jedince; kromě toho, jakmile tam jednou dorazím, udělám, co bude v mých silách, abych šetřil, a abych dýchal až na velké příležitosti!"

V uších tajemného partnera, který se na shromáždění zlostně zahleděl, zazněl obrovský řev smíchu.

„pak," pokračoval ardan, s nedbalým vzduchem, „protože jsme v souladu s přítomností určité atmosféry, jsme nuceni přiznat přítomnost určitého množství vody. Je to pro mě šťastný důsledek. Můj přátelský protivník, dovolte mi, abych vám podrobil ještě jedno pozorování. Známe pouze jednu stranu disku Měsíce, a pokud je nám na tváři předložen jen malý vzduch, je možné, že na té odvrácené je spousta. Od nás."

"az jakého důvodu?"

„protože Měsíc při působení přitažlivosti Země zaujal podobu vajíčka, na které se díváme z menšího konce. Hausenovými výpočty tedy vyplývá, že jeho těžiště se nachází na druhé polokouli. Z toho vyplývá, že během prvních dnů jejího vytvoření musela být velká část vzduchu a vody odváděna na druhou tvář našeho satelitu. "

"čistá fantazie!" vykřikl neznámý.

„Ne! Čisté teorie!, které jsou založeny na zákonech mechaniky, a zdá se mi obtížné je vyvrátit. Odvolávám se tedy na toto setkání a dávám jim, zda je možný život, jaký existuje na Zemi, možný. Na povrchu měsíce? "

Tři sta tisíc auditorů najednou tleskali. Ardanův soupeř se pokusil proniknout jiným slovem, ale nemohl dosáhnout slyšení. Výkřiky a hrozby na něj padaly jako krupobití.

"dost! Dost!" vykřikl.

"odvezte vetřelce!" křičeli ostatní.

"otoč ho!" zařval rozzlobený dav.

Ale on se pevně držel plošiny, nepohnul se ani centimetr, a nechal bouři, aby pokračovala, což by brzy nabralo ohromných rozměrů, kdyby to michel ardan gestem nezklidnil. Byl příliš rytířský na to, aby opustil svého soupeře ve zjevném konci.

"Chtěl jsi říct ještě pár slov?" zeptal se příjemným hlasem.

"Ano, tisíc; nebo spíše ne, jen jeden! Pokud vytrváte ve svém podniku, musíte být --—"

„velmi unáhlená osoba!

„Ale nešťastný člověče, strašlivá rána tě rozbije na kusy na začátku."

"můj drahý protirečeče, právě jste položili prst na pravou a jedinou obtíž; přesto mám příliš dobrý názor na průmyslového génia Američanů, abych nevěřil, že se mu podaří jej překonat."

"ale teplo se vyvíjelo rychlostí střely při přechodu vzduchové vrstvy?"

"ach! Stěny jsou tlusté a brzy budu mít atmosféru."

"ale vítězové a voda?"

"Vypočítal jsem nabídku na twelvemonth a já budu na cestě jen čtyři dny."

"ale pro vzduch dýchat na silnici?"

"Udělám to chemickým procesem."

"Ale tvůj pád na Měsíc, předpokládej, že jsi ho někdy dosáhl?"

"Bude to šestkrát méně nebezpečné než náhlý pád na Zemi, protože váha bude na povrchu Měsíce jen šestina."

"Stále vám bude stačit rozbít vás jako sklo!"

"Co má zabránit tomu, abych zpomalil šok pomocí vhodně umístěných rakct a zapálil se ve správný okamžik?"

„Nakonec, za předpokladu, že všechny překonané obtíže jsou odstraněny, jsou odstraněny všechny překážky, předpokládajíc vše, co je pro vás výhodné, a uděláte, že můžete přijít v bezpečí a zvuku na Měsíc, jak se vrátíte?"

"Já se nevrátím!"

Při této odpovědi, téměř vznešeně ve své jednoduchosti, shromáždění ztichlo. Ale jeho mlčení bylo výmluvnější, než by mohlo být jeho výkřikem nadšení. Neznámý profitoval z příležitosti a znovu protestoval:

"nevyhnutelně se zabiješ!" plakal; "a tvoje smrt bude smrtí šílence, k ničemu i vědě!"

"pokračujte, má drahá neznámá, protože vaše proroctví jsou opravdu příjemná!"

"to je opravdu moc!" vykřikl michel ardanův protivník. „Nevím, proč bych měl pokračovat v tak frivolní diskusi! Prosím o sebe, o této šílené výpravě! Nemusíme se o vás starat!"

"Modlete se, nestůjte na obřadu!"

„Ne! Za tvoje jednání je zodpovědná jiná osoba."

"Kdo, mohu se zeptat?" požadoval michel ardan v odporném tónu.

"nevědomý, kdo uspořádal tento stejně absurdní a nemožný experiment!"

Útok byl přímý. Barbicane, od té doby, co zásah neznámého, vyvíjel strašné úsilí o sebeovládání; nyní, když však viděl, že se sám přímo zaútočil, už se nemohl omezovat. Najednou vstal a spěchal na nepřítele, který ho tak odvážil do tváře, když se najednou ocitl oddělený od něj.

Platforma byla zvednuta o sto silných zbraní a prezident klubu zbraní se dělil s michelskými ardskými triumfálními vyznamenáními. Štít byl těžký, ale nositelé přicházeli v nepřetržitých štafetách, zpochybňovali, bojovali, dokonce bojovali mezi sebou ve své dychtivosti, aby na tuto demonstraci půjčili svá ramena.

Nicméně neznámý nezískal zisk z opuštění svého postu. Kromě toho to nemohl udělat uprostřed toho kompaktního davu. Tam držel v přední řadě se zkříženýma rukama a zadíval se na prezidenta barbicana.

Výkřiky ohromného davu pokračovaly ve svém nejvyšším hřišti během tohoto vítězného pochodu. Michel ardan to vzal s očividným potěšením. Jeho tvář zářila radostí. Několikrát se zdálo, že se platforma zmocnila nadhazováním a valila se jako loď poražená počasím. Ale dva hrdinové setkání měli dobré mořské nohy. Nikdy klopýtli; a jejich loď dorazila bez poplatků do přístavu města Tampa.

Michel ardan dokázal naštěstí uniknout z posledních objetí svých energických obdivovatelů. Udělal pro hotel franklin, rychle získal svou komnatu a sklouzl pod povlečení, zatímco pod jeho okny hlídala armáda stovky tisíc mužů.

Během této doby se konala scéna, krátká, vážná a rozhodná, mezi tajemnou osobností a prezidentem klubu zbraní.

Barbicane, konečně volný, šel přímo ke svému protivníkovi.

"Přijít!" řekl krátce.

Druhý ho následoval na nábřeží; a oba se v současné době ocitli sami u vchodu do otevřeného mola na pádu jonesů.

Oba nepřátelé, stále vzájemně neznámí, se na sebe dívali.

"kdo jsi?" zeptal se barbikane.

"kapitáne nicholl!"

"Tak jsem si myslel. Až dosud jsem tě náhodou nikdy vrhl do cesty."

"Jsem za tím účelem."

"urazil jsi mě."

„veřejně!"

"a ty mi za tuto urážku odpovíš?"

"právě v tuhle chvíli."

„Ne! Přál bych si, aby všechno, co prochází mezi námi, bylo tajné. Je to dřevo ležící tři míle od tampy, dřevo skersnawu.

"vím to."

„budeš tak dobrý, abys to vstoupil zítra ráno v pět hodin na jedné straně?"

"Ano! Pokud vstoupíte na druhou stranu ve stejnou hodinu."

"A nezapomenete na pušku?" řekl barbicane.

"nic víc, než ty zapomenete?" odpověděl nicholl.

Tato slova byla chladně promluvena, rozešel se prezident klubu zbraní a kapitán. Barbicane se vrátil do svého ubytování; ale místo toho, aby chytil několik hodin odpočinku, prošel celou noc ve snaze objevit prostředky, jak se vyhnout zpětnému rázu střely, a vyřešit obtížný problém, který navrhl michel ardan během diskuse na setkání.

Kapitola xxi

Jak frenchman spravuje poměr

Zatímco smlouva o tomto souboji byla projednávána prezidentem a kapitánem - tento hrozný, divoký souboj, ve kterém se každý protivník stal lovcem člověka - michel ardan odpočíval od únavy svého triumfu. Odpočinek je sotva vhodným výrazem, pro americké postele konkurenční mramor nebo žulové stoly pro tvrdost.

Ardan spal, a tak hrozné, házel se mezi látky, které mu sloužily na prostěradla, a snil o tom, aby ve svém střelu vytvořil pohodlnější pohovku, když jeho sny rušily hrozné zvuky. Hromové rány otřásly jeho dveřmi. Zdálo se, že byly způsobeny nějakým železným nástrojem. V této raketě, která byla dosti brzy ráno, bylo rozeznatelné hodně hlasité řeči. "otevřete dveře," zakřičel někdo, "kvůli nebi!" ardan neviděl žádný důvod pro splnění tak hrubě vyjádřené poptávky. Vstal a otevřel dveře, stejně jako to ustupovalo před údery tohoto rozhodného návštěvníka. Do místnosti vtrhla sekretářka klubu zbraní. Bomba nemohla vydat více hluku nebo vstoupit do místnosti s menším obřadem.

"včera v noci," zvolal jt maston, ex abrupto, "náš prezident byl během schůzky veřejně uražen. Vyprovokoval svého protivníka, který není nikdo jiný než kapitán Nicholl! Bojují dnes ráno v lese skersnaw. Slyšel jsem všechny podrobnosti z úst samotného barbikanu. Pokud je zabit, pak je náš plán na konci. Musíme zabránit jeho souboji; a jediný člověk má dostatečný vliv na barbicane, aby ho zastavil, a ten muž je michel ardan. "

Zatímco jt maston mluvil, michel ardan si ho bez přerušení narychlo oblékl; a za necelé dvě minuty se oba přátelé rychle vydali na předměstí tampa.

To bylo během této procházky, která maston řekla ardan stavu případu. Řekl mu skutečné příčiny nepřátelství mezi barbicanem a nicholl; jak to bylo ze starého rande a proč se díky neznámým přátelům prezident a kapitán dosud nikdy nesetkali tváří v tvář. Dodal, že to vzešlo jednoduše ze soupeření mezi železnými deskami a výstřelem, a konečně, že scéna na setkání byla jen toužebnou příležitostí pro to, aby jim Nicholl vyplatil starý zášť.

Nic není hroznějšího než soukromé souboje v Americe. Oba protivníci útočili na sebe jako divoká zvířata. Pak je to tak, že by mohli dobře toužit po těch úžasných vlastnostech indiánů proroctví - jejich rychlá inteligence, jejich důmyslné mazání, vůně nepřítele. Jediná chyba, chvilkové váhání, jediný falešný krok může způsobit smrt. Při těchto příležitostech jsou yankees často doprovázeni svými psy a bojují celé hodiny.

"co jste démoni!" vykřikl michel ardan, když mu jeho společník zobrazil tuto scénu s velkou energií.

„Ano, jsme," odpověděl skromně; "ale měli bychom se raději spěchat."

Ačkoli michel ardan překročil roviny stále mokré rosou a vybrali nejkratší cestu přes potoky a rýžová pole, nemohli dosáhnout skersnaw za méně než pět hodin a půl.

Barbicane musí překročit hranici před půl hodinou.

Pracoval tam starý křovík, zabývající se prodejem fagotů ze stromů, které byly vyrovnány jeho sekerou.

Maston běžel k němu a řekl: „Viděl jsi muže, jak vchází do lesa, vyzbrojený puškou? Barbicane, prezident, můj nejlepší přítel?"

Hodný sekretář klubu zbraní si myslel, že jeho prezident musí být znám po celém světě. Zdálo se však, že mu křoví nerozuměli.

"lovec?" řekl ardan.

„lovec? Ano," odpověděl bushman.

"dávno?"

"asi hodinu."

"příliš pozdě!" vykřikl maston.

„Slyšel jsi nějaké výstřely?" zeptal se ardan.

"Ne!"

"ne jeden?"

„Ani jeden! Ten lovec nevypadal, jako by věděl, jak lovit!"

"co je třeba udělat?" řekl maston.

"Musíme jít do lesa, s rizikem, že dostane míč, který pro nás není určen."

"ah!" vykřikl maston tónem, který se nedal zaměnit, „raději bych měl ve své hlavě dvacet míčů než jeden v barbicane.“

„Tak dopředu,“ řekl ardan a stiskl ruku svého společníka.

O několik okamžiků později oba přátelé zmizeli v policejní hale. Byla to hustá houština, ve které rostly obrovské cypřiše, sykamory, tulipány, olivy, tamarindy, duby a magnólie. Tyto různé stromy propletly své větve do nerozebíratelného bludiště, skrze které nemohlo proniknout oko. Michel ardan a maston kráčeli bok po boku v tichosti vysokou trávou, prořezávali si cestu silnými popínavými rostlinami, vrhali na křoví zvědavé pohledy a na okamžik očekávali, že uslyší zvuk pušek. Pokud jde o stopy, které měl barbikan opustit z jeho průchodu lesem, nebyla vidět žádná jejich stopa: šli tedy po stěží vnímatelných stezkách, kolem nichž Indiáni sledovali nějakého nepřítele a které husté listí temně zastínilo.

Po hodině marně pronásledování se oba zastavili v zesílené úzkosti.

„musí to být po všem,“ odtušil maston. „muž jako barbicane by se nepokusil se svým nepřítelem, ani ho nezbavil, ani by manévroval! Je příliš otevřený, příliš statečný. Šel rovnou dopředu, přímo do nebezpečí a bezpochyby dostatečně daleko od křoví pro vítr aby zabránil jeho vyslechnutí zprávy pušek. “

„ale jistě,“ odpověděl michel ardan, „od chvíle, kdy jsme vstoupili do lesa, měli jsme to slyšet!“

"A co kdybychom přišli příliš pozdě?" vykřikl maston v tónech zoufalství.

Pro jednou ardan neměl odpověď na odpověď, on a maston pokračovali v tichu v chůzi. Čas od času opravdu zvedli výkřiky a střídavě volali barbikane a nicholl, z nichž však nikdo na jejich výkřiky neodpověděl. Jen ptáci, probuzeni zvukem, proletěli kolem nich a zmizeli mezi větvemi, zatímco vystrašený jelen před nimi prchal.

Další hodinu jejich hledání pokračovalo. Větší část dřeva byla prozkoumána. Nebylo nic, co by prozradilo přítomnost bojovníků. Informace o křovíkovi byly po všech pochybách a ardan se chystal navrhnout jejich opuštění tohoto zbytečného pronásledování, když se maston najednou zastavil.

"utišit!" řekl, „tam dole je někdo!"

"někdo?" opakovaný michel ardan.

„Ano, člověče! Vypadá nehybně. Jeho puška není v jcho rukou.

Co může dělat? "

"ale můžeš ho poznat?" zeptal se ardan, jehož krátkozrakost mu za takových okolností nepomohla.

„ano! Ano! Obrací se k nám," odpověděl maston.

"a to je?"

"kapitáne nicholl!"

"nicholl?" vykřikl michel ardan, cítil strašnou bolestnou bolest.

„nicholl neozbrojený! Nemá tedy strach ze svého protivníka!"

„pojďme k němu," řekla michel ardan, „a zjistíme pravdu."

Ale on a jeho společník sotva podnikli padesát kroků, když se zastavili, aby pozorněji prozkoumali kapitána. Očekávali, že najdou krvežíznivého muže, šťastného z jeho pomsty.

Když ho viděli, zůstali ohromení.

Síť, složená z velmi jemných sítí, zavěšená mezi dvěma obrovskými tulipány a uprostřed tohoto osídla, s křídly zapletenými, byl ubohý ptáček, vydával žalostné výkřiky, zatímco marně se snažil uniknout. Chytač ptáků, který položil tohoto osídla, nebyl lidská bytost, ale jedovatý pavouk, typický pro tuto zemi, stejně velký jako vejce holuba, a vyzbrojený obrovskými drápy. Příšerné stvoření místo toho, aby se spěchalo na svou kořist, porazilo náhlý ústup a uchvátilo útočiště v horních větvích tulipánového stromu, protože jeho pevnost ohrožoval hrozný nepřítel.

Tady tedy byl Nicholl, jeho zbraň na zemi, zapomněl na nebezpečí a snažil se, pokud je to možné, zachránit oběť před pavučinou. Nakonec se to podařilo a malý pták radostně odletěl a zmizel.

Nicholl láskyplně sledoval jeho útěk, když uslyšel tato slova vyslovená hlasem plným emocí:

"jsi opravdu statečný muž."

Otočil se. Michel ardan byl před ním a opakoval se jiným tónem:

"a milá!"

"michel ardan!" vykřikl kapitán. "proč jsi tady?"

"stisknout ruku, nicholl, a zabránit vám v zabíjení barbikánu nebo jeho zabití."

"barbicane!" vrátil kapitána. „Hledal jsem ho zbytečně poslední dvě hodiny. Kde se skrývá?"

"nicholl!" řekl michel ardan, „to není zdvořilé! Vždy bychom měli zacházet s protivníkem s úctou; buďte ujištěni, pokud je barbicane stále naživu, najdeme ho snadněji; protože pokud se, stejně jako vy, bavil s osvobozením utlačovaných ptáků, musí tě hledat. Když jsme ho našli, michel ardan vám to řekne, mezi vámi nebude žádný souboj. ""

„mezi prezidentem barbicanem a mnou," odpověděl vážně

Nicholl, „existuje rivalita, kterou smrt jednoho z nás——"

"Pú, pú!" řekl ardan. "stateční chlapi, jako jste vy! Nebudete bojovat!"

"Budu bojovat, pane!"

"Ne!"

„kapitáne," řekl jt maston, s velkým pocitem, „jsem přítel prezidenta, jeho alter ega, jeho druhé já; pokud opravdu někoho musíte zabít, zastřelte mě! Bude to stejně dobře!"

„Pane," odpověděl nicholl a křečovitě chytil pušku, „tyto vtipy -
"

„náš kamarád maston si nedělá legraci," odpověděl ardan. „Plně
chápu jeho myšlenku, že se zabije, aby zachránil svého přítele.
Ale ani on, ani barbarik nepadnou před míče kapitána Nicholl.
Opravdu mám tak atraktivní návrh, jak podat oběma soupeřům,
že oba budou dychtiví přijmout to. "

"Co je to?" zeptal se nicholl se zjevnou neuvěřitelností.

"trpělivost!" vykřikl ardan. "Dokážu to odhalit pouze za
přítomnosti barbikanu."

"Pojďme tedy hledat ho!" vykřikl kapitán.

Tři muži vyrazili najednou; kapitán, který vypustil pušku, ji
hodil přes rameno a tiše postupoval. Uplynula další půl hodiny a
pronásledování bylo stále zbytečné. Maston byl utlačován
zlověstnými předchůdci. Zuřivě se podíval na nicholl a zeptal se
sám sebe, zda už byla kapitánova pomsta uspokojena, a
nešťastný barbikán, střílel, možná ležel mrtvý na nějaké krvavé
dráze. Zdálo se, že stejná myšlenka se stala irdanem; a oba vrhali
tázavé pohledy na nicholl, když se náhle Maston zastavil.

Objevila se nehybná postava muže opřeného o gigantickou
katalpu dvacet stop, napůl zahalenou listovím.

"to je on!" řekl maston.

Barbicane se nikdy nepohnul. Ardan se podíval na kapitána, ale
neuklidnil se. Ardan šel kupředu:

"barbicane! Barbicane!"

Žádná odpověď! Ardan spěchal ke svému příteli; ale když se
chopil paží, zastavil se krátce a vykřikl překvapením.

Barbicane, tužka v ruce, sledoval geometrické postavy v knize
memoranda, zatímco jeho nezatížená puška ležela vedle něj na
zemi.

Absorbovaný ve svých studiích, barbicane, na oplátku zapomněl
na duel, nic neviděl a neslyšel.

Když ardan vzal ruku, vzhlédl a překvapeně zíral na svého návštěvníka.

"ah, jsi to ty!" konečně vykřikl. "Našel jsem to, příteli,

Našel jsem to!"

"co?"

"můj plán!"

"jaký plán?"

"plán na potlačení účinku šoku při odletu střely!"

"Vskutku?" řekl michel ardan a díval se na kapitána z koutku oka.

"Ano! Voda! Prostě voda, která bude fungovat jako pramen - ah!"

Maston, "vykřikl barbicane," také ty? "

„sám," odpověděl ardan; "a dovolte mi, abych vám představil zároveň hodného kapitána Nichola!"

"nicholl!" vykřikl barbicane, který vyskočil najednou. "promiňte, kapitáne, docela jsem zapomněl - jsem připraven!"

Michel ardan zasáhl, aniž by oběma nepřátelům poskytl čas říci něco víc.

"Děkuji nebe!" řekl. „Je to šťastná věc, že se stateční muži, jako jste vy, nesetkali dříve! Měli jsme teď smutek za jednoho nebo druhého z vás., ale díky prozřetelnosti, která zasáhla, už neexistuje žádný další důvod k poplachu. Člověk zapomíná na svůj hněv v mechanice nebo v pavučinách, je to známka toho, že hněv není nebezpečný. „"

Michel ardan pak řekl prezidentovi, jak byl kapitán shledán obsazeným.

„Dal jsem ti to hned," řekl na závěr, „jsou dva tak dobří chlapi, že jsi záměrně rozbít lebky navzájem výstřelem?"

Tam bylo v "situaci" poněkud směšné, něco docela neočekávaného; michel ardan to viděl a rozhodl se dosáhnout usmíření.

„Moji dobří přátelé," řekl se svým nejkrásnějším úsměvem, „to není nic jiného než nedorozumění. Nic víc! Dobře! Dokázat, že je to mezi vámi, přijměte upřímně návrh, který vám předložím. "

„Udělej to," řekl nicholl.

„Náš přítel Barbicane věří, že jeho projektil půjde rovnou na Měsíc?"

„Ano, určitě," odpověděl prezident.

"a náš přítel Nicholl je přesvědčen, že spadne zpět na Zemi?"

„Jsem si tím jistý," zvolal kapitán.

"dobrý!" řekl ardan. "Nemůžu předstírat, že vás nutím souhlasit, ale navrhuji toto: jděte se mnou, a tak se podívejte, zda jsme zastaveni na naší cestě."

"co?" vykřikl jt maston, ohromený.

Oba soupeři se při tomto náhlém návrhu na sebe neustále dívali. Barbicane čekal na kapitánovu odpověď. Nicholl sledoval rozhodnutí prezidenta.

"studna?" řekl michel. "Neexistuje žádný strach ze šoku!"

"Hotovo!" vykřikl barbicane.

Ale rychle, když vyslovil slovo, nebyl před nicholl.

"hurá! Bravo! Hip! Hip! Hurray!" vykřikl michel a dal ruku každému z pozdních protivníků. „Teď, když je vše vyřešeno, přátelé, dovolte mi, abych s vámi zacházel po francouzské módě.

Kapitola xxii

Nový občan Spojených států

Téhož dne se celá amerika dozvěděla o aféře kapitána Nicholla a prezidenta Barbicana, stejně jako o jeho výjimečném rozuzlení. Od toho dne michel ardan neměl ani chvilkový odpočinek. Deputace ze všech koutů unie ho obtěžovaly bez zastavení nebo přestávky. Byl nucen je všechny přijmout, ať už chce, nebo ne. Kolik rukou potřásl, s kolika lidmi, s nimiž se „krupobití dobře setkali", nelze uhádnout! Takový triumfální výsledek by otrávil každého jiného muže; ale dokázal se udržet ve stavu nádherné polospoty.

Mezi zástupci všeho druhu, kteří ho napadli, byli zástupci „šílenců" opatrní, aby nezapomněli na to, co dlužili budoucímu dobyvateli Měsíce. Jednoho dne přišli na něj někteří z těchto chudých lidí, kteří byli v Americe tak hojní, požádat a požádali o povolení k návratu s ním do své rodné země.

"singulární halucinace!" řekl, že barbicane poté, co odmítl zastupování s přísliby předat množství zpráv přátelům na Měsíci. "Věříš ve vliv Měsíce na stíhače?"

"sotva!"

„Už ne, i přes některá pozoruhodná zaznamenaná fakta o historii. Například během epidemie v roce 1693 zemřelo velké množství osob v okamžiku zatmění. Oslava slaniny během zatmění vždy omdlela. Charles vi relapsovalo šest časy do šílenství během roku 1399, někdy během nového, někdy během úplňku. Gall zjistil, že šílené osoby podstoupily přistoupení své poruchy dvakrát za měsíc, v epochách nového a úplňku. Zdá se, že horečky, somnambulismy a další lidské nemoci dokazují, že Měsíc na člověka působí záhadně. ""

"ale jak a proč?" zeptal se barbikane.

„no, můžu ti dát jen odpověď, kterou si arago půjčil od plutarcha, které je devatenáct století staré.„ Příběhy možná nejsou pravdivé! ""

Ve výšce svého triumfu se michel ardan musel setkat se všemi nepříjemnostmi spojenými s mužem celebrit. Chtěli ho vystavovat manažeři zábavy. Barnum mu nabídl milion dolarů na prohlídku Spojených států ve své show. Pokud jde o jeho fotografie, byly prodány všech velikostí a jeho portrét byl pořízen v každé představitelné poloze. Více než půl milionu kopií bylo zlikvidováno v neuvěřitelně krátkém čase.

Ale nejenom muži mu vzdali hold, ale také ženy. Možná se stokrát oženil, kdyby byl ochoten se v životě usadit. Zejména staré služebné čtyřicet let a více a suché v poměru pohlcovaly jeho fotografie ve dne v noci. Oni by se s ním oženili stovkami, i kdyby jim uložil podmínku, že ho doprovodí do vesmíru. Neměl však v úmyslu přesadit rasu frankoameričanů na povrch Měsíce.

Odmítl proto všechny nabídky.

Jakmile se mohl z těchto poněkud trapných demonstrací vzdát, šel spolu s přáteli navštívit kolumbii. Jeho inspekcí byl velmi potěšen a provedl sestup na dno trubky tohoto gigantického stroje, který ho měl v současné době uvést do oblasti měsíce. Zde je nutné zmínit návrh jt mastonů. Když tajemník střeleckého klubu zjistil, že barbicane a nicholl přijal návrh michel ardan, rozhodl se k nim připojit a udělal jednu ze samolibých čtyřčlenných párty. Jednoho dne se rozhodl být přijat jako jeden z cestujících. Barbicane, bolestí z toho, že ho musel odmítnout, mu jasně porozuměl, že projektil nemohl pojmout tolik cestujících. Maston v zoufalství šel hledat michel ardan, který mu radil, aby rezignoval na situaci, a přidal jeden nebo dva argumenty ad hominem.

„Vidíš, starý chlapi," řekl, „nesmíš brát to, co říkám ve špatné části; ale mezi námi jsi opravdu neúplný stav, aby ses objevil na Měsíci!"

"neúplný?" vykřikl statečný neplatný.

„Ano, můj drahý chlape! Představte si naše setkání s některými obyvateli nahoře! Chtěli byste jim dát takovou melancholickou představu o tom, co se děje tady dole? Učit je, co je válka, informovat je, že zaměstnáváme hlavně čas pohlcením sebe, rozbíjením paží a nohou, a to i na planetě, která je schopna podporovat sto miliard obyvatel, a která ve skutečnosti obsahuje téměř dvě stě milionů? Proč bychom vás měli, můj hodný příteli, obrátit ven ze dveří! "

"Ale přesto, pokud tam dorazíš v kusech, budeš stejně neúplný jako já."

„nepochybně," odpověděl michel ardan; "ale nebudeme."

Ve skutečnosti, přípravný experiment, vyzkoušený 18. Října, přinesl nejlepší výsledky a způsobil nejvíce dobře podloženou naději na úspěch. Barbicane, který si přál získat ponětí o účinku šoku v okamžiku odletu střely, získal arzenál pensacoly 38 palcovou maltu. Nechal jej umístit na břeh kopců, aby skořápka mohla spadnout zpět do moře a tím byl zničen šok. Jeho cílem bylo zjistit rozsah šoku odchodu, a nikoli rozsah návratu.

Na tento zvědavý experiment byl připraven dutý projektil. Vnitřní stěna lemovala tlustá výplň připevněná na elastickou síť vyrobenou z nejlepší oceli. Bylo to skutečně hnízdo nejpečlivěji zabalené.

„Jaká škoda nemůžu tam najít místo," řekl jt maston a litoval, že jeho výška nedovolila jeho pokusu o dobrodružství.

Uvnitř této skořápky byla zavřená velká kočka a veverka patřící jt mastonovi, z čehož měl obzvlášť rád. Chtěli však zjistit, jak toto malé zvíře, nejméně ze všech ostatních, kteří jsou vystaveni závratě, vydrží tuto experimentální plavbu.

Malta byla naplněna 160 liber prášku a skořápka byla umístěna v komoře. Při vystřelení vystřelil projektil s velkou rychlostí, popsal majestátní parabolu, dosáhl výšky asi tisíc stop a s půvabnou křivkou sestoupenou uprostřed plavidel, která tam ležela u kotvy.

Bez chvilkové ztráty času se malá loď vydala směrem k jejímu pádu; někteří potápěči se vrhli do vody a připojili lana ke klice skořápky, která byla rychle na palubu tažena. Mezi okamžikem uzavření zvířat a momentem odšroubování přikrývky z jejich vězení neuplynulo pět minut.

Na palubě lodi byly přítomny ardan, barbicane, maston a nicholl a pomáhaly při operaci se zájmem, který lze snadno pochopit. Sotva byla otevřena skořápka, když kočka vyskočila, lehce pohmožděná, ale plná života a nevykazovala žádné známky toho, že by provedla leteckou expedici. Nebyla však nalezena žádná stopa veverky. Pravda konečně vyšla najevo - kočka snědla svého spolucestujícího!

Jt maston truchlil hodně za ztrátu své ubohé veverky a navrhl přidat svůj případ k případu ostatních mučedníků ve vědě.

Po tomto experimentu s veškerým váháním zmizel veškerý strach. Kromě toho by barbikanovy plány zajistily větší dokonalost pro jeho projektil a zašly by daleko k úplnému zničení účinků šoku. Teď už nezbylo nic než jít!

O dva dny později přijal michel ardan zprávu od prezidenta Spojených států, čest, kterou se ukázal jako zvlášť rozumný.

Po příkladu svého slavného krajana, markýze de la fayette, vláda mu vyhlásila titul „občan Spojených států amerických".

Kapitola xxiii

Střela-vozidlo

Po dokončení kolumbie se veřejný zájem soustředil na samotný projektil, vozidlo, které bylo určeno k tomu, aby odvezlo tři vytrvalé dobrodruhy do vesmíru.

Nové plány byly poslány do chleba a spol. Z Albany se žádostí o jejich rychlé provedení. Projektil byl následně obsazen 2. Listopadu a okamžitě východní železnicí předán na kamenný kopec, kterého dosáhl bez úrazu 10. Dne toho měsíce, kde na něj netrpělivě čekaly michel ardan, barbicane a nicholl.

Projektil musel být nyní naplněn do hloubky tří stop vrstvou vody, která měla podepřít neprodyšný dřevěný disk, který snadno pracoval ve stěnách střely. Na tomto druhu voru měli cestující zaujmout své místo. Toto vodní útvar bylo rozděleno horizontálními přepážkami, které by šok odletu musel přerušit za sebou. Pak každá vrstva vody, od nejnižší k nejvyšší, tekoucí do únikových trubek směrem k vrcholu střely, představovala jakýsi pramen; a dřevěný disk, dodávaný s extrémně silnými zátkami, nemohl zasáhnout nejnižší desku s výjimkou toho, že postupně rozdělil různé oddíly. Nepochybně by se cestující museli i po úplném úniku vody setkat s prudkým odporem; ale tento silný pramen by první šok téměř zničil. Horní části stěn byly potaženy tlustou čalouněnou kůží připevněnou na pružinách z nejlepší oceli, za níž byly únikové trubice zcela skryty; proto byla přijata všechna představitelná opatření k odvrácení prvního šoku; a pokud se rozdrtí, musí být, jak řekl michel ardan, vyrobeny z velmi špatných materiálů.

Vstup do této kovové věže byl vytvořen úzkým otvorem ve zdi kužele. To bylo hermeticky uzavřeno hliníkovou deskou, která byla uvnitř upevněna silným šroubovým tlakem. Cestující proto mohli s radostí opustit vězení, jakmile by se dostali na Měsíc.

Světlo a pohled byly dány pomocí čtyř silných čočkovitých skleněných škrábanců, z nichž dvě byly propíchnuty v samotné kruhové stěně, třetí ve spodní části a čtvrtá ve vrcholu. Tyto škrábance pak byly chráněny před šokem odchodu pomocí desek vpuštěných do pevných drážek, které lze snadno otevřít ven odšroubováním zevnitř. Nádrže pevně upevněné zadržené vody a nezbytná opatření; a oheň a světlo byly získány pomocí plynu, obsaženého ve speciální nádrži pod tlakem několika atmosfér. Museli pouze otočit kohoutek a po dobu šesti hodin se tento pohodlný vůz rozsvítil a zahřál.

Teď zůstala jen otázka vzduchu; pro umožnění spotřeby vzduchu barbicanem, jeho dvěma společníky a dvěma psy, které navrhl vzít s sebou, bylo nutné obnovit vzduch střely. Nyní vzduch sestává hlavně z dvaceti jedné části kyslíku a sedmdesát devět dusíku. Plíce absorbují kyslík, který je nezbytný pro podporu života, a odmítají dusík. Vzduch vypršel ztrácí téměř pět procent. A obsahuje téměř stejný objem kyseliny uhličité, produkované spalováním prvků krve. Ve vzduchotěsném uzavřeném prostoru bude po určité době veškerý kyslík ve vzduchu nahrazen kyselinou uhličitou - plynem smrtícím k životu. Pak bylo třeba udělat dvě věci - nejprve, nahradit absorbovaný kyslík; za druhé, zničit vypršenou kyselinu uhličitou; jak snadno udělat, pomocí chlorečnanu draselného a louhu. První je sůl, která se objevuje ve formě bílých krystalů; když se zvýší na teplotu 400 stupňů, přemění se na chlorečnan draselný a kyslík, který obsahuje, je zcela uvolněn. Nyní dvacet osm liber chlorečnanu draselného produkuje sedm liber kyslíku nebo 2 400 litrů - množství potřebné pro cestující během dvaceti čtyř hodin.

Žíravý potaš má velkou afinitu k kyselině uhličité; a stačí ho protřepat, aby se zachytil na kyselině a vytvořil hydrogenuhličitan draselný. Těmito dvěma prostředky by jim bylo umožněno obnovit do vitalizovaného vzduchu jeho vlastnosti podporující život.

Je však třeba dodat, že experimenty byly dosud prováděny v anima vili. Ať už byla její vědecká přesnost jakákoli, v současné době nevěděli, jak by odpověděla s lidskými bytostmi. Čest dát to důkazu byl energicky prohlásil jt maston.

„Protože já nejdu," řekl statečný artillerista, „mohu žít alespoň jeden týden v projektilu."

Bylo by těžké ho odmítnout; takže s jeho přáním souhlasili. Bylo mu dáno k dispozici dostatečné množství chlorečnanu draselného a louhu sodného spolu s přípravkem na osm dní. A potřásl si rukama se svými přáteli 12. Listopadu v šest hodin poté, co je přísně informoval, aby neotevřeli vězení před 20., v šest hodin, sklouzl projektilem, deskou které bylo okamžitě hermeticky uzavřeno. Co udělal se sebou během toho týdne? Nemohli získat žádné informace. Tloušťka stěn střely zabránila jakémukoli zvuku proniknout zevnitř ven. 20. Listopadu, přesně v 18 hodin, byla deska otevřena. Přátelé jt mastonu byli po celou dobu ve stavu velké úzkosti; ale byli okamžitě uklidněni, když slyšeli veselý hlas křičící bouřlivou hurá.

Nyní se sekretářka klubu zbraní objevila na vrcholu kužele v vítězném postoji. Ztuhl!

Kapitola xxiv

Dalekohled skalnatých hor

20. Října předchozího roku, po uzavření předplatného, připisoval prezident střeleckého klubu observatoři v Cambridge potřebné částky na výstavbu gigantického optického nástroje. Tento

nástroj byl navržen za účelem zviditelnění jakéhokoli předmětu o průměru větším než 9 stop na povrchu měsíce.

V době, kdy zbraňový klub esejoval svůj velký experiment, tyto nástroje dosáhly vysokého stupně dokonalosti a přinesly některé skvělé výsledky. Zejména dva dalekohledy měly v tuto chvíli pozoruhodnou sílu a gigantické rozměry. První, postavený herschelem, měl délku třicet šest stop a měl sklenici na objekt čtyři stopy šest palců; měl zvětšovací sílu 6 000. Druhý byl vychováván v Irsku, v parsonstownském parku a patří pánovi Rosse. Délka této trubice je čtyřicet osm stop a průměr její objektové sklenice šest stop; zvětšuje 6 400krát a vyžadoval obrovskou erekci cihel a zdiva za účelem jeho zpracování, jeho hmotnost byla dvanáct a půl tuny.

Přesto, přes tyto kolosální dimenze, skutečná rozšíření sotva překročila 6 000 časů v kulatých číslech; v důsledku toho byl Měsíc přiveden do zdánlivé vzdálenosti necelých třicet devět mil; a předměty o průměru menším než šedesát stop, pokud nebyly velmi značné délky, byly stále nepostřehnutelné.

V projednávaném případě, při řešení střely o průměru devět stop a délce patnáct stop, bylo nutné přivést Měsíc do zdánlivé vzdálenosti nejvýše pěti mil; a za tímto účelem vytvořit zvětšovací sílu 48 000krát.

Taková byla otázka navržená observatoři v Cambridge, chyběly finanční prostředky; Obtížnost byla čistě stavební.

Po značné diskusi o nejlepší formě a principu navrhovaného nástroje byla práce konečně zahájena. Podle výpočtů hvezdárny v Cambridge by trubice nového reflektoru vyžadovala délku 280 stop a průměr čočky šestnáct stop. Jak se tyto rozměry mohou objevit, byly ve srovnání s dalekohledem o velikosti 10 000 stop navrženým astronomickým háčkem jen před několika lety malé;

Co se týče výběru lokality, byla tato záležitost rychle stanovena. Cílem bylo vybrat nějakou vznešenou horu a ve Spojených státech jich není mnoho. Ve skutečnosti existují pouze dva řetězy mírného převýšení, mezi nimiž vede velkolepá mississippi, „král řek", protože tito republikánští yankees to rádi nazývají.

Na východ stoupají appalachiani, jejichž nejvyšší bod v novém hampshire nepřekračuje velmi mírnou nadmořskou výšku 5 600 stop.

Na západě však stoupají skalnaté pohoří, které ohromné pohoří, které, počínaje úžinami magellanů, sleduje západní pobřeží jižní Ameriky pod názvem Andy nebo Cordilleras, dokud nepřekročí istanmu Panamy a běží po celé severní Americe až k samotným hranicím polárního moře. Nejvyšší výška tohoto rozsahu nepřesahuje 10 700 stop. S tímto vyvýšením však byl klub zbraní nucen být spokojený, protože určili, že dalekohled i kolumbie by měly být postaveny v mezích unie. Veškerý nezbytný aparát byl následně poslán na vrchol dlouhého vrcholu, na území missouri.

Ani pero, ani jazyk nemohou popsat obtíže všeho druhu, které museli američtí inženýři překonat, zázraků odvážnosti a dovedností, které dosáhli. Museli překonat obrovské kameny, masivní kusy tepaného železa, těžké rohové svorky a obrovské části válce, s objektovým sklem vážícím téměř 30 000 liber, nad linií věčného sněhu po výšce více než 10 000 stop, po přechodu pouště prérie, neproniknutelné lesy, hrůzostrašné peřeje, daleko od všech center obyvatelstva a uprostřed divokých oblastí, v nichž se každý detail života stává téměř nerozpustným problémem. A přesto, bez ohledu na tyto nespočetné překážky, americký génius zvítězil. Za necelý rok po zahájení prací, ke konci září, se gigantický reflektor zvedl do vzduchu do výšky 280 stop. Byl zvednut pomocí obrovského železného jeřábu; důmyslný mechanismus umožnil, aby byl snadno zpracovatelný ke všem bodům nebes, a sledoval hvězdy z jednoho obzoru na druhý během jejich cesty nebem.

Stálo to 400 000 dolarů. Poprvé to bylo směřováno k měsíci, pozorovatelé projevili zvědavost i úzkost. Co se chystali objevit na poli tohoto dalekohledu, který zvětšil objekty 48 000krát? Vnímali by národy, stáda lunárních zvířat, města, jezera, moře? Ne! Nebylo nic, co věda dosud neobjevila! A na všech místech disku se sopečná povaha Měsíce stala s nejvyšší přesností určitelná.

Ale dalekohled skalnatých hor před provedením své povinnosti v klubu zbraní poskytoval astronomii obrovské služby. Díky své pronikavé síle byly hloubky nebes zněly v nejvyšší míře; zjevný průměr velkého počtu hvězd byl přesně změřen; a mr. Clark, z osady cambridge, vyřešil krabí mlhovinu v tauru, kterou se reflektor lordové růže nikdy nedokázal rozložit.

Kapitola xxv

Konečné podrobnosti

Bylo to 22. Listopadu; odjezd měl proběhnout do deseti dnů. Jedna operace sama o sobě zbývala, aby se vše šťastně ukončilo; operace delikátní a nebezpečná, vyžadující nekonečná opatření a proti úspěchu, který kapitán nicholl položil svou třetí sázku. Ve skutečnosti to nebylo nic jiného než nakládka kolumbie a zavedení 400 000 liber bavlněné bavlny do ní. Nicholl si myslel, ne snad bez důvodu, že zacházení s tak ohromnými množstvími pyroxylu by s největší pravděpodobností zahrnovalo vážnou katastrofu; a v každém případě, že tato ohromná hmota neobyčejně hořlavé hmoty by se nevyhnutelně vznítila, kdyby byla vystavena tlaku projektilu.

Z nedbalosti Američanů narůstala nebezpečí jako předtím, ale barbicane se rozhodl uspět a přijal veškerá možná opatření. V první řadě byl velmi opatrný, pokud jde o přepravu kulometu z bavlny na kopec kamenů. Nechal ji dopravit v malém množství, pečlivě zabalený v uzavřených obalech. Tito byli přivezeni z města tampa do tábora a odtud byli odvezeni do kolumbie bosými dělníky, kteří je ukládali na jejich místa pomocí jeřábů umístěných na otvoru děla. Žádný parní stroj nemohl pracovat a každý oheň uhasil do dvou kilometrů od prací.

I v listopadu se báli pracovat ve dne, aby sluneční paprsky působící na kulomet-bavlnu nevedly k nešťastným výsledkům. Toto vedlo k jejich noční práci, světlem produkovaným ve vakuu pomocí ruhmkorffova aparátu, který vrhal umělý jas do hlubin kolumbie. Tam byly patrony uspořádány s nejvyšší pravidelností, spojené kovovým vláknem, určené k tomu, aby jim všechny současně sdělily elektrickou jiskru, což znamená, že tato hmota kulovité bavlny měla být nakonec zapálena.

Do 28. Listopadu bylo na dno kolumbií umístěno osm set kazet. Zatím byla operace úspěšná! Ale jaký zmatek, jaké úzkosti, jaké boje podstoupil prezident Barbicane! Marně, kdyby odmítl vstup na kamenný kopec; zvídaví sousedé každý den škálovali palisády, někteří dokonce přenášeli svou bezohlednost až do okamžiku kouření, zatímco byli obklopeni balíky z bavlny. Barbicane byl v neustálém stavu poplachu. Jt maston ho přidělil k tomu nejlepšímu, co mohl, tím, žc vctřclcc pronásledoval a opatrně zvedl dosud zapálené konce doutníku, které yankees hodil. Poněkud obtížný úkol! Vidět, že kolem uzavřeného prostoru bylo shromážděno více než 300 000 osob. Michel ardan se dobrovolně přihlásil za dozor nad transportem nábojů do úst kolumbie; ale prezident, který ho překvapil obrovským doutníkem v ústech, zatímco lovil vyrážky diváků, kterým sám nabídl tak nebezpečný příklad, viděl, že tomuto neohroženému kuřákovi nemůže věřit, a byl proto povinen namontovat zvláštní stráž nad ním.

Nakonec, prozřetelnost byla příznivá, toto úžasné zatížení skončilo šťastným ukončením a třetí sázka kapitána Nicholla byla ztracena. Zbývalo nyní představit projektil do kolumbie a položit jej na měkké lůžko z bavlněné bavlny.

Ale předtím, než to uděláte, musely být všechny věci nezbytné pro cestu pečlivě uspořádány do projektilního vozidla. Tyto potřeby byly četné; a kdyby bylo dovoleno hněvat se řídit jeho vlastními přáními, pro cestující by nezbylo místo. Je nemožné si představit polovinu věcí, které tento okouzlující Francouz chtěl přenést na Měsíc. Opravdová zásoba zbytečných maličkostí! Ale barbicane zasáhl a odmítl vstup do všeho, co není nezbytně nutné. V přístrojové skříni bylo zabaleno několik teploměrů, barometrů a dalekohledů.

Cestující si přáli pečlivě zkoumat Měsíc během své cesty, aby si usnadnili studium, vzali si s sebou báječnou a moellerovu vynikající mappu selenografiku, mistrovské dílo trpělivosti a pozorování, o kterém doufali, že jim umožní identifikovat tyto fyzické vlastnosti v Měsíc, se kterým byli seznámeni. Tato mapa s pečlivou věrností reprodukovala nejmenší detaily lunárního povrchu, který směřuje k Zemi; Byly zastoupeny hory, údolí, krátery, vrcholy a hřebeny s jejich přesnými rozměry, relativními polohami a jmény; od hor doerfel a leibnitz na východní straně disku po klisnu klisny severního pólu.

Vzali také tři pušky a tři kousky a velké množství kuliček, výstřelů a prášku.

„nemůžeme říct, s kým budeme muset jednat," řekl michel ardan. „muži nebo zvířata mohou proti naší návštěvě možná protestovat. Je rozumné přijmout veškerá preventivní opatření."

Tyto obranné zbraně byly doprovázeny krumpáčmi, páčidly, pilami a dalšími užitečnými nástroji, nemluvě o oděvech přizpůsobených každé teplotě, od teploty polárních oblastí po teplotu drsné zóny.

Ardan si přál sdělit množství zvířat různých druhů, ve skutečnosti ne dvojici všech známých druhů, protože neviděl nutnost aklimatizace hadů, tygrů, aligátorů nebo jiných škodlivých zvířat na Měsíci. „nicméně," řekl barbicane, „někteří hodnotní a užitečná zvířata, voly, krávy, koně a osli by tuto cestu snášeli velmi dobře a byli by pro nás také velmi užiteční." "

„troufám si říci, můj drahý ardane," odpověděl prezident, „ale náš projektil-vozidlo není Noemova archa, od které se liší jak rozměry, tak předmětem. Omezme se na možnosti."

Po dlouhodobé diskusi bylo dohodnuto, že by se cestující měli omezit na sportovního psa, který patří do nicholl, a do velkého newfoundlandu. Mezi balíčky bylo také zahrnuto několik balíčků semen. Michel ardan se opravdu snažil přidat nějaké pytle plné Země, aby je zasel; jak to bylo, vzal tucet keřů pečlivě zabalených do slámy, aby zasadil na Měsíc.

Důležitá otázka ustanovení stále přetrvávala; je nutné zajistit proti možnosti jejich nalezení Měsíc absolutně neplodný. Barbicane zvládal tak úspěšně, že jim na rok dodával dostatečné dávky. Tyto se skládaly z konzervovaného masa a zeleniny, snížené silným hydraulickým tlakem na nejmenší možné rozměry. Také jim bylo dodáváno brandy a na základě astronomických pozorování si dva měsíce natolik věděli, že na povrchu Měsíce není dostatek vody. Co se týče ustanovení, bezpochyby by obyvatelé Země našli potravu někde na Měsíci. Ardan to nikdy nezpochybnil; pokud by tak skutečně udělal, nikdy by se touto cestou nevydal.

"Kromě toho," řekl jednoho dne svým přátelům, "naši pozemští přátelé nás neopustí; postarají se o to, aby na nás nezapomněli."

"Opravdu ne!" odpověděl jt maston.

„nic by nebylo jednodušší," odpověděl ardan; „Kolumbie tam bude vždy. Dobře! Kdykoli je měsíc v příznivém stavu, pokud jde o zenity, ne-li perigee, to znamená asi jednou ročně, nemohli byste nám poslat skořápku plnou ustanovení, která mohli bychom očekávat v nějaký určený den? "

"hurá! Hurá!" plakal jt matson; "jaký geniální člověk! Jaký skvělý nápad! Opravdu, moji dobří přátelé, nesmíme na tebe zapomenout!"

"Budu na tebe počítat! Pak, jak vidíš, budeme pravidelně dostávat zprávy ze Země, a budeme opravdu hloupí, pokud nenarazíme na žádný plán pro komunikaci s našimi dobrými přáteli!"

Tato slova inspirovala takovou důvěru, že michel ardan s sebou nesl ve svém nadšení veškerý klub zbraní. To, co řekl, se zdálo tak jednoduché a tak snadné, tak jisté úspěchu, že nikdo nemohl být tak sordidly připoután k této Zemi, aby váhal následovat tři cestovatele na své měsíční výpravě.

Když byl konečně připraven, zůstal umístit projektil do kolumbie, operace hojně doprovázená nebezpečími a obtížemi.

Obrovská skořápka byla přenesena na vrchol kopce kamenů. Tam ji zvedli mocné jeřáby a drželi je zavěšené na ústí válce.

Byl to strašný okamžik! Co když by se řetězy měly zlomit pod svou obrovskou váhou? Náhlý pád takového těla by nevyhnutelně způsobilo explozi kulometu!

Naštěstí se to nestalo; ao několik hodin později se střela lehce snesla do srdce děla a opřela se o pyroxylovou pohovku, opravdovou postel výbušného padáku. Jeho tlak neměl žádný výsledek, kromě účinnějšího potlačení náboje v kolumbii.

„Ztratil jsem," řekl kapitán, který okamžitě zaplatil prezidentovi

Barbicane částka tři tisíce dolarů.

Barbicane nechtěl přijmout peníze od jednoho ze svých spolucestujících, ale nakonec ustoupil před odhodláním nicholl, který si přál, aby před odchodem ze země splnil všechny své závazky.

„Teď," řekl michel ardan, „mám pro tebe jen jednu věc, můj statečný kapitáne."

"co to je?" zeptal se nicholl.

"Je to proto, že můžete ztratit další dvě sázky! Pak se určitě nezastavíme na naší cestě!"

Kapitola xxvi

Oheň!

Dorazil první prosinec! Fatální den! Protože, pokud projektil nebyl odpálen tu noc v 10 hodin. 48 m. 40s. Pm, musí uplynout více než osmnáct let, než se Měsíc znovu představí za stejných podmínek jako zenith a perigee.

Počasí bylo nádherné. Navzdory blížícím se zimám slunce jasně zářilo a ve svém zářivém světle vykoupalo Zemi, kterou se tři obyvatelé chystají opustit nový svět.

Kolik lidí ztratilo odpočinek v noci, která předcházela tomuto dlouho očekávanému dni! Všechna srdce bila s neklidem, kromě srdce michel ardan. Ta nepřekonatelná osobnost přišla a šla se svým obvyklým obchodním vzduchem, zatímco nic, co by naznačovalo, že by mu nějaká neobvyklá věc zaujala.

Po úsvitu pokrývalo prérie nespočetné množství, které sahá až k okům, až k kopci kolem kamenů. Každou čtvrt hodiny přinesla železnice nové přístupy pozorovatelů; a podle prohlášení pozorovatele tampaského města zemřela na Floridě nejméně pět milionů diváků.

Před měsícem se masa těchto osob rozdělila kolem uzavřeného prostoru a položila základy městu, které se později nazývalo „ardanské město". Celá pláň byla pokryta chaty, chalupami a stany. Tam byl zastoupen každý národ pod sluncem; a každý jazyk by mohl být slyšen současně. Bylo to perfektní babelové znovu přijaté. Všechny různé třídy americké společnosti se spojily, co se týče absolutní rovnosti. Bankéři, zemědělci, námořníci, pěstitelé bavlny, makléři, obchodníci, vodáci, smírčí soudci, se lokali co nejjednodušším a nejsnadnějším způsobem. Louisiana creoles fraternized s farmáři z Indiany; kentucky a tennessee pánové a povýšené panny konverzovali s lovci a napůl divočími jezery a řezníky z cincinnati. Byly zde zobrazeny široké bílé klobouky a panamy, modro-bavlněné kalhoty, světle zbarvené punčochy, kambrické límce; zatímco na předních částech, náramcích a kravatách, na každém prstu, dokonce i na samotných uších, měli na sobě sortiment prstenů, špendlíků, broží a cetek, jejichž hodnota se shodovala pouze s proveditelnou chutí. Ženy, děti a služebníci v stejně drahých šatech obklíčili své manžele, otce nebo pány, kteří připomínali patriarchy kmenů uprostřed jejich ohromných domácností.

V době jídla všichni spadli, aby pracovali na pokrmech typických pro jižní státy, a konzumovali s chutí k jídlu, která ohrožovala rychlé vyčerpání vítězných sil Floridy, fricasseed žáby, plněné opice, rybí polévku, poddimenzovanou vačici a steaky mývalové. A pokud jde o likéry, které doprovázely tuto nestravitelnou dávku! Výkřiky, hlasy, které zazněly skrz mříže a taverny zdobené sklenicemi, korby a lahvemi úžasného tvaru, malty pro bušení cukru a svazky brčka! „máta-julep" řve jednoho z barmanů; "klaret sangaree!" křičí další; "koktejl!" "brandy-smeč!" "skutečná mincovna v novém stylu!" všechny tyto výkřiky promíchané vytvořily ohromující a ohlušující hubbub.

Ale v tento den, 1. Prosince, byly takové zvuky vzácné. Nikdo nepřemýšlel o jídle nebo pití, a ve čtyři hodiny odpoledne bylo spousta diváků, kteří si dokonce ani nepřijali obvyklý oběd! A ještě důležitějším faktem bylo, že i národní vášeň pro hru se na čas pod obecným vzrušením hodiny zdála potlačená.

Až do soumraku protékal úzkostný zástup tupý, bezhlučný rozruch, jako předcházejí velké katastrofy. Nepopsatelná neklid prostupoval všemi myslí, nedefinovatelný pocit, který utlačoval srdce. Každý si přál, aby to skončilo.

Nicméně kolem sedmé hodiny bylo rozptýleno silné ticho. Měsíc se zvedl nad obzor. Její vzhled volaly miliony hurrahů. Byla přesná ke schůzce a na všech stranách ji pozdravily výkřiky přivítání, zatímco její bledé paprsky elegantně zářily v jasných nebesích. V tuto chvíli se objevili tři neohrožení cestovatelé. To byl signál pro obnovené výkřiky s ještě větší intenzitou. Okamžitě obrovské shromáždění, jako s jedním souhlasem, udeřilo národní hymnu spojených států a „yankee doodle" zpívané pěti miliony hrdelních hrdel se zvedlo jako burácející bouře k nejvzdálenějším limitům atmosféry. Pak v davu vládlo hluboké ticho.

Francouz a dva Američané do této doby vstoupili do vyhrazeného prostoru uprostřed zástupu. Doprovázeli je členové klubu zbraní a zástupci posílaní ze všech evropských observatoří. Barbikane, chladný a sebraný, dával své konečné pokyny. Nicholl se stlačenými rty, ruce zkřížené za zády, kráčel pevným a měřeným krokem. Michel ardan, vždy snadný, oblečený do důkladného kostýmu cestovatele, na nohou chvějící se kalhoty na nohou, pouzdro na boku, ve volném sametovém obleku, doutník v ústech, byl plný nevyčerpatelné gayie, směje se, žertoval, žertoval s jt mastonem. Jedním slovem, byl do poslední chvíle důkladným „francouzským" (a co je horší, „pařížským").

Deset hodin udeřil! Přišel okamžik, kdy se jejich místa dostala do střely! Nezbytné operace pro sestup a následné odstranění jeřábů a lešení, které se nakloňovaly přes ústí kolumbie, vyžadovaly určitou dobu.

Barbicane reguloval svůj chronometr na desátou část vteřiny pomocí murchison inženýra, který byl pověřen střelbou ze zbraně pomocí elektrické jiskry. Cestujícím uzavřeným v projektilu bylo umožněno sledovat očima neprůhlednou jehlu, která označovala přesný okamžik jejich odjezdu.

Přišel okamžik, kdy jsme řekli "sbohem!" scéna byla dojemná. Navzdory jeho horečnaté homosexualitě se dotkl i michel ardan. JT maston našel ve svých vlastních suchých očích jednu starou slzu, kterou pro tuto příležitost bezpochyby rezervoval. Upustil to na čelo svého drahého prezidenta.

"nemohu jít?" řekl: „stále je čas!"

"nemožné, starý chlape!" odpověděl barbicane. O několik okamžiků později se všichni tři spolucestující do střely zapojili a přišroubovali desku zakrývající vstupní otvor. Ústa kolumbie, nyní zcela vyprázdněná, byla zcela otevřená nebi.

Měsíc postupoval vzhůru v nebi nejčistší jasnosti a ve svém průchodu vyzařoval blikající světlo hvězd. Přešla souhvězdí dvojčat a nyní se blížila k polovině bodu mezi horizontem a zenitem. Strašlivé ticho vážilo celou scénu! Ne dech větru na zemi! Ne zvuk dechu z nesčetných truhly diváků! Zdálo se, že jejich srdce se bojí porazit! Všechny oči byly upřeny na zející ústa kolumbie.

Murchison svým okem sledoval ruku svého chronometru. Do okamžiku odjezdu to vyžadovalo vzácných čtyřicet sekund, ale zdá se, že každá sekunda trvala věk! Ve dvacáté chvíli došlo k obecnému otřesu, když si myslel toho obrovského shromáždění, že odvážní cestovatelé zavírající se uvnitř střely, počítali i ty strašlivé sekundy. Několik davů tu a tam uteklo z davu.

"třicet pět! - třicet šest! - třicet sedm! - třicet osm! - třicet devět! - čtyřicet! Oheň !!!"

Okamžitě stiskl prst prstem elektrickou baterii, obnovil proud tekutiny a vypálil jiskru do závěru kolumbie.

Okamžitě následovala otřesná zpráva, která se dá srovnávat s ničím, co je známo, dokonce ani s řevem hromu nebo výbuchem sopečných výbuchů! Žádná slova nedokážou vyjádřit sebemenší představu o úžasném zvuku! Z útrob Země, jako z kráteru, vystřelila oheň. Země se zvedla a s několika obtížemi několik diváků získalo na okamžik letmý pohled na projektil, který vítězně štěpil vzduch uprostřed ohnivých par!

Kapitola xxvii

Nepříznivé počasí

V okamžiku, kdy se tato ohnivá pyramida zvedla do úžasné výšky do vzduchu, rozzářil celý plamen záblesk plamene; a na chvilku den nahradil značnou část země. Tento ohromný baldachýn byl vnímán ve vzdálenosti sto mil daleko na moři a více než jeden kapitán lodi zapsal do svého deníku vzhled tohoto gigantického meteoru.

Propuštění kolumbie bylo doprovázeno dokonalým zemětřesením. Florida byla otřesena do svých hlubin. Plyny z prášku, expandované teplem, vytlačily atmosférické vrstvy ohromným násilím a tento umělý hurikán spěchal jako voda proudící vzduchem.

Ani jeden divák nezůstal na nohou! Muži, ženské děti, všichni leželi jako bouři kukuřice pod bouří. Vyústil v hroznou bouři; velké množství osob bylo vážně zraněno. Jt maston, který, navzdory všem diktátům obezřetnosti, držel před hmotou, byl postaven zpět 120 stop a střílel jako střelu přes hlavy svých spoluobčanů. Tři sta tisíc lidí zůstalo po nějakou dobu hluché a jako by udeřilo ohromeně.

Jakmile první účinky skončily, zranění, hluchí a nakonec dav obecně se probudili s zuřivými výkřiky. "hurá pro ardana! Hurá pro barbikane! Hurá pro nicholl!" vstal na obloze. Tisíce osob, nosy ve vzduchu, vyzbrojené dalekohledy a brýlemi, zpochybňovaly prostor a zapomínaly na všechny pohmožděniny a emoce v jedné myšlence sledovat projektil. Vypadali marně! Už to nebylo vidět a byli povinni čekat na telegramy z dlouhého vrcholu. Ředitel skalní observatoře byl na svém místě na skalnatých horách; a jemu, jako obratnému a vytrvalému astronomovi, byla všechna pozorování svěřena.

Ale došlo k nepředvídatelnému jevu, který veřejnou netrpělivost podrobil přísnému soudu.

Počasí, dosud tak jemné, se náhle změnilo; obloha byla těžká mraky. Nemohlo to být jinak po strašném rozkolu atmosférických vrstev a rozptylu obrovského množství páry vznikajícího při spalování 200 000 liber pyroxylu!

Na zítra byl obzor pokryt mraky - hustá a nepronikutelná opona mezi zemí a oblohou, která se nešťastně rozšířila až ke skalnatým horám. To byla osudová! Ale protože se člověk rozhodl tak rušit atmosféru, musel přijmout důsledky svého experimentu.

Za předpokladu, že experiment byl úspěšný, cestovatelé začali 1. Prosince v 10 hodin. 46m. 40s. Pm, byly splatné 4. V 0h. Pm v místě určení. Takže až do té doby by bylo velmi obtížné pozorovat za takových podmínek tělo tak malé, jako je skořápka. Proto čekali s jakou trpělivostí.

Od 4. Do 6. Prosince včetně, v Americe zůstalo počasí stejné, velké evropské nástroje herschel, rosse a faucault byly neustále nasměrovány k měsíci, protože počasí bylo nádherné; komparativní slabost jejich brýlí však zabránila jakémukoli důvěryhodnému pozorování.

Na 7. Obloze se zdálo, že se odlehčí. Teď byli v naději, ale jejich naděje byla jen krátká a v noci zase husté mraky skrývaly hvězdnou klenbu ze všech očí.

Teď se věci začaly stávat vážnými, když se 9. Slunce na okamžik objevilo, jako by za účelem škádlení Američanů. To bylo přijato se syčením; a zraněni, bezpochyby, takovou recepcí, se ukázali jako velmi šetrní k paprskům.

10., žádná změna! JT Maston se téměř zbláznil a byly pobaveny obavy ohledně mozku tohoto hodného jednotlivce, který byl dosud tak dobře zachován v jeho lebce gutaperče.

Ale jedenáctá z těch nevysvětlitelných bouří charakteristických pro tyto intertropické regiony byla v atmosféře uvolněna. Úžasný východní vítr smetl skupiny mraků, které se tak dlouho shromažďovaly, a v noci polokřídla noční koule dopadla majestátně uprostřed měkkých souhvězdí oblohy.

Kapitola xxviii

Nová hvězda

Právě v tuto noc překvapivé zprávy tak netrpělivě očekávaly, praskly jako blesk nad sjednocenými státy unie a odtud proudily přes oceán všechny telegrafické dráty zeměkoule. Projektil byl detekován díky gigantickému reflektoru dlouhého vrcholu! Zde je poznámka, kterou obdržel ředitel observatoře Cambridge. Obsahuje vědecký závěr týkající se tohoto velkého experimentu střeleckého klubu.

Dlouhý vrchol, 12. Prosince, pro důstojníky hvezdárny v Cambridge. Projektil vypouštěný kolumbií na kamenném kopci byl odhalen mistry. Belfast a jt maston, 12. Prosince, v 20:47, měsíc vstoupil do její poslední čtvrtiny. Tento projektil nedorazil na místo určení. To prošlo po boku; ale dostatečně blízko na to, aby si ho udržel lunární přitažlivost.

Přímočarý pohyb se tak změnil v kruhový pohyb extrémní rychlosti a nyní sleduje eliptickou oběžnou dráhu kolem měsíce, z níž se stal skutečným satelitem.

Prvky této nové hvězdy, kterou jsme dosud nedokázali určit; zatím neznáme rychlost jeho průchodu. Vzdálenost, která jej odděluje od povrchu měsíce, může být odhadnuta na asi 2 833 mil.

V úvahu však přicházejí dvě hypotézy.

1. Buď přitažlivost Měsíce skončí jejich přitažením k sobě a cestovatelé dosáhnou svého cíle; nebo,

2. Projektil, podle neměnného zákona, bude i nadále gravitovat kolem Měsíce až do konce času.

V budoucnu budou naše pozorování schopna tento bod určit, ale do té doby experiment střeleckého klubu nemůže mít žádný jiný výsledek než poskytnout naší sluneční soustavě novou hvězdu. J. Belfast.

Na kolik otázek vyvolalo toto neočekávané rozuzlení? Jaké záhadné výsledky byla budoucí rezerva pro výzkum vědy? Ve všech událostech byla jména nicholl, barbicane a michel ardan nesmrtelně zvěčněna v análech astronomie!

Když se kdysi objevilo odeslání z dlouhého vrcholu, byl jen jeden univerzální pocit překvapení a poplachu. Bylo možné jít na pomoc těmto odvážným cestovatelům? Ne! Neboť se postavili za bledé lidstvo překročením mezí, které stvořitel uložil svým pozemským tvorům. Měli dostatek vzduchu po dobu dvou měsíců; měli dost vítězů na dvanáct, ale potom? Byl jen jeden muž, který by nepřiznal, že situace byla zoufalá - on sám měl důvěru; a to byl jejich oddaný přítel jt maston.

Kromě toho je nikdy nenechal uniknout z dohledu. Jeho domov byl od té doby na vrcholku; jeho horizont, zrcadlo toho obrovského reflektoru. Jakmile Měsíc vystoupil nad obzor, okamžitě ji chytil v poli dalekohledu; nikdy ji nepustil na okamžik z dohledu a neúnavně ji sledoval hvězdným prostorem. S neúnavnou trpělivostí sledoval průnik střely přes její stříbřitý disk a opravdu hodný muž zůstal v neustálé komunikaci se svými třemi přáteli, které jednoho dne nezoufal, že je znovu uvidí.

„tito tři muži," řekl, „přenesli do vesmíru všechny zdroje umění, vědy a průmyslu. S tím člověk může dělat cokoli; a uvidíte, že jednoho dne vyjdou v pořádku."

Kolem měsíce

Pokračování k

Ze Země na Měsíc

Kolem měsíce

Předběžná kapitola

První část této práce a sloužící jako předmluva k druhé

V průběhu roku 186- byl celý svět velmi nadšený vědeckým experimentem, který nebýval v análech vědy. Členové klubu zbraní, kruh dělostřelců vytvořených na Baltimoru po americké válce, vymysleli myšlenku uvedení do komunikace s Měsícem - ano, s Měsícem - zasláním střely. Jejich prezident, barbikane, propagátor podniku, který konzultoval dané téma s astronomy cambridgeské observatoře, přijal všechny nezbytné prostředky k zajištění úspěchu tohoto mimořádného podniku, který prohlásila většina praktických soudců za proveditelný. Poté, co šli pěšky na veřejné předplatné, které realizovalo téměř 1 200 000 000, zahájili obrovskou práci.

Podle doporučení předaných členy observatoře musela být zbraň určená k odpálení střely zafixována v zemi ležící mezi 0 a 28 ° severní nebo jižní šířky, aby bylo možné zaměřit se na Měsíc v zenitu ; a jeho iniciační rychlost byla stanovena na dvanáct tisíc yardů za sekundu. Zahájeno 1. Prosince, v 10 hodin. 46m. 40s. Pm, měl by se dostat na Měsíc čtyři dny po svém odchodu, tj. 5. Prosince, přesně o půlnoci, v okamžiku, kdy dosáhla svého perigee, to je její nejbližší vzdálenost od Země, což je přesně 86 410 lig (francouzsky) nebo 238 833 mil střední vzdálenosti (anglicky).

Hlavní členové klubu zbraní, prezident barbicane, major elphinstone, sekretář joseph t. Maston a další vzdělaní muži uspořádali několik setkání, na nichž se diskutovalo o tvaru a složení střely, také o poloze a povaze zbraně a kvalitě a množství použitého prášku. Bylo rozhodnuto: za prvé, že střela by měla být skořepina vyrobená z hliníku o průměru 108 palců a tloušťce dvanáct palců ke svým stěnám; a měl by vážit 19 250 liber. Za druhé, že zbraň by měla být kolumbie litá do železa, 900 stop dlouhá, a běhat kolmo do země. Zatřetí, že poplatek by měl obsahovat 400 000 liber bavlny z bavlny, která by vydala šest miliard litrů plynu za projektilem a snadno by ho nesla směrem k noční kouli.

Tyto otázky určily prezidentovi barbicane, za asistence inženýra murchona, vybrat si místo nacházející se na Floridě, v 27 @ 7 'severní šířky a 77 @ 3' západní (greenwichské) délky. To bylo na tomto místě, po úžasné práci, že kolumbie byla obsazena s plným úspěchem. Věci tak stály, když došlo k incidentu, který stonásobně zvýšil zájem o tento velký podnik.

Francouz, nadšený paříž, jak vtipný, jak byl odvážný, požádal, aby byl uzavřen v projektilu, aby mohl dosáhnout na Měsíc, a znovu prozkoumat tento pozemský satelit. Jméno tohoto neohroženého dobrodruha bylo michel ardan. Přistál v Americe, byl přijat s nadšením, pořádal setkání, viděl, jak triumfuje, smířil prezidenta Barbicana se svým smrtelným nepřítelem, kapitánem

Nichollem, a jako projev usmíření je přesvědčil, aby oba začali s ním v projektilu. Když byl návrh přijat, tvar střely se mírně změnil. Byl vyroben z válcovitého tvaru. Tento druh leteckého automobilu byl lemován silnými pružinami a přepážkami, aby zmírnil šok z odjezdu. Dostalo se jí jídlo po dobu jednoho roku, voda po dobu několika měsíců a několik dní plyn. Samočinný aparát dodával těmto třem cestovatelům vzduch, který mohl dýchat. Současně, na jednom z nejvyšších bodů skalnatých hor, měl klub zbraní postaven gigantický dalekohled, aby mohli sledovat vesmírnou dráhu střely. Všechno bylo potom připraveno.

30. Listopadu, ve stanovenou hodinu, uprostřed neobyčejného davu diváků, došlo k odjezdu a poprvé tři pozemské bytosti opustily zemský glóbus a vypustily se do meziplanetárního prostoru s téměř jistota dosažení jejich cíle. Tito odvážní cestovatelé, michel ardan, prezident barbicane a kapitán nicholl, by měli udělat průchod za devadesát sedm hodin, třináct minut a dvacet sekund. V důsledku toho se jejich příchod na lunární disk nemohl uskutečnit až do 5. Prosince ve dvanácté noci, v přesný okamžik, kdy by měl být měsíc plný, a ne na 4., jak oznámili někteří špatně informovaní novináři.

Ale nepředvídaná okolnost, tj. Detonace vyvolaná kolumbií, měla okamžitý účinek na znepokojení pozemské atmosféry tím, že nashromáždila velké množství páry, což je jev, který vzrušoval univerzální rozhořčení, protože měsíc byl před očima skrytý hlídači na několik nocí.

Hodný joseph t. Maston, nejvěrnější přítel tří cestujících, začal do skalnatých hor, doprovázený honem. J. Belfast, ředitel observatoře v Cambridge, a dosáhl stanice dlouhého vrcholu, kde byl postaven dalekohled, který přivedl Měsíc do zjevné vzdálenosti dvou lig. Čestný tajemník klubu zbraní si přál, aby sledoval vozidlo svých odvážných přátel.

Akumulace mraků v atmosféře zabránila veškerému pozorování 5., 6., 7., 8., 9. A 10. Prosince. Skutečně se předpokládalo, že všechna pozorování by musela být v následujícím roce odložena na leden 3d; protože Měsíc vstupující do své poslední čtvrtiny

11., pak by představoval jen stále se zmenšující část disku, nedostatečnou na to, aby bylo možné sledovat jejich průběh.

Po dlouhé době, k obecné spokojenosti, silná bouře vyčistila atmosféru v noci 11. A 12. Prosince, a měsíc, s napůl osvětleným diskem, byl jasně vidět na černé obloze.

Právě v noci byl joseph t vyslán ze stanice dlouhého vrcholu telegram. Maston a belfast pánům z cambridge observatoře, oznamující, že 11. Prosince v 8 hodin. 47 m. Pm, projektil vypálený kolumbií kamenného kopce byl odhalen pány. Belfast a maston - že se odchýlila od svého průběhu od nějaké neznámé příčiny a nedosáhla svého cíle; ale že to prošlo dost blízko na to, aby si ho udržel lunární přitažlivost; že její přímočarý pohyb byl změněn na kruhový a že po eliptické oběžné dráze kolem hvězdy noci se stal jejím satelitem. Telegram dodal, že prvky této nové hvězdy ještě nebyly vypočteny; a ve skutečnosti jsou k určení těchto prvků skutečně nutná tři pozorování hvězdy ve třech různých polohách. Pak to ukázalo, že vzdálenost oddělující projektil od lunárního povrchu „by se mohla" počítat na asi 2 833 mil.

To skončilo dvojitou hypotézou: přitažlivost Měsíce by ji přitáhla k sobě a cestovatelé tak dosáhli svého konce; nebo že projektil, držený na jedné neměnné oběžné dráze, by gravitoval kolem lunárního disku na celou věčnost.

S takovými alternativami, jaký by byl osud cestujících? Určitě měli nějakou dobu jídlo. Ale za předpokladu, že se jim podařilo uspět v jejich vyrážce, jak by se vrátili? Mohli by se někdy vrátit? Měli by od nich slyšet? Tyto otázky, diskutované nejvíce naučenými pery dne, silně vzbudily pozornost veřejnosti.

Je vhodné zde učinit poznámku, kterou by měli pozorní pozorovatelé dobře zvážit. Když je veřejně oznámen čistě spekulativní objev, nelze to udělat s přílišnou obezřetností. Nikdo není povinen objevovat planetu, kometu ani satelit; a kdokoli udělá v takovém případě chybu, vystaví se spravedlivě výsměchu mše. Mnohem lepší je čekat; a to je to, co netrpělivý joseph t. Maston měl udělat před zasláním tohoto telegramu do světa, který podle jeho nápadu prozradil celý výsledek podniku. Ve skutečnosti tento telegram obsahoval dva druhy chyb, jak se nakonec ukázalo. Zaprvé, chyby pozorování, týkající se vzdálenosti střely od povrchu měsíce, protože 11. Prosince to nebylo možné vidět; a co joseph t. Maston viděl, nebo si myslel, že viděl, nemohl být projektil kolumbie. Zadruhé, chyby teorie o osudu v zásobě pro uvedený projektil; protože se z něj stal satelit Měsíce, byl to v přímém rozporu se všemi mechanickými zákony.

Jedna hypotéza pozorovatelů dlouhého vrcholu mohla být kdy realizována, což předvídalo případ cestujících (pokud jsou stále naživu) spojující jejich úsilí s lunární přitažlivostí k dosažení povrchu disku.

Nyní tito muži, tak chytří, jak se odvážili, přežili hrozný šok, který následoval po jejich odjezdu, a právě jejich cesta v projektilském autě je spojena jak s jeho nejdramatičtějšími, tak s nejpozoruhodnějšími detaily. Tento bod odůvodnění zničí mnoho iluzí a odhadů; ale dá skutečnou představu o výjimečných změnách, které jsou v takovém podniku uloženy; odhalí vědecké instinkty barbikanu, pracovité zdroje nicholl a odvážný humor michel ardan. Kromě toho se ukáže, že jejich hodný přítel, joseph t. Maston, ztrácel čas, zatímco se nakláněl nad gigantickým dalekohledem a sledoval průběh Měsíce hvězdným prostorem.

Kapitola i

Dvacet minut od deseti do čtyřiceti sedmi minut po desáté hodině

Když udeřilo deset hodin, michel ardan, barbicane a nicholl vzali z četných přátel, které opouštěli na zemi. Oba psi, kteří byli určeni k propagaci psí rasy na lunárních kontinentech, byli již zavřeni v projektilu.

Tři cestovatelé se přiblížili k otvoru obrovské litinové trubky a jeřáb je pustil dolů na kuželovou střelu střely. Tam jim otvor vytvořený za tímto účelem umožnil přístup k hliníkovému vozu. Kladkostroj, který patří k jeřábu, byl vytažen zvenčí, ústí kolumbie bylo okamžitě vyřazeno z jeho posledních podpěr.

Nicholl, kdysi byl představen se svými společníky uvnitř střely, začal uzavřít otvor pomocí silné desky, držené v poloze silnými šrouby. Další talíře, těsně přiléhající, zakrývaly čočkové brýle, a cestující, hermeticky uzavření ve svém kovovém vězení, se vrhli do hluboké tmy.

„A teď, moji milí společníci," řekl michel ardan, „pojďme se udělat doma; jsem domestikovaný muž a silný v hospodaření. Jsme povinni udělat to nejlepší z našich nových ubytování a udělat si pohodlí. Zkusme to trochu vidět. Plyn nebyl vynalezen pro krtky. "

A tak říkal, bezmyšlenkovitý muž zapálil zápas tím, že ho udeřil na chodidlo jeho boty; a přiblížil se k hořáku připevněnému k nádobě, ve které byl nasycený vodík, uložený pod vysokým tlakem, dostatečný pro osvětlení a zahřívání střely po sto čtyřicet čtyři hodin nebo šest dní a šest nocí. Plyn se vznítil, a tak zapálil projektil jako pohodlná místnost s tlustými čalouněnými stěnami, vybavenými kruhovým rozkládacím gaučem a střechou zaoblenou ve tvaru kupole.

Michel ardan vše prozkoumal a prohlásil, že je spokojen s jeho instalací.

„je to vězení," řekl, „ale putující vězení; a s právem dát svůj nos k oknu bych mohl vydržet nájem na sto let. Usměješ se, barikale. Pensee? Říkáte si: "Toto vězení může být naše hrobka?" hrobka, možná; pořád bych ji nezměnil za mahometův, který vznáší ve vesmíru, ale nikdy neprochází o palec! "

Zatímco michel ardan mluvil, barbicane a nicholl dělali poslední přípravy.

Chronometr nicholl označený dvacet minut po desáté hodině, když

Všichni tři cestovatelé byli konečně uzavřeni ve své střele.

Tento chronometr byl nastaven do desetiny sekundy pomocí

Vyzvedněte technika. Barbicane to konzultoval.

„Moji přátelé," řekl, „je dvacet minut po deseti. Za čtyřicet sedm minut po desáté murchison vypálí elektrickou jiskru na drátu, který komunikuje s nábojem kolumbie. V tomto přesném okamžiku opustíme náš sféroid … máme tedy ještě dvacet sedm minut, abychom zůstali na zemi. "

„dvacet šest minut třináct sekund," odpověděl metodický výkřik.

"studna!" zvolal michel ardan, v dobrém humorném tónu, „hodně se dá udělat za dvacet šest minut. Nejzávažnější otázky morálky a politiky mohou být projednány a dokonce vyřešeny. Dvacet šest minut dobře zaměstnaných stojí více než dvacet šest roky, ve kterých se nic neděje. Některé sekundy pascala nebo newtona jsou dražší než celá existence davu surových simpletonů—— "

"A vy tedy uzavíráte, věčný mluvčí?" zeptal se barbikane.

„Došel jsem k závěru, že nám zbývá dvacet šest minut," odpověděl ardan.

„pouze dvacet čtyři," řekl nicholl.

„dobře, dvacet čtyři, pokud se vám líbí, můj ušlechtilý kapitáne," řekl ardan; "dvacet čtyři minut, během kterých se má vyšetřovat——"

"michel," řekl barbicane, "během průchodu budeme mít spoustu času na prozkoumání nejtěžších otázek. Prozatím se musíme věnovat našemu odchodu."

"nejsme připraveni?"

"nepochybně; stále je však třeba přijmout určitá opatření, aby se první šok co nejvíce zmírnil."

"Copak my nejsme vodní polštáře umístěné mezi přepážkami, jejichž pružnost nás dostatečně ochrání?"

„Doufám, že, micheli," odpověděl barbicane jemně, „ale nejsem si jistý."

"ah, žolík!" zvolal michel ardan. „doufá! - není si jistý! - a čeká na okamžik, kdy jsme uzavřeni, abychom udělali toto žalostné přiznání! Žádám o povolení vystoupit!"

"a jak?" zeptal se barbikane.

"hukot!" řekl michel ardan, „není to snadné; jsme ve vlaku a hvizd hlídky zazní před čtyřiadvaceti minutami."

„dvacet," řekl nicholl.

Na několik okamžiků se tři cestovatelé na sebe podívali.

Pak začali zkoumat předměty uvězněné s nimi.

„všechno je na svém místě," řekl barbicane. „Musíme se nyní rozhodnout, jak se můžeme nejlépe postavit, abychom odolali šoku. Pozice nemůže být lhostejná záležitost a my musíme, pokud je to možné, zabránit přívalu krve do hlavy."

"jen tak," řekl nicholl.

"pak," odpověděl michel ardan, připraven přizpůsobit akci slovu, "dejte nám hlavu dolů a nohy ve vzduchu, jako klauni ve velkém cirkusu."

„ne," řekl barbicane, „natáhneme se na naše strany; tímto způsobem odoláme šoku lépe. Nezapomeňte, že když začíná projektil, nezáleží na tom, zda jsme v něm, nebo před ním; stejná věc."

„Jestli je to jen„ téměř stejná věc ", můžu se rozveselit," řekl

Michel ardan.

"Schvaluješ můj nápad, Nicholle?" zeptal se barbikane.

„úplně," odpověděl kapitán. "stále máme třináct minut a půl."

„ten nicholl není muž," zvolal michel; "Je to chronometr s vteřinami, únikem a osmi otvory."

Ale jeho společníci neposlouchali; zaujímali své poslední pozice s dokonalou pohodou. Byli jako dva metodičtí cestovatelé v autě, kteří se snažili umístit co nejpohodlněji.

Mohli bychom se zeptat sami sebe, jaké materiály jsou srdce těchto Američanů, jimž přístup nejděsivějšího nebezpečí nepřidal pulzaci.

Do střely byly umístěny tři silné a pevně vyrobené pohovky. Nicholl a barbicane je umístili do středu disku tvořícího podlahu. Tam se tři cestující měli natáhnout několik okamžiků před odjezdem.

Během této doby se ardan, který nebyl schopen zůstat v klidu, otočil ve svém úzkém vězení jako divoká zvířata v kleci, povídal si se svými přáteli, hovořil se psy dianou a satelitem, kterému, jak je vidět, dal významná jména.

"ah, diano! Ah, satelit!" vykřikl a škádlil je; "Takže se chystáte ukázat měsíční psy dobré návyky psů na Zemi! To bude ctít psí rase! Kdybychom znovu sestoupili, přinesu křížový typ" měsíčních psů ", "což rozruší!"

„pokud jsou na Měsíci psi," řekl barbikane.

„existují," řekl michel ardan, „stejně jako jsou koně, krávy, osli a kuřata. Vsadím se, že najdeme kuřata."

"sto dolarů nenajdeme žádné!" řekl nicholl.

"hotovo, můj kapitáne!" odpověděl ardan a sevřel Nichollovu ruku. "ale sbohem, už jste ztratili tři sázky s naším prezidentem, protože byly nalezeny potřebné finanční prostředky pro podnik, protože provoz casting byl úspěšný, a konečně, protože kolumbie byla naložena bez nehody, šest tisíc dolarů. "

„ano," odpověděl nicholl. "třicet sedm minut šest sekund po desáté."

"to je pochopeno, kapitáne. Dobře, před další čtvrtinou hodiny budete muset počítat s prezidentem devět tisíc dolarů; čtyři tisíce, protože kolumbie nepraskne, a pět tisíc, protože projektil vzroste o více než šest mil v vzduch."

„Mám dolary," odpověděl nicholl a plácl kapsu kabátu. "Žádám jen o povolení platit."

„Pojď, Nicholle. Vidím, že jsi člověk metod, který jsem nikdy nemohl být; ale ve skutečnosti jsi pro sebe udělal řadu sázek s velmi malou výhodou, dovol mi, abych ti to řekl.“

"a proč?" zeptal se nicholl.

"protože, pokud získáš první, kolumbie se roztrhne a projektil s tím; a barbikane už tam nebude, aby ti splatil své dolary."

„můj vklad je uložen v bance v baltimore,“ odpověděl barbicane jednoduše; "a pokud tam není nicholl, půjde to na jeho dědice."

"ah, vy praktičtí muži!" zvolal michel ardan; "Obdivuji tě tím víc, že tě nedokážeš pochopit."

"čtyřicet dvě minuty po desáté!" řekl nicholl.

"jen o pět minut déle!" odpověděl barbicane.

"Ano, pět minut!" odpověděl michel ardan; "a my jsme uzavřeni v projektilu, na dně zbraně dlouhé 900 stop! A pod tímto projektilem je naráženo 400 000 liber na bavlnu z bavlny, což se rovná 1 600 000 liber na obyčejný prášek! A přítel murchison, s jeho chronometrem v ruka, jeho oko upnuté na jehlu, prst na elektrickém aparátu, počítá sekundy přípravné k vypuštění nás do meziplanetárního prostoru. "

"dost, michel, dost!" řekl barbicane vážným hlasem; „připravme se. Jen pár instancí nás odděluje od rušného okamžiku. Jeden stisk ruky, mí přátelé.“

„ano,“ zvolal michel ardan, více se pohnul, než se chtěl objevit; a tři odvážní společníci se spojili v posledním objetí.

"Bůh nás zachraň!" řekl náboženský barbicane.

Michel ardan a nicholl se natáhli na pohovkách umístěných ve středu disku.

"čtyřicet sedm minut po desáté!" zamumlal kapitán.

"dalších dvacet sekund!" barbikane rychle vypustil plyn a položil si jeho společníky a hluboké ticho bylo přerušeno pouze tikáním chronometrů, které se vteřiny ozývalo.

Najednou byl pociťován hrozný šok a projektil, pod silou šesti miliard litrů plynu, vyvinutý spalováním pyroxylu, namontovaný do vesmíru.

Kapitola ii

První půlhodinu

Co se stalo? Jaký účinck způsobil tento strašný šok? Dosáhla vynalézavost konstruktérů střely nějakého šťastného výsledku? Byl tlumený šok díky pružinám, čtyřem zátkám, polštářům vody a prasklinám přepážky? Podařilo se jim podmanit strašlivý tlak iniciační rychlosti více než 11 000 yardů, což stačilo k tomu, aby za sekundu projížděl Paříž nebo New York? To byla očividně otázka navrhovaná tisícům diváků této pohyblivé scény. Zapomněli na cíl cesty a mysleli pouze na cestovatele. A pokud jeden z nich - joseph t. Maston například - mohl vrhnout jeden pohled do střely, co by viděl?

Pak nic. Temnota byla hluboká. Ale jeho válcové kónické příčky skvěle odolávaly. Nikoliv nájem ani důlek! Nádherný projektil nebyl ani zahříván pod intenzivní deflagrací prášku, ani zkapalněn, jak se zdálo, že se báli, ve sprše z hliníku.

Interiér ukázal jen malou poruchu; skutečně jen několik objektů bylo násilně vrženo do střechy; zdálo se však, že nejdůležitější z toho šoku vůbec netrpěl; jejich příslušenství byla neporušená.

Na pohyblivém disku, zapuštěném na dno rozbitím dělících přepážek a únikem vody, ležely tři těla zjevně bez života. Barbicane, nicholl a michel ardan - stále dýchali? Nebo už projektil nic jiného než kovová rakev, nesoucí tři mrtvoly do vesmíru?

Několik minut po odjezdu střely se jedno z těl pohlo, potřáslo rukama, zvedlo hlavu a nakonec se mu podařilo dostat na kolena. Byl to michel ardan. Cítil se všude a dal sonorní „lem!" a pak řekl:

„michel ardan je celek. Co ostatní?"

Odvážný Francouz se pokusil povstat, ale nemohl stát. Jeho hlava plavala z přívalu krve; byl slepý; byl opilý muž.

"bur-r!" řekl. "má stejný účinek jako dvě láhve kortonu, i když možná méně příjemné polykat." pak několikrát prošel rukou přes čelo a třel si spánky, zavolal pevným hlasem:

"nicholl! Barbicane!"

Netrpělivě čekal. Žádná odpověď; ani povzdech, který by dokázal, že srdce jeho společníků stále bije. Zavolal znovu. Stejné ticho.

"ďábel!" zvolal. „Vypadají, jako by vypadli z pátého příběhu na hlavách. Dodal s tou nedůvěrou důvěrou, kterou nic nemohlo zkontrolovat, „pokud se francouzák může dostat na kolena, dva Američané by se měli mít schopni postavit na nohy. Nejdříve se ale musíme rozsvítit.“

Ardan cítil, jak se příliv života po stupních vrací. Jeho krev se zklidnila a vrátila se do svého obvyklého oběhu. Další úsilí obnovilo jeho rovnováhu. Podařilo se mu vstát, vytáhl z kapsy zápas a přiblížil se k hořáku. Příjemce vůbec netrpěl. Plyn neunikl. Kromě toho by to vůně zradilo; a v tomto případě michel ardan nemohl nést osvětlený zápas beztrestně skrz prostor naplněný vodíkem. Smíchání plynu se vzduchem by vytvořilo detonační směs a exploze by skončila to, co šok možná začal. Když byl hořák zapálený, ardan se naklonil nad těla svých společníků: leželi jeden na druhém, inertní hmota, nad nimi výklenek, dole barbicane.

Ardan zvedl kapitána, opřel ho o divana a začal rázně třít. To znamená, používán při úsudku, obnovil nicholl, který otevřel oči, a okamžitě si znovu získal svou přítomnost mysli, chytil ardanovu ruku a rozhlédl se kolem něj.

"a barbicane?" řekl.

„každý zase,“ odpověděl michel ardan. "Začal jsem s tebou, Nicholl, protože jsi byl nahoře. Nyní se podívejme na barbicane." ardan a nicholl řekli, který zvedl prezidenta klubu zbraní a položil ho na divana. Zdálo se, že trpěl více než kterýkoli z jeho společníků; krvácel, ale Nicholl byl uklidněn tím, že zjistil, že krvácení pochází z lehké rány na rameni, pouhého páru, který opatrně svázal.

Barbicane však stále přicházel k sobě dlouho, což vyděsilo jeho přátele, kteří nevyužívali tření.

„Přesto dýchá," řekl nicholl a položil si ucho na hrudník zraněného.

„ano," odpověděl ardan, „dýchá jako muž, který má nějakou představu o této každodenní operaci. Třít, nicholl; a dva improvizovaní praktici pracovali tak tvrdě a natolik dobře, že barbicane získal jeho smysly. Otevřel oči, posadil se, vzal své dva přátele za ruce a jeho první slova byla -

"nicholl, jedeme?"

Nicholl a ardan se na sebe podívali; ještě se neobtěžovali o projektil; jejich první myšlenka byla pro cestovatele, nikoli pro auto.

"dobře, opravdu se pohybujeme?" opakovaný michel ardan.

"nebo tiše spočívající na Floridě?" zeptal se nicholl.

"nebo na dno Mexického zálivu?" přidán michel ardan.

"jaký nápad!" zvolal prezident.

A tato dvojitá hypotéza navržená jeho společníky měla ten účinek, že ho připomněla jeho smyslům. V žádném případě se nemohli rozhodnout o poloze střely. Zjevná nemovitost a potřeba komunikace s vnějškem jim zabránily vyřešit otázku. Možná projektil odvíjel svůj směr vesmírem. Možná po krátkém vzestupu spadl na zem nebo dokonce do Mexického zálivu - pád, který by zúžení poloostrova Floridy neznemožnilo.

Případ byl závažný, problém zajímavý a ten, který musí být vyřešen co nejdříve. Vysoce nadšená, barbikanova morální energie triumfovala nad fyzickou slabostí a vstal. Poslouchal. Venku bylo dokonalé ticho; ale silné polstrování stačilo k zachycení všech zvuků přicházejících ze Země. Ale jedna okolnost zasáhla barbicane, to znamená, že teplota uvnitř střely byla mimořádně vysoká. Prezident vytáhl z případu teploměr a konzultoval jej. Přístroj vykazoval 81 @ fahr.

„ano," zvolal, „ano, pohybujeme se! Toto dusivé teplo, pronikající skrz oddíly střely, je produkováno jeho třením v atmosférických vrstvách. Brzy se sníží, protože už jsme vznášeli ve vesmíru a poté, co jsme se téměř potlačili, budeme muset trpět intenzivním chladem.

"co!" řekl michel ardan. "podle tvého představení, barbicane, už jsme za hranicemi pozemské atmosféry?"

„bezpochyby, micheli. Poslouchej mě. Je to padesát pět minut po deseti; byli jsme pryč asi osm minut; a pokud by naše iniciační rychlost nebyla zkontrolována třením, stačilo by nám šest sekund, abychom prošli přes čtyřicet mil atmosféry, která obklopuje celý svět. "

„jen tak," odpověděl nicholl; "Ale v jakém poměru odhadujete snížení rychlosti třením?"

"v poměru jedné třetiny, nicholl. Toto snížení je značné, ale podle mých výpočtů to není nic menšího. Pokud bychom tedy měli iniciační rychlost 12 000 yardů, při opuštění atmosféry by se tato rychlost snížila na 9 165 yardy. V každém případě jsme již prošli tímto intervalem a—— "

„a pak," řekl michel ardan, „přítel Nicholl ztratil své dvě sázky: čtyři tisíce dolarů, protože kolumbie nepraskla; pět tisíc dolarů, protože projektil vzrostl o více než šest kilometrů.

„Dokážme to nejprve," řekl kapitán, „a my zaplatíme později. Je docela možné, že argumentace barbicane je správná a že jsem ztratil svých devět tisíc dolarů. Ale mé mysli se představí nová hypotéza a anuluje sázku. "

"co to je?" zeptal se rychle barbicane.

"hypotéza, že z nějakého důvodu nebyl oheň nikdy zapálen, jsme nezačali vůbec."

„má bože, kapitáne," zvolal michel ardan, „že hypotéza není hodná mého mozku! Nemůže to být vážná. Protože jsme nebyli napůl zničeni šokem? Vzpomněl jsem si na život? Prezidentovo rameno stále krvácí z úderu, který dostal? "

„uděleno," odpověděl nicholl; "ale jedna otázka."

"dobře, kapitáne?"

„Slyšel jsi detonaci, která by určitě měla být hlasitá?"

„ne," odpověděl ardan, velmi překvapený; "Určitě jsem detonaci neslyšel."

"a ty, barikane?"

"Ani já."

"velmi dobře," řekl nicholl.

„dobře," zamumlal prezident „proč jsme neslyšeli detonaci?"

Tři přátelé se na sebe podívali znepokojeným vzduchem. Byl to docela nevysvětlitelný jev. Projektil začal, a proto muselo dojít k výbuchu.

„Pojďme nejprve zjistit, kde jsme," řekl barbicane, „a nechal tento panel."

Tato velmi jednoduchá operace byla brzy dokončena.

Matice, které držely šrouby k vnějším deskám pravého škrticího ventilu, ustoupily pod tlakem anglického klíče. Tyto šrouby byly vytlačeny ven a nárazníky pokryté indickou pryží zastavily otvory, které je propustily. Okamžitě vnější deska padla zpět na své závěsy jako okénko a objevilo se čočkovité sklo, které uzavřelo škrábanec. Podobný byl propuštěn do silné přepážky na opačné straně střely, další v horní části kupole a nakonec čtvrtá ve středu základny. Mohli proto pozorovat čtyři různé směry; nebeská boční a nejpřímější okna, Země nebo Měsíc u horních a pod otvory v projektilu.

Barbicane a jeho dva společníci okamžitě spěchali k odkrytému oknu. Ale bylo to osvětleno žádným paprskem světla. Obklopila je hluboká tma, která však nezabránila prezidentovi v vykřikování:

„Ne, moji přátelé, nespadli jsme zpět na Zemi; ne, ani se neponoříme do Mexického zálivu. Ano! Jdeme do vesmíru.

Vidíme ty hvězdy zářící v noci a ta neproniknutelná tma se hromadí mezi Země a nás! "

"hurá! Hurá!" vykřikl michel ardan a nicholl jedním hlasem.

Tato hustá tma skutečně dokázala, že projektil opustil zemi, protože by půda, která byla zářivě osvětlena měsíčními paprsky, byla pro cestovatele vidět, kdyby leželi na jejím povrchu. Tato tma také ukázala, že projektil prošel atmosférickými vrstvami, protože rozptýlené světlo rozptýlené ve vzduchu by se odrazilo na kovových stěnách, což by odrazy chtěly. Toto světlo by rozsvítilo okno a okno bylo tmavé. Pochybnost již nebyla možná; cestující opustili Zemi.

„Ztratil jsem," řekl nicholl.

„Blahopřeji vám," odpověděl ardan.

„Tady je devět tisíc dolarů," řekl kapitán a vytáhl z kapsy papírové dolary.

"budete mít účtenku?" zeptal se barbicane a vzal částku.

„pokud vám to nevadí," odpověděl nicholl; "je to více obchodní."

A chladně a vážně, jako by byl ve své krabici, prezident vytáhl notebook, vytrhl prázdný list, tužkou napsal řádný doklad, datoval ho a podepsal obvyklým rozmachem [1] a dal to kapitánovi, který jej opatrně vložil do své peněženky. Michel ardan si sundal klobouk a beze slova se sklonil ke svým dvěma společníkům. Tolik formalit za takových okolností ho nechal beze slova. Nikdy předtím nic takového „amerického" neviděl.

[1] toto je ryze francouzský zvyk.

Tato záležitost se vyrovnala, barbicane a nicholl se vrátili k oknu a sledovali souhvězdí. Hvězdy vypadaly jako černé body na černé obloze. Ale z této strany neviděli orbitu noci, která by při cestování z východu na západ stoupala o stupně směrem k zenitu. Jeho nepřítomnost čerpala následující poznámku od ardana:

"a Měsíc; selže při našem setkání setkání?"

„Neznepokojujte se," řekl barbikane; "Naše budoucí zeměkoule je na svém místě, ale z této strany ji nevidíme; otevřeme druhou."

„protože barbikane se chystal opustit okno, aby otevřel protější škrábnutí, přitahovala jeho pozornost přístup brilantního objektu. Byl to obrovský disk, jehož kolosální rozměr nelze odhadnout. Jeho tvář, která se obrátila na Zemi, byla velmi jasná. Člověk by si mohl myslet, že je to malý měsíc odrážející světlo velkého. Postupovala velkou rychlostí a zdálo se, že popisuje oběžnou dráhu kolem Země, která by protínala průchod projektilem. Osy a projevovaly jevy všech nebeských těles opuštěných ve vesmíru.

"ah!" zvolal michel ardan, „co je to? Další projektil?"

Barbicane neodpověděl. Vzhled tohoto obrovského těla ho překvapil a trápil. Kolize byla možná a mohla se jí zúčastnit žalostné výsledky; projektil by se odchýlil od své cesty, nebo šok, který by narušil jeho impuls, by ho mohl srážet na Zemi; nebo, konečně, by to mohl neodolatelně odvádět silný asteroid. Prezident na první pohled zachytil důsledky těchto tří hypotéz, z nichž by jedna nebo druhá způsobila jejich experiment k neúspěšnému a fatálnímu ukončení. Jeho společníci tiše stáli při pohledu do vesmíru. Objekt se rychle přibližoval, když se k nim blížil, a optickou iluzí se zdálo, že se projektil hodil před něj.

"holčičko!" zvolal michel ardan, „narazíme na sebe!"

Instinktivně se cestující stáhli. Jejich strach byl skvělý, ale netrvalo to mnoho sekund. Asteroid prošel několik set yardů od střely a zmizel, ne tolik z rychlosti jeho průběhu, protože jeho tvář byla naproti Měsíci a náhle se sloučila do dokonalé temnoty vesmíru.

„šťastná cesta k tobě," zvolal michel ardan s úlevou. „určitě nekonečno vesmíru je dost velké, aby se ubohý malý projektil mohl projít beze strachu.

"Já vím," odpověděl barbicane.

"ach, opravdu! Víš všechno."

„je to,“ řekl barbicane, „jednoduchý meteorit, ale obrovský, který si přitažlivost Země zachovala jako satelit.“

"je to možné!" zvolal michel ardan; "Země má pak dva měsíce jako Neptun?"

„Ano, mí přátelé, dva měsíce, i když obecně jde jen o to, že mají jen jeden; ale tento druhý měsíc je tak malý a jeho rychlost je tak velká, že to obyvatelé Země nevidí. Astronom, m. Petit, byl schopen určit existenci tohoto druhého satelitu a vypočítat jeho prvky. Podle jeho pozorování tento meteorit dosáhne své revoluce kolem Země za tři hodiny a dvacet minut, což znamená úžasnou rychlost rychlosti. "

"přiznávají všichni astronomové existenci tohoto satelitu?" zeptal se nicholl.

"ne," odpověděl barbicane; "Ale pokud, stejně jako my, se s tím setkali, už o tom nemohli pochybovat. Opravdu si myslím, že tento meteorit, který by nás zasáhl projektil, by nás tolik v rozpakech, dal nám prostředky k rozhodování o tom, co naše pozice v prostoru je. “

"jak?" řekl ardan.

"protože je známa jeho vzdálenost a když jsme se s ní setkali, byli jsme přesně čtyři tisíce šest set padesát mil od povrchu zemského povrchu."

„více než dva tisíce francouzských lig,“ zvolal michel ardan.

", který bije expresní vlaky zbožné planety zvané Země."

„Měl bych si to myslet,“ odpověděl nicholl a prohlížel si svůj chronometr; "Je jedenáct hodin a je to jen třináct minut, co jsme opustili americký kontinent."

"jen třináct minut?" řekl barbicane.

„ano," řekl nicholl; "a pokud bude udržována naše iniciační rychlost dvanácti tisíc yardů, uděláme za hodinu asi dvacet tisíc kilometrů."

„to je všechno v pořádku, přátelé," řekl prezident, „ale stále zůstává nerozpustná otázka. Proč jsme neslyšeli detonaci kolumbie?"

Kvůli nedostatku odpovědi konverzace klesla a barbikán začal zamyšleně pustit závěrku druhé strany. Uspěl; a přes odkryté sklo vyplnil Měsíc projektil brilantním světlem. Nicholl, jako ekonomický muž, uhasil plyn, nyní k ničemu, a jehož brilantnost zabránila pozorování meziplanetárního prostoru.

Měsíční disk zářil nádhernou čistotou. Její paprsky, které už nebyly filtrovány parní atmosférou zemského povrchu, prosvítaly sklem a naplňovaly vzduch ve vnitřku střely stříbrnými odrazy. Černá opona nebeské věže ve skutečnosti zvýšila měsíční brilianci, která v tomto prázdném éteru nepříznivém k rozptylování nezasvítila sousední hvězdy. Nebesa, tak viděná, představovala zcela nový aspekt a ten, o kterém by lidské oko nikdy nesnilo. Lze si představit zájem, se kterým tito odvážní muži sledovali orbitu noci, velký cíl jejich cesty.

Ve svém pohybu se pozemský satelit necitlivě přibližoval zenitu, což je matematický bod, kterého by měl dosáhnout o devadesát šest hodin později. Její hory, její pláně, každá projekce byla pro jejich oči stejně zřetelně rozeznatelná, jako kdyby ji pozorovaly z nějakého místa na zemi; ale jeho světlo bylo vyvinuto vesmírem s úžasnou intenzitou. Disk zářil jako platinové zrcadlo. Ze země, která letí pod jejich nohama, cestovatelé ztratili veškerou vzpomínku.

Byl to kapitán nicholl, který nejprve připomněl jejich pozornost na mizející planetu.

„ano," řekl michel ardan, „nenechte se k tomu vděční. Protože odcházíme z naší země, zaměřte se na ni naše poslední pohledy. Chtěl bych vidět Zemi ještě jednou, než bude zcela skrytý před mýma očima. . "

Aby uspokojil své společníky, začal barbikán odkrytí okna ve spodní části střely, což jim umožnilo pozorovat Zemi přímo. Disk, který síla projekce zbila na základnu, byl odstraněn, ne bez problémů. Její fragmenty, které byly pečlivě umístěny na zdi, by mohly příležitostně sloužit znovu. Pak se objevila kruhová mezera o průměru devatenáct centimetrů, vyhloubená ze spodní části střely. Skleněný kryt, šest palců tlustý a zesílený horními úchyty, jej pevně uzavřel. Pod ní byla připevněna hliníková deska, upevněná na místě šrouby. Šrouby se uvolnily a šrouby se uvolnily, talíř padl a mezi vnitřkem a exteriérem byla navázána viditelná komunikace.

Michel ardan poklekl vedle skla. Bylo zakalené, zdánlivě neprůhledné.

"studna!" zvolal, „a země?"

"Země?" řekl barbicane. "je to tady."

„co! Ten malý závit; ten stříbrný půlměsíc?"

"bezpochyby, micheli. Za čtyři dny, až bude měsíc plný, ve chvíli, kdy k němu dorazíme, bude Země nová a objeví se nám jen jako štíhlý půlměsíc, který brzy zmizí, a na několik dní budou zabaleny v naprosté temnotě. "

"že země?" opakoval michel ardan a díval se všemi očima na tenký skluz své rodné planety.

Vysvětlení prezidenta Barbicane bylo správné. Země, s ohledem na projektil, vstoupila do své poslední fáze. Byl v oktantu a na tmavém pozadí oblohy ukazoval půlměsíc. Jeho světlo, namodralé tlustou vrstvou atmosféry, bylo méně intenzivní než světlo půlměsíce, ale mělo značné rozměry a vypadalo jako obrovský oblouk napnutý přes oblohu. Některé části brilantně osvětlené, zejména na konkávní části, vykazovaly přítomnost vysokých hor, často mizí za hustými skvrnami, které na lunárním disku nikdy nejsou vidět. Byly to kruhy mraků soustředně soustředěné kolem zemského povrchu.

Zatímco se cestovatelé snažili proniknout do hluboké temnoty, na jejich oči prasklo brilantní uskupení padajících hvězd. Stovky meteoritů, zapálených třením atmosféry, ozářily stín světelného vlaku a ohnivě lemovaly zakalené části disku. V tomto období byla Země ve svém perihelionu a měsíc prosinec je pro tyto padající hvězdy tak příznivý, že astronomové počítali až 24 tisíc za hodinu. Ale michel ardan, pohrdající vědeckými úvahami, upřednostňovala myšlenku, že Země tak pozdravuje odchod svých tří dětí svými nejoslnivějšími ohňostroji.

Skutečně to bylo vše, co viděli na planetě ztracené ve slunečním světě, stoupající a přicházející na velké planety jako prostá ranní nebo večerní hvězda! Tato zeměkoule, kde zanechali všechny své city, nebyla nic jiného než uprchlý půlměsíc!

Dlouho se tito tři přátelé dívali, aniž by mluvili, i když sjednoceni v srdci, zatímco projektil zrychlil vpřed se stále se snižující rychlostí. Přes jejich mozek se vkradla neodolatelná ospalost. Byla to únava těla a mysli? Bezpochyby; po nadměrném vzrušení těch posledních hodin, které uplynuly na Zemi, byla reakce nevyhnutelná.

"dobře," řekl nicholl, "protože musíme spát, nechme nás spát."

A natahovali se na gauči, všichni brzy byli v hlubokém spánku.

Ale nezapomněli na sebe déle než čtvrt hodiny, když se barbarik náhle posadil a hlasitě vyprovokoval jeho společníky - -

"našel jsem to!"

"co jsi našel?" zeptal se michel ardan, vyskočil ze své postele.

"Důvod, proč jsme neslyšeli detonaci kolumbie."

"a to je--?" řekl nicholl.

"protože náš projektil cestoval rychleji než zvuk!"

Kapitola iii

Místo jejich úkrytu

Toto podivné, ale jistě správné vysvětlení, jakmile bylo dáno, se tři přátelé vrátili ke svým spánku. Mohli najít klidnější nebo klidnější místo na spaní? Na zemi, domy, města, chaty a země cítí každý šok způsobený vnějším povrchem zeměkoule. Na moři jsou plavidla houpaná vlnami stále v pohybu; ve vzduchu se balón neustále kmitá na hladině tekutin různých hustot. Tento projektil samotný, vznášející se v dokonalém prostoru, uprostřed dokonalého ticha, nabízel dokonalý odpočinek.

Spánek našich dobrodružných cestujících by se tak mohl na neurčito prodloužit, pokud by je neočekávaný hluk neprobudil asi v sedm hodin ráno 2. Prosince, osm hodin po jejich odjezdu.

Tento hluk byl velmi přirozený štěkot.

"psi! Jsou to psi!" vykřikl michel ardan, který okamžitě vstal.

„Mají hlad,“ řekl nicholl.

"holčičko!" odpověděl michel: "Zapomněli jsme na ně."

"kde jsou?" zeptal se barbikane.

Podívali se a našli jedno ze zvířat přikrčených pod pohovkou. Vyděšený a otřesený iniciačním šokem zůstal v rohu, dokud se jeho hlas nevrátil s bolestí hladu. Byla to přátelská diana, stále velmi zmatená, která se vkradla ze svého ústupu, i když ne bez přílišného přesvědčování, michel ardan ji povzbuzoval nejmilostivějšími slovy.

„pojď, diano,“ řekl: „pojď, má holka! Ty, jehož osud bude označen v cynegetických análech; ty, koho by pohané dali jako společník bohu anubis, a křesťané jako přítel sv. Rocha; kdo se vrhá do meziplanetárního prostoru a možná bude předvečer všech selenitských psů! Pojď, diano, pojď sem. “

Diana, polichocená nebo ne, pokročilá po stupních, vyslovovala žalostné výkřiky.

"dobře," řekl barbicane: "Vidím předvečer, ale kde je adam?"

"adam?" odpověděl michel; „adam nemůže být daleko; je tam někde; musíme mu zavolat. Satelit! Tady, satelit!“

Ale satelit se neobjevil. Diana neopustí vytí. Zjistili však, že nebyla pohmožděna, a dali jí koláč, který umlčel její stížnosti. Co se týče satelitu, vypadal docela ztracený. Museli ho lovit dlouho, než ho našli v jednom z horních oddílů střely, kam ho musel násilně vrhnout nějaký nespočetný šok. Chudá zvířata, hodně zraněná, byla v klamném stavu.

"ďábel!" řekl michel.

Svrhli nešťastného psa s velkou péčí. Jeho lebka byla rozbita na střeše a zdálo se nepravděpodobné, že by se mohl z takového šoku zotavit. Mezitím byl pohodlně natažený na polštáři. Jednou tam vzdychl.

„Postaráme se o tebe," řekl michel; "Jsme zodpovědní za vaši existenci. Raději bych ztratil paži než tlapku mého špatného satelitu."

Řekl, který nabídl trochu vody zraněnému psovi, který ho s nadšením polkl.

Tato pozornost byla věnována, cestovatelé pozorně sledovali Zemi a Měsíc. Země byla nyní rozeznatelná pouze zakaleným diskem končícím v půlměsíce, poněkud kontraktičtějším než předchozí večer; ale jeho rozloha byla stále obrovská, ve srovnání s měsícem, který se blížil a blíž k dokonalému kruhu.

"holčičko!" řekl michel ardan: „Je mi velmi líto, že jsme nezačali, když byla Země plná, to znamená, když byla naše planeta v opozici vůči slunci."

"proč?" řekl nicholl.

"protože jsme měli vidět naše kontinenty a moře v novém světle - první zářivý pod slunečními paprsky, druhý zataženo, jak je znázorněno na některých mapách světa. Rád bych viděl ty póly Země, na nichž oko člověka dosud neodpočívalo.

„troufám si říci," odpověděl barbicane; „ale kdyby byla Země plná, měsíc by byl nový; to znamená, neviditelný, kvůli paprskům slunce. Je pro nás lepší vidět cíl, kterého chceme dosáhnout, než výchozí bod. . "

„Máte pravdu, barikale," odpověděl kapitán nicholl; "a kromě toho, až dorazíme na Měsíc, budeme mít během dlouhých měsíčních nocí čas na zvážení našeho volného času na planetě, na které se naše roje vynoří."

"naše podoby!" zvolal michel ardan; „Nejsou to naše další podoby, než jsou seleničtí! Obýváme nový svět, osídlení sami sebou - projektil! Jsou jedinou populací tohoto mikrokosmu, dokud se nestaneme čistými selenity. "

„asi za osmdesát osm hodin," odpověděl kapitán.

"což znamená říct?" zeptal se michel ardan.

„že je půl deváté," odpověděl nicholl.

"velmi dobře," odsekla michel; "pak je pro mě nemožné najít ani stín důvodu, proč bychom neměli jít na snídani."

Obyvatelé nové hvězdy nemohli žít bez jídla a jejich žaludky trpěly imperiálními zákony hladu. Michel ardan byl jako francouzský voják prohlášen za hlavního kuchaře, což je důležitá funkce, která nezvyšovala žádného soupeře. Plyn poskytoval dostatečné teplo pro kulinářské aparáty a zásobovací skříňka opatřovala prvky této první hostiny.

Snídaně začala třemi miskami výborné polévky díky zkapalnění těch vzácných koláčů liebig v horké vodě, připravených z nejlepších částí přežvýkavců pamp. Na polévku vystřídali některé hovězí steaky, stlačené hydraulickým lisem, jako něžné a šťavnaté, jako by byly přivedeny přímo z kuchyně anglického jídelny. Michelle, který byl nápaditý, tvrdil, že byli dokonce „červení".

Konzervovaná zelenina („čerstvější než příroda", řekl přátelský michel) vystřídala misku masa; a po americké módě následovaly šálky čaje s chlebem a máslem.

Nápoj byl prohlášen za vynikající a byl způsoben infuzí nejvolnějších listů, z nichž ruský císař dal nějaké truhly ve prospěch cestujících.

A konečně, aby korunu dosáhl, ardan vynesl jemnou láhev nuitů, která byla nalezena „náhodou" v provizorním boxu. Tři přátelé pili ke spojení Země a jejího satelitu.

A jako by už neudělal dost pro štědré víno, které destiloval na svazích vínové, slunce se rozhodlo být součástí večírku. V tuto chvíli se projektil vynořil z kuželovitého stínu vrženého pozemským glóbusem a paprsky zářivé koule dopadly na spodní disk střely přímo vyvolaný úhlem orbity měsíce s úhlem Země.

"slunce!" zvolal michel ardan.

„nepochybně,“ odpověděl barbikane; "Čekal jsem to."

„ale,“ řekl michel, „kuželový stín, který Země ponechává ve vesmíru, přesahuje měsíc?“

„daleko za tím, pokud se nebere v úvahu atmosférické lomení,“ řekl barbikane. "ale když je Měsíc zahalen do tohoto stínu, je to proto, že středy tří hvězd, Slunce, Země a Měsíce, jsou všechny v jedné a stejné přímce. Potom se uzly shodují s fázemi Měsíc a existuje zatmění. Kdybychom začali, když došlo k zatmění Měsíce, celý náš průchod by byl ve stínu, což by byla škoda. “

"proč?"

"Protože, i když jsme vznášeli ve vesmíru, náš projektil, koupaný ve slunečních paprscích, bude přijímat světlo a teplo. Šetří plyn, což je v každém ohledu dobrá ekonomika."

Skutečně, pod těmito paprsky, které žádná atmosféra nedokáže zmírnit, ať už v teplotě nebo brilanci, projektila rostla v teple a jasu, jako by náhle prošla od zimy do léta. Měsíc nahoře, slunce pod ním, zaplavovalo to jejich ohněm.

„je to tady příjemné,“ řekl nicholl.

„Měl bych si to myslet,“ řekl michel ardan. „s malou zemí rozprostřenou na naší hliníkové planetě bychom měli mít zelený hrášek za dvacet čtyři hodin. Mám jen jeden strach, to znamená, že stěny střely by se mohly roztavit.“

„Uklidni se, můj hodný příteli,“ odpověděl barbicane; „projektil vydržel mnohem vyšší teplotu, než je tato, protože proklouzl vrstvami atmosféry. Neměl bych být překvapen, kdyby nevypadal jako oheň meteoru pro oči diváků na Floridě.“

„Ale jt maston si bude myslet, že jsme pečeni!"

„co mě udivuje," řekl barbicane, „je to, že jsme nebyli.

To bylo nebezpečí, které jsme nezajistili. "

„Bál jsem se toho," řekl jednoduše Nicholl.

„Nikdy jsi to nezmínil, můj vznešený kapitáne," zvolal

Michel ardan, stiskl ruku svého přítele.

Barbicane se nyní začal v projektilu usadit, jako by ho nikdy neopustil. Člověk si musí pamatovat, že tento letecký vůz měl základnu s povrchem padesáti čtyř čtverečních stop. Jeho výška ke střeše byla dvanáct stop. Pečlivě uspořádané dovnitř a málo zatěžované nástroji a cestovními pomůckami, z nichž každý měl své konkrétní místo, nechal tři cestující určitou svobodu pohybu. Tlusté okno zasunuté do dna mohlo nést jakoukoli váhu a barbicane a jeho společníci na něj šli, jako by to bylo pevné prkno; ale slunce dopadající přímo paprsky osvětlilo vnitřek střely zespodu, čímž vytvořilo jedinečné účinky světla.

Začali vyšetřováním stavu své zásoby vody a zásob, z nichž ani jedno neutrpělo, a to díky péči, kterou bylo třeba tlumit šok. Jejich zásoby byly hojné a dost natolik, aby vydržely tři cestující déle než rok. Barbicane si přál být opatrný, pro případ, že by projektil přistál na části měsíce, která byla naprosto neplodná. Pokud jde o vodu a rezervu brandy, která sestávala z padesáti galonů, stačilo jen dva měsíce; ale podle posledních pozorování astronomů měl Měsíc nízkou, hustou a hustou atmosféru, alespoň v hlubokých údolích, a prameny a potoky nemohly selhat. Tak během jejich průchodu a během prvního roku jejich osídlení na lunárním kontinentu by tito dobrodružní průzkumníci neutrpěli hlad ani žízeň.

Nyní o vzduchu v projektilu. I tam byli v bezpečí. Reiset a regnautův aparát, určený k výrobě kyslíku, byl dodáván s chlorečnanem draselným po dobu dvou měsíců. Nutně spotřebovali určité množství plynu, protože byli povinni udržovat produkující látku při teplotě nad 400 @. Ale tam znovu byli všichni v bezpečí. Aparát chtěl jen malou péči. Ale nestačilo to k obnově kyslíku; musí absorbovat kyselinu uhličitou produkovanou vypršením. Během posledních dvanácti hodin se atmosféra střely nabila tímto škodlivým plynem. Nicholl objevil stav vzduchu tím, že pozorně sledoval dianu lapající po dechu. Kyselina uhličitá se jevem podobným fenoménu produkovanému ve slavné jeskyni na jaře shromáždila díky své hmotnosti na dně střely. Ubohá diana, s hlavou nízko, by trpěla před svými pány přítomností tohoto plynu. Ale kapitán Nicholl spěchal, aby napravil tento stav věcí tím, že položil na zem několik přijímačů obsahujících leptavý potaš, o nichž se potřásal po určitou dobu, a tato látka, chamtivá kyselina uhličitá, ji brzy úplně absorbovala, čímž očistila vzduch.

Poté byl zahájen soupis nástrojů. Teploměry a barometry odolávaly, kromě jednoho minimálního teploměru, jehož sklenice byla rozbitá. Ze zabalené krabice, která ji obsahovala, a visel na zdi, byl vytažen vynikající aneroid. Samozřejmě to bylo ovlivněno a označeno pouze tlakem vzduchu uvnitř střely, ale také ukázalo množství vlhkosti, které obsahovalo. V tu chvíli její jehla oscilovala mezi 25,24 a 25,08.

Bylo to hezké počasí.

Barbicane také přinesl několik kompasů, které považoval za neporušené. Člověk musí pochopit, že za současných podmínek jejich jehly jednaly divoce, to je bez jakéhokoli stálého směru. Skutečně, ve vzdálenosti, ve které byli od Země, nemohl magnetický pól na zařízení nijak znatelně působit; ale krabice umístěná na lunárním disku by možná mohla vykazovat nějaké podivné jevy. V každém případě by bylo zajímavé zjistit, zda se zemský satelit podrobil svému magnetickému vlivu jako sebe.

Hypsometr, který měří výšku lunárních hor, sextant, který vezme výšku slunce, brýle, které by byly užitečné, když se blížily k Měsíci, všechny tyto nástroje byly pečlivě prohlédnuty a navzdory násilnému šoku výrazné.

Pokud jde o krumpáče a různé nástroje, které byly zvláštním výběrem nicholl; co se týče pytlů různých druhů obilí a keřů, které doufal michel ardan v transplantaci na selenitovou půdu, byly uloženy v horní části střely. Tam byla nějaká sýpka, plná věcí, které extravagantní francouzský muž nashromáždil. To, co nikdo nevěděl, a dobrosrdečný člověk nevysvětlil. Občas vyšplhal křovím žehličkami přitisknutými ke stěnám, ale kontrolu si nechal pro sebe. Zařídil a přeuspořádal, rychle strčil ruku do určitých tajemných krabic a zpíval v jednom z nejhlubších hlasů starý francouzský refrén, který situaci oživil.

Barbicane s určitým zájmem poznamenal, že jeho zbraně a další paže nebyly poškozeny. To bylo důležité, protože při silném zatížení měly pomoci zmírnit pád střely, když byly přitahovány lunární přitažlivostí (poté, co prošly bodem neutrální přitažlivosti) na povrch měsíce; pád, který by měl být šestkrát méně rychlý, než by byl na zemském povrchu, díky rozdílu objemu. Kontrola skončila s obecnou spokojeností, když se každý vrátil, aby sledoval prostor bočními okny a spodním sklem.

Tam byl stejný pohled. Celý rozsah nebeské sféry se hemžil hvězdami a souhvězdami nádherné čistoty, dost, aby vytlačil astronoma z jeho mysli! Na jedné straně slunce, jako ústa zapálené trouby, oslnivý disk bez halo, stojící na tmavém pozadí oblohy! Na druhé straně Měsíc vrací oheň odrazem a zjevně nehybný uprostřed hvězdného světa. Pak velké místo zdánlivě přibité k nebeské klenbě, ohraničené stříbrnou šňůrou; byla to země! Sem a tam mlhavé hmoty jako velké vločky hvězdného sněhu; a od zenitu k nadiru, obrovský prsten tvořený neúprosným prachem hvězd, „mléčnou cestou“, uprostřed kterého se slunce řadí pouze jako hvězda čtvrté velikosti. Pozorovatelé nemohli z této nové podívané vykouzlit oči, z nichž žádný popis nemohl poskytnout adekvátní představu. Jaké úvahy to navrhlo! Jaké emoce dosud neznámé probudily v jejich duších! Barbicane si přál zahájit vztah své cesty, zatímco pod jeho prvními dojmy, a hodinu po hodině zaznamenal všechna fakta, která se odehrávají na začátku podniku. Tiše psal svým velkým čtvercovým písmem v obchodním stylu.

Během této doby nicholl, kalkulačka, prohlédl minuty jejich průchodu a vypracoval čísla s bezkonkurenční obratností. Michel ardan si povídal nejprve s barbicanem, který mu neodpověděl, a pak s Nichollem, který ho neslyšel, s dianou, která nerozuměla žádné z jeho teorií, a konečně se sebou, vyslýcháním a odpovědí, chodícím a přicházejícím, zaneprázdněným tisíc detailů; najednou se ohnul přes spodní sklo, při dalším hřebeni ve výškách střely a vždy zpíval. V tomto mikrokosmu představoval francouzskou loquacity a excitability a žádáme vás, abyste věřili, že byli dobře zastoupeni. Den, nebo spíše (pro výraz není správný), uplynutí dvanácti hodin, které tvoří den na zemi, uzavřené hojnou večeří pečlivě připravenou. Dosud nedošlo k žádné nehodě, která by otřásla důvěrou cestujících; tak, plné naděje, již jisti úspěchem, spali klidně, zatímco projektil pod rovnoměrně klesající rychlostí obcházel oblohu.

Kapitola iv

Trochu algebra

Noc prošla bez incidentu. Slovo „noc" je však sotva použitelné.

Poloha střely s ohledem na slunce se nezměnila. Astronomicky to bylo denní světlo v dolní části a noc v horní části; Když se tedy během tohoto vyprávění tato slova používají, představují časovou prodlevu mezi stoupáním a zapadáním slunce na Zemi.

Spánek cestujících byl nadměrnou rychlostí střely ztišen, protože vypadal naprosto nehybně. Žádný pohyb nezradil jeho další směr vesmírem. Míra pokroku, jakkoli může být rychlá, nemůže vyvolat žádný smysluplný účinek na lidský rám, když se odehrává ve vaku nebo když hmota vzduchu cirkuluje s tělem, které je s ním přenášeno. Který obyvatel Země vnímá jeho rychlost, která je však rychlostí 68 000 mil za hodinu? Pohyb za takových podmínek není „cíten" nic jiného než odpočinek; a když je tělo v klidu, zůstane tak dlouho, dokud ho nezmění žádná podivná síla; pokud se pohybuje, nezastaví se, pokud mu překážka nepřijde. Tato lhostejnost k pohybu nebo klidu se nazývá setrvačnost.

Barbicane a jeho společníci se mohli domnívat, že jsou dokonale stacionární, když jsou zavřeni v projektilu; ve skutečnosti by účinek byl stejný, kdyby byly na vnější straně. Kdyby to nebylo na Měsíci, který se nad nimi zvětšoval, mohli přísahat, že se vznášejí v naprosté stagnaci.

Toho rána, 3. Prosince, byli cestující probuzeni radostným, ale nečekaným zvukem; bylo to kokrhání kohouta, který zněl autem. Michel ardan, který byl první na nohou, vyšplhal na vrchol střely a zavřel krabici, jejíž víko bylo částečně otevřené, řekl tichým hlasem: „budeš držet jazyk? Design!"

Ale nicholl a barbicane byli vzhůru.

"kohout!" řekl nicholl.

„Proč ne, přátelé," odpověděla michel rychle; "Byl jsem to já, kdo tě chtěl probudit tímto venkovským zvukem." a tak řekl, vzdal se skvělému penisu-a-čmáranému, který by udělil čest pyšným drůbežárnám.

Oba Američané se nemohli smát.

„To je skvělý talent," řekl nicholl a podezíravě se podíval na svého společníka.

„ano," řekl michel; "vtip v mé zemi. Je to velmi metalické; oni hrají kohout tak v nejlepší společnosti."

Pak obrátil konverzaci:

"barbicane, víš, na co jsem celou noc myslel?"

„Ne," odpověděl prezident.

"našich přátel z Cambridge. Už jste si poznamenali, že jsem v matematických předmětech neznalý; je pro mě nemožné zjistit, jak savanti observatoře dokázali spočítat, jakou iniciační rychlost by měl projektil mít při opuštění kolumbie." abychom dosáhli Měsíce. "

„chcete říct," odpověděl barbicane, „dosáhnout toho neutrálního bodu, kde jsou pozemské a lunární přitažlivosti stejné; protože od tohoto bodu, situovaného asi devět desetin vzdálenosti ujeté vzdálenosti, by projektil jednoduše dopadl na měsíc, kvůli jeho hmotnosti. "

„tak ať je," řekl michel; „Ale ještě jednou; jak mohli vypočítat rychlost iniciátoru?"

„Nic nemůže být snazší," odpověděl barbicane.

"a vy jste věděli, jak provést tento výpočet?" zeptal se michel ardan.

„dokonale. Nicholl a já bych to dokázali, kdyby nás obscrvatoř nezachránila."

„velmi dobře, starý barbicane," odpověděl michel; "Mohli mi uříznout hlavu, počínaje nohama, než mě mohli přimět, abych ten problém vyřešil."

„protože neznáte algebru," odpověděl barbicane tiše.

"ah, tady jsi, jedl jsi x ^ 1; myslíš, že jsi řekl všechno, když jsi řekl" algebra "." "

"michel," řekl barbicane, "můžete použít kovárnu bez kladiva nebo pluhu bez orby?"

"stěží."

„no, algebra je nástroj, jako je pluh nebo kladivo, a dobrý nástroj pro ty, kteří vědí, jak je použít."

"vážně?"

"docela vážně."

"a můžete tento nástroj použít v mé přítomnosti?"

"pokud vás to bude zajímat."

"a ukaž mi, jak vypočítali počáteční rychlost našeho auta?"

"Ano, můj hodný příteli; vezmu v úvahu všechny prvky problému, vzdálenost od středu Země ke středu Měsíce, poloměru Země, její velikosti a části měsíce "Dokážu přesně říci, co by měla být rychlost iniciace střely, a to jednoduchým vzorcem."

"Podívejme se."

„Uvidíte to; pouze já vám nedám skutečný směr, který projektil mezi Měsícem a Zemí při posuzování jejich pohybu kolem Slunce ne. Budu považovat tyto dvě koule za naprosto nehybné, což bude odpovídat všem našim účel."

"a proč?"

"protože se bude snažit vyřešit problém zvaný` problém tří těl ', u kterého integrální počet ještě není dostatečně pokročilý. "

"pak," řekl michel ardan v jeho lstivém tónu, "matematika neřekla jejich poslední slovo?"

„rozhodně ne," odpověděl barbicane.

„no, možná seleničtí muži přenesli integrální počet dále, než máte; a co se týče, co je tento„ integrální počet? ""

„Je to výpočet obrácení diferenciálu," odpověděl

Vážně.

"hodně povinná; to je vše velmi jasné, bezpochyby."

„a teď," pokračoval barbikane, „kousek papíru a kousek tužky a před půlhodinou jsem našel požadovaný vzorec."

Půl hodiny neuplynulo, než barbikane zvedl hlavu a ukázal michel ardanovi stránku pokrytou algebraickými znaky, ve které byl obsažen obecný vzorec řešení.

"dobře a nerozumí, co to znamená?"

„samozřejmě, michel," odpověděl kapitán. "všechna tato znamení, která se vám zdají být kavalistická, tvoří nejjasnější, nejjasnější a nejlogičtější jazyk pro ty, kteří vědí, jak si ji přečíst."

„a předstíráte, Nicholle," zeptal se michel, „že pomocí těchto hieroglyfů, nepochopitelnějších než egyptský ibis, můžete zjistit, jakou rychlost iniciace bylo nutné dát projektilu?"

„nepochybně," odpověděl nicholl; "a dokonce podle stejného vzorce

Vždy vám mohu říci jeho rychlost v kterémkoli bodě jeho přepravy. "

"na tvé slovo?"

"na mé slovo."

"pak jsi tak mazaný jako náš prezident."

„Ne, micheli; obtížnou součástí je to, co barbikane udělal; to znamená získat rovnici, která splní všechny podmínky problému. Zbytek je pouze otázkou aritmetiky, která vyžaduje pouze znalost čtyř pravidel."

"to je něco!" odpověděl michel ardan, který za svůj život nemohl udělat další právo, a kdo definoval pravidlo jako čínskou hádanku, která mu umožňovala získat nejrůznější součty.

"výraz v nula, který vidíte v této rovnici, je rychlost, kterou bude mít projektil při opuštění atmosféry."

"jen tak," řekl nicholl; "Od tohoto okamžiku musíme vypočítat rychlost, protože už víme, že rychlost při odjezdu byla přesně jeden a půlkrát vyšší než při opuštění atmosféry."

„Už tomu nerozumím," řekl michel.

„Je to velmi jednoduchý výpočet," řekl barbikane.

„Ne tak jednoduché jako já," odsekla michel.

"to znamená, že když náš projektil dosáhl hranice pozemské atmosféry, ztratil již jednu třetinu své iniciační rychlosti."

"stejně jako to?"

„Ano, můj příteli; pouhým třením proti atmosférickým vrstvám. Rozumíte, že čím rychleji to jde, tím větší odpor se setkává se vzduchem."

„to přiznávám," odpověděl michel; "A chápu to, i když tvoje x a nula a algebraický vzorec se mi v hlavě chrastí jako hřebíky v tašce."

"první účinky algebry," odpověděl barbicane; "a nyní, na závěr, budeme prokazovat daný počet těchto různých výrazů, to znamená, vypočítat jejich hodnotu."

"dokonč mě!" odpověděl michel.

Barbicane vzal papír, a začal dělat jeho výpočty s velkou rychlostí. Nicholl se podíval a chtivě četl práci, jak to pokračovalo.

"to je ono! To je ono!" konečně plakal.

"je to jasné?" zeptal se barbikane.

„je psáno ohnivými dopisy," řekl nicholl.

"úžasní chlapi!" zamumlal ardan.

"Konečně tomu rozumíš?" zeptal se barbikane.

"Rozumím tomu?" volal ardan; "Moje hlava se s tím rozštěpí."

"a teď," řekl nicholl, "abychom zjistili rychlost střely, když opouští atmosféru, musíme ji pouze spočítat."

Kapitán jako praktický muž se všemi obtížemi začal psát s hroznou rychlostí. Pod prsty mu rostly divize a rozmnožování; postavy byly jako krupobití na bílé stránce. Barbicane ho sledoval, zatímco michel ardan ošetřoval rostoucí bolesti hlavy oběma rukama.

"velmi dobře?" zeptal se barbikane, po několika minutách ticha.

"studna!" odpověděl nicholl; každý výpočet provedený, v nule, tj. Rychlost nezbytná pro projektil při opuštění atmosféry, aby mohl dosáhnout stejného bodu přitažlivosti, by měla být—— "

"Ano?" řekl barbicane.

"dvanáct tisíc yardů."

"co!" vykřikl barbicane, začínající; "říkáš--"

"dvanáct tisíc yardů."

"ďábel!" vykřikl prezident a gestem zoufalství.

"co se děje?" zeptal se michel ardan, hodně překvapený.

"co se děje! Proč, kdyby v tuto chvíli naše rychlost třením už klesla o jednu třetinu, počáteční rychlost by měla být --—"

"sedmnáct tisíc yardů."

"a Cambridgeova observatoř prohlásila, že na začátku stačilo dvanáct tisíc yardů a náš projektil, který začínal jen takovou rychlostí -"

"studna?" zeptal se nicholl.

"dobře, nebude to stačit."

"dobrý."

"Nebudeme schopni dosáhnout neutrálního bodu."

"deuce!"

"Ani se nedostaneme na půli cesty."

"jménem střely!" zvolal michel ardan, vyskočil, jako by už byl na místě dopadu na zemský glóbus.

"a spadneme zpět na Zemi!"

Kapitola v

Chlad z vesmíru

Toto zjevení přišlo jako blesk. Kdo mohl očekávat takovou chybu ve výpočtu? Barbicane tomu nevěřil. Nicholl revidoval jeho čísla: byly přesné. Pokud jde o vzorec, který je určoval, nemohli mít podezření na jeho pravdu; bylo zřejmé, že počáteční rychlost sedmnácti tisíc yardů v první vteřině byla nezbytná, aby jim umožnila dosáhnout neutrálního bodu.

Tři přátelé se na sebe tiše podívali. Na snídani se nenapadlo. Oknem se díval barbicane se zaťatými zuby, pleteným obočím a sevřenýma rukama. Nicholl zkřížil ruce na prsou a zkoumal jeho výpočty. Michel ardan zamumlal:

"je to jako tito vědečtí muži: nikdy nedělají nic jiného."

Dal bych dvacet pistolí, kdybychom mohli spadnout na Cambridge

Observatoř a rozdrtit to, spolu s celou spoustou švábů

V číslech, které obsahuje. "

Najednou zasáhla kapitána myšlenku, kterou najednou sdělil barbarovi.

"ah!" řekl; "Je sedm hodin ráno; už jsme byli pryč třicet dvě hodiny; více než polovina našeho průchodu skončila a nespadáme, o kterém vím."

Barbicane neodpověděl, ale po rychlém pohledu na kapitána vzal pár kompasů, kterými změřil úhlovou vzdálenost zemského povrchu; pak ze spodního okna provedl přesné pozorování a všiml si, že projektil byl zjevně stacionární. Pak vstal a otřel si čelo, na kterém stály velké kapky potu, položil na papír několik postav. Nicholl pochopil, že prezident od pozemského průměru odečítal vzdálenost projektilu od Země. Úzkostlivě ho sledoval.

„ne," vykřikl barbicane, po několika okamžicích, „ne, nespadáme! Ne, jsme již více než 50 000 lig ze Země. Překročili jsme bod, ve kterém by se projektil zastavil, pokud by jeho rychlost byla pouze 12 000 yardů na začátku. Stále stoupáme. "

„to je zřejmé," odpověděl nicholl; "a musíme dojít k závěru, že naše počáteční rychlost, pod silou 400 000 liber kulometu, bavlny, musí překročit požadovaných 12 000 yardů. Nyní chápu, jak jsme se po třinácti minutách setkali s druhým satelitem, který gravituje kolem Země ve vzdálenosti více než 2 000 lig. ""

„a toto vysvětlení je pravděpodobnější," dodal barbicane, „protože při odhození vody uzavřené mezi jeho dělícími hranami se projektil ocitl odlehčený značné hmotnosti."

"jen tak," řekl nicholl.

"ah, můj statečný nicholl, jsme zachráněni!"

„velmi dobře," řekl michel ardan tiše; "jak jsme v bezpečí, dejte nám snídani."

Nicholl se nemýlil. Počáteční rychlost byla, naštěstí, mnohem vyšší, než odhadovala cambridgeská observatoř; ale Cambridgeova observatoř přesto udělala chybu.

Cestující, zotavení z tohoto falešného poplachu, vesele snídali. Pokud jedli hodně, mluvili více. Jejich důvěra byla větší než před „incidentem algebry".

"proč bychom neměli uspět?" řekl michel ardan; „Proč bychom neměli bezpečně dorazit? Jsme vypuštěni; nemáme před sebou žádnou překážku, žádné kameny v cestě; cesta je otevřená, více než cesta lodi bojující s mořem; otevřenější než cesta bojující s balónem s větrem; a pokud se loď může dostat na místo určení, balón se vydá tam, kde se mu zlíbí, proč nemůže náš projektil dosáhnout svého cíle a cíle? "

„dosáhne toho," řekl barbikane.

„Kdyby jen uctil Američany," dodal michel ardan, „jediní lidé, kteří by mohli takový podnik úspěšně ukončit, a jediný, který by mohl vyrobit prezidenta barbicana. Ah, teď už nejsme znepokojeni, začnu přemýšlet, co se stane s námi?

Barbicane a nicholl udělali gesto popření.

„Ale já jsem se postaral o pohotovost, přátelé," odpověděl michel; „Musíte jen mluvit, a já mám k dispozici šachy, směny, karty a domino; nic nechce, jen kulečníkový stůl."

"co!" vykřikl barbicane; "přinesl jsi takové maličkosti?"

„určitě," odpověděl michel, „a to nejen proto, abychom se rozptýlili, ale také s chvályhodným záměrem poskytnout jim selenitské kouření."

„příteli," řekl barbikane, „pokud je obýván Měsíc, jeho obyvatelé se museli objevit asi tisíce let před těmi na Zemi, protože nemůžeme pochybovat o tom, že jejich hvězda je mnohem starší než ta naše. Stovky tisíc let, a pokud má jejich mozek stejnou organizaci jako lidský mozek, již vynalezli vše, co jsme vynalezli, a dokonce i to, co můžeme vynalézat v budoucích věcích. Mít vše, co se od nich může poučit. "

"co!" řekl michel; "Vy věříte, že mají umělce jako."

Phidias, michael angelo nebo raphael? "

"Ano."

"básníci jako homer, virgil, milton, lamartine a hugo?"

"Jsem si tím jistý."

"filozofové jako Platón, Aristoteles, Descartes, Kant?"

"O tom nepochybuji."

"vědečtí muži jako archimedes, euklidy, pascal, newton?"

"Mohl bych to přísahat."

"komiksové jako arnal a fotografové jako - jako nadar?"

"určitý."

"pak, kamaráde barbicane, pokud jsou tak silné jako my, a ještě silnější - tito seleniti - proč se nesnažili komunikovat se Zemí? Proč nezavrhli lunární projektil do našich pozemských regionů?"

"Kdo ti řekl, že to nikdy neudělali?" řekl barbicane vážně.

„opravdu," dodal nicholl, „bylo by to pro ně snazší než pro nás, a to ze dvou důvodů; zaprvé proto, že přitažlivost na povrchu Měsíce je šestkrát menší než přitažlivost na Zemi, což by umožnilo projektilovat vzestup více snadno; za druhé, protože by stačilo poslat takový projektil pouze na 8 000 lig namísto na 80 000, což by vyžadovalo, aby síla projekce byla desetkrát méně silná. """

"pak," pokračoval michel, "opakuji to, proč to neudělali?"

„a opakuji," řekl barbikane; "Kdo ti řekl, že to neudělali?"

"když?"

"tisíce let předtím, než se člověk objevil na Zemi."

"a projektil - kde je projektil? Potřebuji vidět projektil."

„příteli," odpověděl barbikane, „moře pokrývá pět šestin naší planety. Z toho můžeme vyvodit pět dobrých důvodů pro to, že měsíční projektil, pokud byl vypuštěn, je nyní na dně atlantického nebo tichomořského, ledaže by to spěchalo do nějaké trhliny v té době, kdy ještě nebyla tvrzena zemská kůra. """

„starý barbikane," řekl michel, „máš na všechno odpověď a já se klaním před tvou moudrostí. Ale existuje jedna hypotéza, která by mi vyhovovala lépe než všechny ostatní, to znamená, že seleniti, kteří jsou starší než my, jsou moudřejší a nevynalezli střelný prach. "

V tuto chvíli se k rozhovoru připojila diana sonorním štěkáním.

Žádala o snídani.

"ah!" řekl michel ardan, „v naší diskusi jsme zapomněli

Diana a satelit. "

Psovi byl okamžitě dán koláč o dobré velikosti, který ho hladově pohltil.

„Vidíš, barbicane," řekl michel, „měli jsme udělat druhou Noemovu archu tohoto střelu a přenést s námi na Měsíc pár všech druhů domácích zvířat."

"troufám si říci; ale pokoj by nás zklamal."

"Ach!" řekl michel, "mohli jsme se trochu zmáčknout."

„Faktem je," odpověděl nicholl, „že krávy, býci, koně a všichni přežvýkavci by byli na lunárním kontinentu velmi užiteční, ale bohužel nemohli být ani stáji ani bouda."

"No, mohli jsme přinést přinejmenším osla, jen malý osel; to odvážné zvíře, které starý silenus miloval na hoře. Miluji ty staré osly; oni jsou nejméně oblíbenými zvířaty ve stvoření; nejenže jsou poraženi, když jsou naživu," ale i poté, co jsou mrtví. "

"Jak to dokážete?" zeptal se barbikane. „proč," řekl

Michel, "dělají své kůže v bubnech."

Barbicane a nicholl se nemohli smát té směšné poznámce. Ale výkřik od jejich veselého společníka je zastavil. Ten se naklonil přes místo, kde ležel satelit. Vstal a řekl:

"Můj dobrý satelit už není nemocný."

"ah!" řekl nicholl.

„Ne," odpověděl michel, „je mrtvý!", dodal, zoufale, „to je trapné." Obávám se, má ubohá diano, že v měsíčních oblastech nenecháte žádné potomky! "

Nešťastný satelit skutečně nepřežil ránu. Bylo to docela mrtvé. Michel ardan se smutně podíval na své přátele.

„jedna otázka se představuje," řekl barbikane. "Nemůžeme s námi držet mrtvé tělo tohoto psa na dalších čtyřicet osm hodin."

„Ne! Rozhodně ne," odpověděl nicholl; „Ale naše škrábance jsou připevněny na kloubech; mohou být sklopeny. Otevřeme jeden a tělo vyhodíme do vesmíru."

Prezident chvíli uvažoval a pak řekl:

"Ano, musíme to udělat, ale zároveň přijmout velmi velká opatření."

"proč?" zeptal se michel.

„ze dvou důvodů, kterým rozumíš," odpověděl barbikane. "První se týká vzduchu zavřeného v projektilu, z čehož musíme ztratit co nejméně."

"ale vyrábíme vzduch?"

"pouze zčásti. Vyrábíme pouze kyslík, můj hodný michel; a s ohledem na to musíme sledovat, že přístroj nezajišťuje kyslík v příliš velkém množství; přebytek by nám přinesl velmi vážné fyziologické potíže. Ale vyrobíme-li kyslík, neuděláme azote, to médium, které plíce neabsorbují a které by mělo zůstat neporušené; a tento azot rychle unikne otevřenými škrábanci. ""

"ach! Čas vyhodit špatný satelit?" řekl michel.

"souhlasil, ale musíme jednat rychle."

"a druhý důvod?" zeptal se michel.

„Druhým důvodem je to, že nesmíme dopustit, aby vnější zima, která je nadměrná, pronikla projektilem, nebo budeme zmrazeni k smrti."

"ale slunce?"

„Slunce zahřívá náš projektil, který pohlcuje jeho paprsky; ale nezohřívá vakuum, ve kterém v tuto chvíli ploveme. Tam, kde není vzduch, není více tepla než rozptýlené světlo; a to samé s temnotou; je zima, kde sluneční paprsky nezasahují přímo. Tato teplota je pouze teplota produkovaná zářením hvězd; to znamená, co by pozemský glóbus podstoupil, kdyby slunce jednoho dne zmizelo. ""

„což se nebát," odpověděl nicholl.

"kdo ví?" řekl michel ardan. "ale připouští se, že slunce nevychází, nemělo by se stát, že by se Země mohla od něj vzdálit?"

"tam!" řekl barbicane, „s jeho nápady je michel."

„a," pokračoval michel, „nevíme, že v roce 1861 země prošla ocasem komety? Nebo předpokládejme kometu, jejíž přitažlivá síla je větší než síla slunce. Putující hvězda a Země, která se stane jejím satelitem, budou nakresleny tak daleko, že paprsky slunce nebudou mít na svém povrchu žádný účinek. ""

„to by se skutečně mohlo stát," odpověděl barbicane, „ale důsledky takového přemístění nemusí být tak hrozné, jak si myslíte."

"a proč ne?"

"protože teplo a chlad by byly vyrovnány na naší planetě. Vypočítalo se, že kdyby byla naše země nesena ve svém průběhu kometou z roku 1861, na jejím perihelionu, tj. Jejím nejbližším přístupem ke slunci, podstoupili teplo 28 000krát větší než v létě. Ale toto teplo, které je dostatečné k odpařování vody, by vytvořilo hustý prsten oblačnosti, který by změnil tuto nadměrnou teplotu, a tedy kompenzaci mezi chladem aphelionu a teplo perihelionu. "

„za kolik stupňů," zeptal se Nicholl, „odhaduje se teplota planetárních prostorů?"

„dříve," odpověděl barbikane, „bylo to velmi přehnané; ale nyní, po výpočtech Fourierovy, francouzské akademie věd, by nemělo překročit 60 ° C pod nulou."

"Pú!" řekl michel, „to není nic!"

„to je moc," odpověděl barbicane; "teplota, která byla pozorována v polárních oblastech, na ostrově Melville a v závislosti na pevnosti, to je 76 @ fahrenheita pod nulou."

„Pokud se nemýlím," řekl Nicholl, „m. Pouillet, další savant, odhaduje teplotu prostoru na 250 @ fahrenheit pod nulou. Budeme si však moci tyto výpočty ověřit sami."

"ne v současnosti; protože sluneční paprsky, které bijí přímo na náš teploměr, by naopak dávaly velmi vysokou teplotu. Ale když dorazíme na Měsíc, během patnácti dnů v noci na obou stranách, budeme mít volný čas na experiment, protože náš satelit leží ve vakuu. "

"Co tím myslíš vakuem?" zeptal se michel. "je to dokonale takové?"

"je absolutně bez vzduchu."

"a je vzduch nahrazen ničím?"

„Pouze etherem," odpověděl barbikane.

"a modli se, co je to éter?"

„éter, můj příteli, je aglomerace nepostradatelných atomů, které jsou vzhledem ke svým rozměrům od sebe tak vzdálené, jak nebeská tělesa jsou v prostoru. Právě tyto atomy vytvářejí svým vibračním pohybem obě světla a teplo ve vesmíru. "

Nyní přistoupili k pohřbu satelitu. Museli ho prostě dostat do vesmíru, stejně jako námořníci vrhli tělo do moře; ale, jak navrhl prezident barbicane, musí jednat rychle, aby ztratili co nejméně vzduchu, jehož pružnost by jej rychle rozšířila do vesmíru. Šrouby pravé škrábance, jejíž otvor měří asi dvanáct centimetrů napříč, byly pečlivě nakresleny, zatímco michel, docela zarmoucený, byl připraven vypustit psa do vesmíru. Sklo, zvednuté silnou pákou, které jí umožnilo překonat tlak vnitřního vzduchu na stěnách střely, se rychle otočilo na svých kloubech a satelit byl vyhozen. Sotva mohla uniknout částice vzduchu a operace byla tak úspěšná, že se později na barbicane nebála zbavit se odpadků, které zatěžovaly auto.

Kapitola vi

Otázka a odpověď

4. Prosince, když se cestující probudili po padesáti čtyřech hodinách cesty, zaznamenal chronometr pět hodin pozemního rána. V čase to bylo něco přes pět hodin a čtyřicet minut, polovina z nich byla přidělena jejich pobytu v projektilu; ale už dosáhli téměř sedmi desetin cesty. Tato zvláštnost byla způsobena jejich pravidelně klesající rychlostí.

Teď, když pozorovali Zemi dolním oknem, vypadalo to jako nic jiného než tmavá skvrna utopená ve slunečních paprscích. Už žádné půlměsíc, žádné zatažené světlo! Další den, o půlnoci, bude Země nová, ve chvíli, kdy bude měsíc plný. Výše, orbita noci se blížila linii, po které následoval projektil, aby se s ní setkal v danou hodinu. Všude kolem černé klenby byla posetá brilantními body, které se zdály pomalu pohybovat; ale ve velké vzdálenosti od nich se zdálo, že se jejich relativní velikost nezměnila. Slunce a hvězdy se objevily přesně tak, jak se nám na Zemi objevují. Pokud jde o Měsíc, byla podstatně větší; ale brýle cestujících, které nejsou příliš silné, jim dosud neumožnily provádět užitečná pozorování na svém povrchu, ani ji znovu zkoumat topograficky nebo geologicky.

Tak uběhl čas v nekončících konverzacích kolem Měsíce. Každý předvedl svůj vlastní kontingent konkrétních skutečností; barbicane a nicholl vždy vážný, michel ardan vždy nadšený. Projektil, jeho situace, směr, incidenty, které by se mohly stát, preventivní opatření nutná jejich pádem na Měsíc, byly nevyčerpatelné věci dohadů.

Když snídali, vyvolala otázka michelů vztahující se k projektilu spíše zvědavou odpověď od barbikanu, která stojí za opakování. Michel, předpokládal, že to bude zhruba zastaveno, zatímco ještě pod jeho impozantní počáteční rychlostí, chtěl vědět, jaké by byly důsledky zastavení.

"ale," řekl barbicane, "nechápu, jak by to mohlo být zastaveno."

„ale předpokládejme to," řekl michel.

„je to nemožný předpoklad," řekl praktický barbicane; "pokud by tato impulzivní síla selhala; ale i tak by se její rychlost postupně snižovala a to by se náhle nezastavilo."

"připustit, že zasáhlo tělo ve vesmíru."

"jaké tělo?"

"proč ten obrovský meteor, který jsme potkali."

"pak," řekl nicholl, "projektil by byl rozdělen na tisíc kusů a my s tím."

"víc než to," odpověděl barbicane; "Měli jsme být upáleni."

"spálil?" zvolal michel, „jove! Je mi líto, že se to nestalo,„ jen vidět. ""

„a vy byste to viděli," odpověděl barbicane. „Nyní je známo, že teplo je pouze změna pohybu. Když se voda ohřeje - to znamená, když se do ní přidá teplo - její částice se uvedou do pohybu."

„no," řekl michel, „to je geniální teorie!"

"a skutečný, můj hodný příteli; protože to vysvětluje každý jev kalorický. Teplo je jen pohyb atomů, jednoduché kmitání částic těla. Když brzdí vlak, vlak přijde zastavit se, ale co se stane s pohybem, který předtím vlastnil - promění se v teplo a brzda se zahřeje. Proč promazávají nápravy kol? Aby zabránily jejich zahřívání, protože toto teplo by se generovalo pohybem který se tak ztratí transformací. "

„Ano, rozumím," odpověděl michel, „perfektně. Například, když jsem běžel dlouho, když plavám, když se potím ve velkých kapkách, proč musím zastavit? Jednoduše proto, že se můj pohyb změnil do tepla. "

Barbicane nemohl pomoci usmívat se na Michelovu odpověď; poté se vrátil ke své teorii a řekl:

„v případě nárazu by to tedy bylo s naším projektilem jako s koulí, která se po nárazu na kovovou desku dostane do hořícího stavu; je to její pohyb, který se promění v teplo. Následně to potvrzuji, pokud projektil zasáhl meteor, jeho rychlost, která se takto najednou zkontrolovala, by zvýšila teplo dostatečně velké, aby se okamžitě proměnilo v páru. "

"pak," zeptal se Nicholl, "co by se stalo, kdyby se zemský pohyb náhle zastavil?"

„její teplota by se zvýšila na takovou výšku," řekl

Barbicane, "že ona by byla okamžitě redukována na páru."

"dobře," řekl michel, "to je způsob, jak ukončit Zemi, což velmi zjednoduší věci."

"a kdyby Země dopadla na slunce?" zeptal se nicholl.

„podle výpočtu," odpověděl barbikane, „při pádu by se vyvinulo teplo, které se rovná teplu vyprodukovanému 16 000 glóbů uhlí, z nichž každá bude stejná jako naše pozemská planeta."

„Dobré dodatečné teplo pro slunce," odpověděl michel ardan, „na které si obyvatelé uranu nebo Neptunu bezpochyby nestěžují; na svých planetách musí zahynout chladem."

„tak, moji přátelé," řekl barbikane, „veškerý pohyb náhle zastavený produkuje teplo. Tato teorie nám umožňuje usoudit, že teplo slunečního disku je přiváděno krupobitím meteorů, které neustále klesají na jeho povrch. Vypočítali dokonce - - "

"ach, drahoušku!" zamumlal michel, "čísla přicházejí."

„dokonce vypočítali," pokračoval nepropustný barbicane, „že šok každého meteoru na slunci by měl produkovat teplo stejné jako u 4000 hmot uhlí stejného objemu."

"a co je to sluneční teplo?" zeptal se michel.

"je to stejné jako u spalování vrstvy uhlí obklopující slunce do hloubky čtyřiceti sedmi mil."

"a to teplo -"

„mohl by vařit dvě miliardy devět set milionů kubických myriametrů [2] vody."

[2] myriameter se rovná angličtině více než 10 936 kubických yardů.

"a to nás nepeče!" vykřikl michel.

"ne," odpověděl barbicane, "protože pozemská atmosféra pohlcuje čtyři desetiny slunečního tepla; kromě toho množství tepla zachyceného Zemí je jen miliardtinou části celého záření."

„Vidím, že vše je nejlepší," řekl michel, „a že tato atmosféra je užitečným vynálezem; protože nám to nejen umožňuje dýchat, ale také nám brání pražení."

"Ano!" řekl Nicholl: „Bohužel to nebude stejné na Měsíci."

"Bah!" řekl michel, vždy nadějný. „pokud existují obyvatelé, musí dýchat. Pokud již neexistují, museli nechat dostatek kyslíku pro tři lidi, třeba jen na dně roklí, kde jeho vlastní hmotnost způsobí jeho hromadění a nebudeme stoupat hory; to je vše. " a michel, zvedající se, se podíval na lunární disk, který zářil nesnesitelnou brilancí.

"holčičko!" řekl: "Musí to být horké!"

„Aniž bychom vzali v úvahu," odpověděl nicholl, „že den trvá 360 hodin!"

„a abych to kompenzoval," řekl barbikane, „noci mají stejnou délku; a když se teplo obnovuje zářením, může být jejich teplota pouze planetárním prostorem."

"hezká země, to!" vykřikl michel. "To nevadí! Přál bych si, abych tam byl! Ach! Moji milí soudruzi, bude docela zvědavé mít Zemi pro náš Měsíc, vidět, jak stoupá na obzoru, rozpoznávat tvar svých kontinentů a říkat si:" "tam je Amerika, tam je Evropa;" a následovat to, když se chystá ztratit se na slunci! Ahoj, barbicane, má zatmění selenitů? "

„Ano, zatmění slunce," odpověděl barbikane, „když jsou středy tří koulí na jedné přímce, Země je uprostřed. Ale jsou jen částečné, během nichž Země vrhá jako sluneční clona na sluneční světlo disk, umožňuje vidět větší část. "

„A proč," zeptal se Nicholl, „není úplné zatmění? Nepřesahuje kužel stínu vrženého zemí za měsíc?"

„Ano, pokud nebereme v úvahu refrakci způsobenou pozemskou atmosférou. Ne, pokud vezmeme toto refrakce v úvahu. Tak nechť <delta malých písmen> bude vodorovnou rovnoběžkou a p zjevným semidiametrem——"

"Ach!" řekl michel. "mluvte jasně, ty algebře!"

"velmi dobře, odpověděl barbicane;" v populárním jazyce průměrná vzdálenost od měsíce k Zemi být šedesát pozemských poloměrů, délka kužele stínu, kvůli lomu, je redukována na méně než čtyřicet dva poloměry. Výsledkem je, že když dojde k zatmění, měsíc se ocitne za kuželem čistého stínu a že slunce jí posílá své paprsky, nejen z jeho okrajů, ale také z jeho středu. ""

„pak," řekl michel veselým tónem, „proč jsou zatmění, kdy by neměli být?"

"jednoduše proto, že sluneční paprsky jsou tímto lomem oslabeny a atmosféra, skrz kterou procházejí, zhasla jejich větší část!"

„ten důvod mě uspokojuje," odpověděl michel. „Kromě toho se uvidíme, až se tam dostaneme. Teď, řekni mi, barbicane, věříš, že Měsíc je stará kometa?"

"existuje nápad!"

„Ano," odpověděl michel s přívětivým vrtulníkem, „mám několik takových nápadů."

„ale ta myšlenka pramení z michelu," odpověděl nicholl.

"Dobře, pak jsem plagiátor."

„o tom bezpochyby. Podle předků, arkadiánové předstírají, že jejich předkové obývali Zemi dříve, než se stal jejím satelitem. Od této skutečnosti někteří vědečtí muži na měsíci viděli kometu, jejíž oběžná dráha jednoho dne přinese blízko k Zemi, že to tam bude drženo jeho přitažlivostí. "

„existuje v této hypotéze pravda?" zeptal se michel.

„Nic," řekl barbikane, „a důkazem je, že Měsíc nezachoval žádnou stopu plynné obálky, která vždy doprovází komety."

„ale," pokračoval nicholl, „nemohl by se měsíc, než se stane satelitem Země, dostat do blízkosti slunce, aby se zbavil všech těch plynných látek?"

"Je to možné, příteli, ale ne pravděpodobné."

"proč ne?"

"protože - víra nevím."

"ah!" zvolal michel, „jaké sto svazků bychom mohli vydělat ze všeho, co nevíme!"

"ah! Opravdu. Kolik je hodin?" zeptal se barbikane.

„tři hodiny," odpověděl nicholl.

„jak čas ubíhá," řekl michel, „v rozhovoru s vědeckými muži, jako jsme my! Určitě cítím, že toho toho vím moc! Cítím, že se stávám dobře!"

Řekl, který se michel zvedl na střechu střely, „lépe pozorovat měsíc," předstíral. Během této doby jeho společníci sledovali spodní sklo. Nic nového na vědomí!

Když sestoupil michel ardan, šel k postrannímu škrabání; a najednou zaslechli výkřik překvapení!

"Co je to?" zeptal se barbikane.

Prezident přistoupil k oknu a uviděl, jak se několik metrů od střely vznáší jakýsi zploštělý pytel. Tento objekt vypadal stejně nehybně jako projektil, a následně byl animován stejným vzestupným pohybem.

"co je to za stroj?" pokračoval mrdel ardan. „Je to jedno z těl, které náš projektil udržuje ve své přitažlivosti a který ho doprovodí na Měsíc?"

„co mě udivuje," řekl nicholl, „je to, že měrná hmotnost těla, která je určitě menší než hmotnost projektilu, mu umožňuje udržet se s ním tak dokonale na úrovni."

„nicholl," odpověděl barbicane, po chvilce reflexe, „nevím, co je předmětem, ale vím, proč to udržuje naši úroveň."

"a proč?"

"protože jsme vznášející se ve vesmíru, můj milý kapitáne, a ve vesmírných tělech padají nebo se pohybují (což je stejná věc) stejnou rychlostí bez ohledu na jejich hmotnost nebo formu; je to vzduch, který svým odporem vytváří tyto rozdíly v hmotnosti ... Když vytvoříte v trubici vakuum, předměty, které skrz něj posíláte, zrnka prachu nebo zrn olova, padají se stejnou rychlostí. Zde v prostoru je stejná příčina a stejný účinek. "

"jen tak," řekl nicholl, "a všechno, co vyhodíme z projektilu, ho doprovází, dokud nedosáhne Měsíce."

"ah! Blázni, že jsme!" vykřikl michel.

"proč to vyčerpávající?" zeptal se barbikane.

„Protože jsme mohli naplnit projektil užitečnými předměty, knihami, nástroji, nástroji atd., mohli jsme je všechny vyhodit a všechno by následovalo v našem vlaku. Ale šťastná myšlenka! Proč nemůžeme chodit venku jako meteor? Proč nemůžeme vypustit do vesmíru skrz škrabadlo? Jaké potěšení by bylo cítit se tak zavěšený v éteru, více zvýhodněný než ptáci, kteří musí používat křídla, aby se drželi vzhůru! "

"udělil," řekl barbicane, "ale jak dýchat?"

"pověsit vzduch, tak neúspěšně selhat!"

"Ale kdyby to nezklamalo, micheli, tvoje hustota byla menší než hustota projektilu, brzy bys zůstal pozadu."

"pak musíme zůstat v autě?"

"musíme!"

"ah!" zvolal michel, nahlas.

„co se děje," zeptal se nicholl.

"Vím, myslím, co je tento předstíraný meteor! Není to asteroid, který nás doprovází! Není to kousek planety."

"co je tedy?" zeptal se barbikane.

"Je to náš nešťastný pes! Je to manžel Diany!"

Ve skutečnosti byl tento zdeformovaný, nepoznatelný objekt, redukovaný na nic, tělo satelitu, zploštělé jako dudák bez větru a stále se upevňovalo, montovalo!

Kapitola vii

Okamžik intoxikace

Za těchto podivných podmínek se tedy objevil jev, zvědavý, ale vysvětlitelný.

Každý předmět vyhodený z projektilu by sledoval stejný směr a nikdy se nezastavil, dokud to neudělal. Byl rozhovor, který celý večer nevyčerpal.

Kromě toho vzrušení tří cestujících vzrostlo, když se blížili ke konci své cesty. Očekávali neočekávané incidenty a nové jevy; a nic by je nepřekvapilo v rámci mysli, v níž tehdy byli. Jejich přehnaná představivost šla rychleji než projektil, jehož rychlost se evidentně snižovala, i když necitlivě k sobě. Ale Měsíc se jejich očím zvětšil a měli rádi, kdyby natáhli ruce, mohli by ho chytit.

Další den, 5. Listopadu, v pět ráno, všichni tři byli pěšky. Ten den měl být poslední z jejich cesty, pokud byly všechny výpočty pravdivé. Právě v noci, ve dvanáct hodin, za osmnáct hodin, přesně za úplňku, dosáhnou svého skvělého disku. Příští půlnoci uvidí, že cesta končí, nejneobvyklejší ze starověku nebo moderní doby. Tak od prvního rána, skrz jiskry postříbřené jeho paprsky, pozdravili kouli noci s sebevědomým a radostným spěchem.

Měsíc majestátně postupoval podél hvězdné oblohy. Ještě o několik stupňů a ona by dosáhla přesného bodu, kde by se mělo uskutečnit její setkání s projektilem.

Podle jeho vlastních pozorování, barbicane počítal, že oni by přistáli na její severní polokouli, kde natáhnout obrovské planiny a kde hory jsou vzácné. Příznivá okolnost, pokud, jak si mysleli, byla měsíční atmosféra uložena pouze v jejích hloubkách.

„Kromě toho," poznamenal michel ardan, „na planinu je snadnější vystoupit než na horu. Selenit, uložený v evropě na vrcholku mont blanc nebo v Asii na vrcholu Himalájí, by nebyl zcela v pořádku místo."

„a," přidal kapitán nicholl, „na rovném terénu zůstane projektil nehybný, jakmile se jednou dotkne; zatímco na sklonech by se to valilo jako lavina, a ne veverky bychom neměli vyjít v bezpečí a zvuku. Všechno je to nejlepší. "

Úspěch odvážného pokusu se už nezdál být pochybný. Ale barbicane byl zaujatý jednou myšlenkou; ale nechtěl, aby jeho společníci byli nespokojení, na toto téma mlčel.

Směr, kterým projektil směřoval k severní polokouli měsíce, ukázal, že její průběh se mírně změnil. Matematicky vypočítaný výboj by střelu přenesl do samého středu lunárního disku. Pokud tam nepřistál, muselo dojít k nějaké odchylce. Co to způsobilo? Barbicane si nedokázal ani představit, ani určit důležitost odchylky, protože neměly žádné body.

Doufal však, že to nebude mít žádný jiný výsledek, než jejich přiblížení k horní hranici měsíce, což je oblast vhodnější k přistání.

Aniž by propůjčil svým společníkům nespokojenost, barbicane se spokojil s neustálým pozorováním Měsíce, aby zjistil, zda by se průběh střely nezměnil; protože situace by byla hrozná, kdyby selhala ve svém cíli, a nesení za disk by mělo být vypuštěno do meziplanetárního prostoru. V tu chvíli Měsíc místo toho, aby se objevil jako disk, ukázal svou konvexnost. Kdyby to sluneční paprsky zasáhly šikmo, vyhozený stín by vynesl vysoké hory, které by byly jasně oddělené. Oko se mohlo dívat do propastných propastí kráteru a následovat vrtošivé trhliny, které se vlévaly do ohromných plání. Ale veškerá úleva byla dosud vyrovnána intenzivní brilancí. Stěží rozeznali ta velká místa, která dodávají Měsíci vzhled lidské tváře.

"opravdu tvář!" řekl michel ardan; „Ale omlouvám se za přátelskou sestru apolla. Velmi smutnou tvář!"

Ale cestovatelé, kteří byli nyní tak blízko, neustále sledovali tento nový svět. Představovali si, jak procházejí neznámými zeměmi, lezou na své nejvyšší vrcholy a sestupují do nejnižší hloubky. Sem a tam si oblíbili, že uvidí rozlehlé moře, sotva drženi pohromadě pod tak vzácnou atmosférou a vodní toky vyprazdňující horské přítoky. Naklánĕli se přes propast a doufali, že zachytí nějaké zvuky z této koule navždy ztlumené v samotě vesmíru. Ten poslední den je opustil.

Odstranili ty nejmenší podrobnosti. Když se blížili ke konci, zmocnila se jich vágní neklid. Tato neklid by se zdvojnásobil, kdyby cítili, jak se jejich rychlost snížila. Zdálo by se jim, že je dostačující k tomu, aby je přenesli až do konce. Bylo to proto, že projektil pak „vážil" téměř nic. Jeho váha se neustále snižovala a na té linii by byla úplně zničena, kde by se lunární a pozemské atrakce navzájem neutralizovaly.

Ale navzdory svému zaujetí michel ardan nezapomněl připravit ranní pochoutku se svou obvyklou přesností. Jedli s dobrou chutí k jídlu. Nic nebylo tak vynikající jako polévka zkapalněná teplem plynu; nic lepšího než konzervované maso. Některé skleničky dobrého francouzského vína korunovaly tuto chuť, což způsobovalo, že michel ardan poznamenal, že lunární vinná réva zahřátá na toto žhavé slunce by měla destilovat ještě velkorysejší vína; to znamená, pokud existovaly. V každém případě se prozíravý francouzský chlapec postaral, aby ve své sbírce nezapomněl na některé vzácné kousky medu a cote d'or, na nichž založil své naděje.

Reisetův a regnautův aparát pracoval s velkou pravidelností. Ani atom kyseliny uhličité neodolal potaši; a co se týče kyslíku, kapitán nicholl řekl: „to bylo první kvality." malá vodná pára uzavřená v projektilu se smíchala se vzduchem, který temperoval suchost; a mnoho bytů v Londýně, Paříži nebo New Yorku a mnoho divadel nebylo rozhodně v tak zdravém stavu.

Ale aby mohl jednat pravidelně, musí být přístroj udržován v dokonalém pořádku; tak každé ráno michel navštívil únikové regulátory, vyzkoušel kohoutky a reguloval teplo plynu pyrometrem. Do té doby všechno šlo dobře a cestovatelé, napodobující hodného josefa. Maston, začal získávat určitý embonpoint, což by způsobilo, že by byli nerozpoznatelní, pokud by jejich věznění bylo prodlouženo na několik měsíců. Jedním slovem se chovali jako kuřata v koňaku; ztloustli.

Při pohledu skrz drsný barikád viděl strašidlo psa a další potápěčské předměty, které byly vyhozeny z projektilu, tvrdě je sledovaly. Diana vytrápeně vytřela, když viděla pozůstatky satelitu, které vypadaly stejně nehybně, jako by ležely na pevné zemi.

„víš, přátelé," řekla michel ardan, „že kdyby někdo z nás při odchodu podlehl šoku následkem toho, měli jsme mít velké potíže, abychom ho pochovali? Co říkám? Éterizovat ho, jak tady éter zaujímá místo Země. Vidíte, že by nás obviňující tělo následovalo do vesmíru jako výčitky svědomí. "

„to by bylo smutné," řekl nicholl.

"ah!" pokračoval michel, „to, co lituji, se nedokáže vydat na procházku venku. Jakou smyslnost se vznášet uprostřed tohoto zářivého éteru, vykoupat se v něm, zabalit se do čistého slunečního záření. Kdyby nás barbicane jen pomyslel, že nás vybaví potápěčský aparát a vzduchové čerpadlo, mohl jsem se odvážit ven a předpokládat fantastické postoje předstíraných monster na vrcholu střely. "

"dobře, starý michel," odpověděl barbicane, "nechtěl by ses natvrdit netvora dlouho, protože i přes šaty potápěče, oteklé expanzí vzduchu ve tobě, bys praskl jako skořápka, nebo spíše jako balón, který se zvedl příliš vysoko. Tak toho nelitujte a nezapomeňte na to - pokud se vznášíme ve vesmíru, jsou zakázány všechny sentimentální procházky za projektilem. ""

Michel ardan se nechal do jisté míry přesvědčit. Připustil, že to bylo obtížné, ale ne nemožné, slovo, které nikdy neřekl.

Konverzace přešla od tohoto subjektu k druhému a na okamžik ho nezklamala. Zdálo se to všem třem přátelům, jako by za současných podmínek nápady vystřelené v jejich mozcích jako listy střílely na první jarní teplo. Cítili se zmateni. Uprostřed otázek a odpovědí, které se navzájem křížily, Nicholl položil jednu otázku, která nenašla okamžité řešení.

"ah, opravdu!" řekl; „Všechno je dobré jít na Měsíc, ale jak se vrátit zpět?"

Jeho dva rozhovory vypadali překvapeně. Člověk by si myslel, že tato možnost se jim nyní stala poprvé.

"co tím myslíš, Nicholl?" zeptal se vážně barbicane.

„požádat o prostředky k opuštění země," dodal michel, „když jsme tam ještě nepřijeli, zdá se mi poněkud nevhodná."

„Neříkám to, že bych se chtěl stáhnout," odpověděl nicholl; "ale opakuji svou otázku a ptám se:" Jak se máme vrátit? ""

„Nevím o tom nic," odpověděl barbikane.

"a já," řekl michel, "kdybych věděl, jak se vrátit, nikdy bych nezačal."

"existuje odpověď!" vykřikl nicholl.

„Docela souhlasím s Michelovými slovy," řekl barbikane; "a dodat, že otázka nemá skutečný zájem. Později, když si myslíme, že je vhodné se vrátit, poradíme se spolu. Pokud tam není kolumbie, projektil bude."

„To je jistě krok. Míč bez zbraně!"

„zbraň," odpověděl barbikane, „lze vyrobit. Prášek nemůže být vyroben. Ani kovy, ledek, ani uhlí nemohou v hlubinách měsíce selhat, a my potřebujeme pouze 8 000 lig, abychom padli na zemský glóbus na základě pouhých zákonů váhy. "

„dost," řekl michel s animací. „Už to nebude otázka návratu: už jsme to bavili příliš dlouho. Pokud jde o komunikaci s našimi bývalými pozemskými kolegy, nebude to těžké."

"a jak?"

"pomocí meteorů vypuštěných lunárními sopkami."

„dobře promyšlená, michel," řekl barbicane přesvědčeným tónem hlasu. "počítá s tím, že pětkrát větší síla, než je síla naší zbraně, by stačila k vyslání meteoru z Měsíce na Zemi, a neexistuje ani jedna sopka, která nemá větší sílu pohonu než ta."

"Hurá!" vykřikl michel; "tyto meteory jsou pocty pošťáci a nic nestojí. A jak se budeme moci smát poštovní správě! Ale teď na to myslím -"

"co si myslíš o?"

„Kapitálový nápad. Proč jsme nepřipevnili vlákno k našemu projektilu a mohli jsme si vyměnit telegramy se zemí?"

"deuce!" odpověděl nicholl. "Myslíš, že hmotnost vlákna nese 250 000 kilometrů?"

„jako nic. Mohli ztrojnásobit kolumbijský obvinění; mohli to čtyřnásobně nebo čtyřnásobně!" zvolal michel, se kterým sloveso pokaždé vzalo vyšší intonaci.

„je tu jen jedna malá námitka, která by měla podat váš návrh," odpověděl barbicane, „to znamená, že během rotačního pohybu zeměkoule by se naše vlákno obtočilo kolem řetězu na válci a nevyhnutelně by to bylo nevyhnutelné přivedli nás na zem. "

"třicet devět hvězd unie!" řekl michel: „Dnes nemám nic jiného než nepraktické nápady; nápady hodné jt maston. Ale mám představu, že pokud se nevrátíme na Zemi, jt maston bude k nám schopen přijít."

„Ano, přijde," odpověděl barbicane; „Je to hodný a odvážný soudruh. Kromě toho, co je jednodušší? Není kolumbie stále pohřbená v půdě Floridy? Je bavlna a kyselina dusičná hledaná na výrobu pyroxylu? Neprošel měsíc zenit floridy? Za osmnáct let nebude neobývat přesně stejné místo jako dnes? "

„ano," pokračoval michel, „ano, maston přijde as ním naši přátelé elphinstone, blomsberry, všichni členové klubu zbraní, a budou dobře přijati. Země a měsíc! Spěchejte za jt maston! "

Je pravděpodobné, že pokud hon. Jt maston neslyšel hurrahs pronesený na jeho počest, jeho uši se alespoň brnkaly. Co tedy dělal? Nepochybně, vyslaný ve skalnatých horách, na stanici dlouhého vrcholu, se pokoušel najít neviditelnou střelu gravitující ve vesmíru. Pokud přemýšlel o svých drahých společnících, musíme dovolit, aby nebyli daleko za ním; a že pod vlivem podivného vzrušení mu věnovali své nejlepší myšlenky.

Ale odkud toto vzrušení, které evidentně rostlo na nájemníky střely? Jejich střízlivost nebylo možné zpochybnit. Toto podivné podráždění mozku, musí být přičteno zvláštním okolnostem, za kterých se ocitli, jejich blízkosti k noční dráze, od které je oddělilo jen několik hodin, nějakému tajnému vlivu měsíce působícího na jejich nervózní Systém? Jejich tváře byly tak růžové, jako by byly vystaveny řevem plamenů pece; jejich hlasy zazněly hlasitě akcenty; jejich slova unikla jako šampaňský korek vytlačený kyselinou uhličitou; jejich gesta byla nepříjemná, chtěli tolik prostoru, aby je mohli vykonat; a co je zvláštní, nikdo z nich si nevšiml tohoto velkého napětí mysli.

„nyní," řekl nicholl krátkým tónem, „nyní, když nevím, zda se někdy vrátíme z Měsíce, chci vědět, co tam budeme dělat?"

"co tam budeme dělat?" odpověděl barbicane a dupl nohou, jako by byl v oploceném salónu; "nevím."

"ty nevíš!" zvolal michel, s řevem, který v projektilu vyvolal zvučnou ozvěnu.

„Ne, ani jsem o tom nepřemýšlel," odsekl barbicane stejným hlasitým tónem.

"No, já vím," odpověděl michel.

„promluvte," vykřikl nicholl, který už nedokázal potlačit vrčení jeho hlasu.

„Budu mluvit, bude-li mi to vyhovovat," zvolal michel a násilím chytil paže svých společníků.

„musí ti to vyhovovat," řekl barbicane s ohněm a vyhrožující rukou. "Byl jsi to ty, kdo nás vtáhl na tuto hroznou cestu a my chceme vědět, na co."

„Ano," řekl kapitán, „nyní, když nevím, kam jdu, chci vědět, proč jdu."

"proč?" zvolal michel, vyskočil na yard vysoko, „proč? Zmocnit se Měsíce ve jménu spojených států; přidat k unii čtyřicátý stát; kolonizovat měsíční regiony; kultivovat je, lidem je přepravovat tam všechny zázraky umění, vědy a průmyslu; civilizovat selenity, pokud nejsou civilizovanější než my; a vytvořit je republikou, pokud již nejsou! "

"a pokud neexistují žádné selenity?" odsekl výkřik, který byl pod vlivem této nezodpovědné intoxikace velmi protichůdný.

"Kdo řekl, že neexistují seleniti?" vykřikl michel hrozivým tónem.

"Já ano," vytí nicholl.

„kapitáne," řekl michel, „opakování této drzosti opakujte, jinak vám srazím zuby do krku!"

Oba protivníci se chystali padnout jeden na druhého a nekoherentní diskuse hrozila, že se spojí do boje, když barbicane zasáhne s jednou vázanou.

„zastav, nešťastní muži," řekl a oddělil své dva společníky; "Pokud neexistují žádné selenity, bez nich se obejdeme."

„ano," zvolal michel, který nebyl konkrétní; „Ano, bez nich se obejdeme. Selenity musíme vyrábět jen dolů.

„Říše Měsíce patří nám," řekl Nicholl.

"pojďme tři tvořit republiku."

„Budu kongresem," vykřikl michel.

„a já jsem senát," odsekl Nicholl.

„a prezident Barbicane," vytí michel.

„není prezidentem zvoleným národem," odpověděl barbikán.

„velmi dobře, prezident zvolený kongresem," vykřikl michel; "A jak jsem kongres, jste jednomyslně zvoleni!"

„hurá! Hurá! Hurá! Pro prezidenta barbicane," zvolal Nicholl.

"hip! Hip! Hip!" vociferated michel ardan.

Pak prezident a senát ohromně vyslovili populární píseň „yankee doodle", zatímco z kongresu zazněly mužské tóny „marseillaise".

Pak udeřili zběsilý tanec s maniakálními gesty, idiotskými výtisky a kotrmelci jako u vykostěných klaunů v cirkusu. Diana, která se připojila k tanci, a vytřeštějící se na ni, skočila na vrchol střely. Uprostřed nejúžasnějších kohoutí vrany bylo slyšet nespočetné chvění křídel, zatímco pět nebo šest slepic se chvělo jako netopýři na stěnách.

Pak tři společníci na cestách, na které působil nějaký nezodpovědný vliv nad vlivem intoxikace, zapálené vzduchem, který zapálil jejich dýchací aparát, padali nehybně na dno střely.

Kapitola viii

Na sedmdesát osm tisíc pět set a čtrnáct lig

Co se stalo? Odkud příčina této jedinečné intoxikace, jejíž důsledky by mohly být velmi katastrofální? Jednoduchá chyba michelů, kterou naštěstí Nicholl dokázal včas napravit.

Po dokonalé lžíci, která trvala několik minut, kapitán, který se zotavil první, brzy shromáždil své rozptýlené smysly. Ačkoliv snídal jen dvě hodiny předtím, cítil trýznivý hlad, jako by už několik dní nejedl nic. Všechno o něm, žaludku a mozku, bylo nadměrně nadměrné. Vstal a požadoval od michelu doplňující opakování. Michel, úplně hotový, neodpověděl.

Nicholl se poté pokusil připravit čaj určený k absorpci tuctu sendvičů. Nejprve se pokusil dostat oheň a prudce zasáhl zápas. Co bylo jeho překvapením, když viděl, jak svítí síra s tak výjimečnou brilantností, že je pro oko téměř nesnesitelná. Z plynového hořáku, který zapálil, vzrostl plamen rovnající se proudu elektrického světla.

Na Nichollovu mysl se objevilo zjevení. Ta intenzita světla, fyziologické problémy, které v něm vyvstaly, přehnané nadšení všech jeho morálních a hádavých schopností - rozuměl všem.

"kyslík!" zvolal.

A naklonil se nad vzduchový aparát, viděl, že kohoutek umožňuje bezbarvému plynu volně uniknout, dává život, ale v jeho čistém stavu způsobuje nejzávažnější poruchy v systému. Michel bezchybně otevřel kohoutek aparátu naplno.

Nicholl spěchal, aby zastavil únik kyslíku, se kterým byla nasycená atmosféra, což by byla smrt cestujících, nikoli udušením, ale spalováním. O hodinu později vzduch méně nabitý obnovil plíce do jejich normálního stavu. Tito tři přátelé se zotavili ze své intoxikace; ale oni byli povinni spát sami střízliví nad jejich kyslíkem jako opilec dělá jeho víno.

Když se michel dozvěděl svůj podíl na odpovědnosti za tento incident, nebyl příliš znepokojen. Toto nečekané opilství přerušilo monotónnost cesty. Zatímco pod jeho vlivem bylo řečeno mnoho hloupých věcí, ale také rychle zapomenutých.

"a pak," dodal veselý francouzák, "omlouvám se, že jsem ochutnal trochu tohoto opojného plynu. Víte, mí přátelé, že by mohlo být založeno zvláštní zařízení s místnostmi s kyslíkem, kde by lidé, jejichž systém je oslabený mohl by na pár hodin žít aktivnější život. Fantazijní večírky, kde byla místnost nasycena touto hrdinskou tekutinou, divadla, kde by měla být udržována pod vysokým tlakem; jaká vášeň v duších herců a diváků! Jaký oheň, jaké nadšení! A pokud by namísto shromáždění mohl být nasycen pouze celý lid, jakou činnost ve svých funkcích, jaký by to byl doplněk života, z vyčerpaného národa by mohli udělat velký a silný a já znám více než jeden stát ve staré Evropě, která by se kvůli svému zdraví měla dostat pod režim kyslíku! "

Michel mluvil s takovou animací, že by si člověk myslel, že kohoutek je stále příliš otevřený. Ale pár slov z barbicanu brzy rozbilo jeho nadšení.

„to je všechno velmi dobře, příteli, micheli," řekl, „ale budeš nás informovat, odkud tyto kuřata pocházejí, z nichž se na našem koncertu smíchaly?"

"ty kuřata?"

"Ano."

Opravdu, půl tuctu kuřat a jemného kohouta šli kolem, mávali křídly a klábosili.

"ah, ty trapné věci!" vykřikl michel. "Kyslík je přiměl k vzpouře."

"Ale co s těmi kuřaty chcete dělat?" zeptal se barbikane.

"aklimatizovat je na Měsíci, holčičkou!"

"Tak proč jsi je skryl?"

„vtip, můj důstojný prezident, jednoduchý vtip, který se ukázal jako mizerný neúspěch. Chtěl jsem je osvobodit na lunárním kontinentu, aniž bych řekl cokoli. Ach, jaký by byl tvůj úžas, když viděl, jak se tato pozemská křídla klovají ve vašich lunárních polích! "

„ty rascole, ty jsi nespravedlivý rascal," odpověděl barbicane, „nechceš, aby se kyslík dostal na hlavu. Vždy jsi to, čím jsme byli pod vlivem plynu; jsi vždy pošetilý!"

"ah, kdo říká, že jsme nebyli moudří?" odpověděl michel ardan.

Po této filosofické reflexi se tři přátelé pustili do obnovení pořadí projektilu. Kuřata a kohout byly vráceny do kooperace. Ale zatímco pokračoval v této operaci, barbicane a jeho dva společníci měli nejžádanější vnímání nového jevu. Od chvíle, kdy opustili Zemi, se jejich vlastní váha, hmotnost střely a předměty, které uzavřela, stále více zmenšovaly. Kdyby nedokázali tuto ztrátu střely dokázat, nastal by okamžik, kdy by to bylo rozumně pociťováno na sebe a na nádobí a nástroje, které použili.

Není třeba říkat, že by měřítko tuto ztrátu neukazovalo; pro váhu určenou k hmotnosti by objekt ztratil přesně stejně jako samotný objekt; například jarní steelyard, jehož napětí bylo nezávislé na přitažlivosti, by poskytlo spravedlivý odhad této ztráty.

Víme, že přitažlivost, jinak nazývaná hmotnost, je úměrná hustotě těl a nepřímo jako čtverce vzdáleností. Proto tento účinek: pokud by Země byla sama ve vesmíru, kdyby byla ostatní nebeská těla najednou zničena, projektil by podle newtonských zákonů vážil méně, protože se dostal dál od Země, ale aniž by úplně ztratil svoji váhu, protože pozemská přitažlivost by se vždy cítila v jakékoli vzdálenosti.

Ale ve skutečnosti musí přijít čas, kdy projektil již nebude podléhat zákonu váhy, poté, co bude umožněno další nebeská těla, jejichž účinek nelze stanovit jako nula. Ve skutečnosti byl projektil sledován mezi Zemí a Měsícem. Jak to distancovalo Zemi, pozemská přitažlivost klesala: ale lunární přitažlivost rostla úměrně. Musí dojít k bodu, kde by se tyto dvě atrakce navzájem neutralizovaly: projektil by už neměl hmotnost. Kdyby byla hustota Měsíce a Země stejná, byl by tento bod ve stejné vzdálenosti mezi oběma koule. Ale s přihlédnutím k různým hustotám bylo snadné počítat s tím, že tento bod bude umístěn na 47/60ths celé cesty, tj. Na 78,514 lig ze Země. V tomto bodě by tělo, které samo o sobě nemá žádný princip rychlosti nebo přemístění, zůstalo navždy nepohyblivé, přitahovalo by ho obě koule stejně a nebylo by přitahováno více k jednomu než k druhému.

Nyní, pokud by impulsivní síla střely byla správně vypočtena, dosáhla by tohoto bodu bez rychlosti, ztratila by veškerou stopu hmotnosti i všechny předměty v ní. Co by se stalo potom? Představily se tři hypotézy.

1. Buď si zachová určité množství pohybu a projde bodem stejné přitažlivosti, a dopadne na Měsíc na základě přebytku lunární přitažlivosti nad pozemským.

2. Nebo pokud by jeho rychlost selhala a nebyla by schopna dosáhnout bodu stejné přitažlivosti, dopadla by na Měsíc v důsledku překročení lunární přitažlivosti nad pozemským.

3. Nebo, konečně, animovaný s dostatečnou rychlostí, která mu umožní dosáhnout neutrálního bodu, ale není dostatečný k jeho průchodu, zůstane navždy zavěšený v tomto místě jako předstíraná hrobka mahometů mezi zenitem a nadirem.

Taková byla jejich situace; a barbicane jasně vysvětlil důsledky pro své společníky, kteří je velmi zajímali. Ale jak by měli vědět, kdy projektil dosáhl tohoto neutrálního bodu, který se nachází v této vzdálenosti, zejména když už sami, ani předměty uzavřené v projektilu, by již nepodléhali zákonům o hmotnosti?

Do této doby se cestující, přestože připouštěli, že tato akce neustále klesala, ještě pro svou úplnou nepřítomnost ještě nezjistili.

Ale toho dne, asi v jedenáct hodin ráno, Nicholl nechtěně nechal sklouznout z ruky sklenici, místo toho, aby padala, zůstalo ve vzduchu zavěšené.

"ah!" zvolal michel ardan, „to je poněkud zábavný kousek přírodní filozofie."

A okamžitě potápěčské předměty, střelné zbraně a lahve, opuštěné pro sebe, zvednuté jako kouzlo. Diana také umístila do vesmíru michel, rozmnožovala se, ale bez jakýchkoli triků nádherné pozastavení, které praktikoval caston a robert houdin. Opravdu se zdálo, že pes nevěděl, že se vznáší ve vzduchu.

Tři dobrodružní společníci byli překvapeni a ohromeni, navzdory jejich vědeckým úvahám. Cítili, že se dostávají do oblasti zázraků! Cítili, že jejich těla opravdu chtěla váha. Pokud natáhli ruce, nepokusili se spadnout. Jejich hlavy se třásly na bedrech. Jejich nohy se již nezachytily na podlahu střely. Byli jako opilí muži, kteří v sobě nemají žádnou stabilitu.

Fantazie líčila muže bez odrazu, ostatní bez stínu. Ale zde realita, neutralizací atraktivních sil, produkovala muže, u nichž nic nemělo váhu a kteří sami nic nevážili.

Najednou michel vzal pružinu, opustil podlahu a zůstal viset ve vzduchu, jako murilův mnich cusine des anges.

Oba přátelé se k němu okamžitě připojili a všichni tři vytvořili zázračný „vzestup" uprostřed střely.

„má se tomu věřit? Je to pravděpodobné? Je to možné?" vykřikl michel; „A přesto je to tak. Ah! Kdyby nás tak viděl raphael, jaký,, předpoklad "by hodil na plátno!"

"předpoklad" nemůže trvat, "odpověděl barbicane. "Pokud projektil projde neutrálním bodem, lunární přitažlivost nás přitáhne na Měsíc."

„pak budou naše nohy na střeše," odpověděl michel.

„ne," řekl barbicane, „protože těžiště střely je velmi nízké; bude se otáčet pouze o stupně."

"pak budou všechny naše přenosné počítače rozrušeny shora dolů, to je fakt."

„Uklidni se, micheli," odpověděl nicholl; „Žádný rozruch se nesmí bát; nic se nepohne, protože vývoj střely bude nepostřehnutelný."

"jen tak," pokračoval barbicane; "a jakmile dosáhne bodu stejné přitažlivosti, jeho základna, protože je těžší, ji přitáhne kolmo na Měsíc; ale aby k tomuto jevu došlo, musíme projít neutrální linií."

„projít neutrální linii," vykřikl michel; "pak udělejme to, co námořníci dělají, když překročí rovník."

Lehký boční pohyb přinesl michel zpět k polstrované straně; odtud vzal láhev a sklenice, umístil je „ve vesmíru" před svými společníky a vesele pili pozdravili linii trojnásobným vrhnutím. Vliv těchto atrakcí sotva trval hodinu; Cestující se cítili necitlivě přitahováni k podlaze a barbicane si myslel, že kuželový konec střely se trochu mění od svého normálního směru k měsíci. Inverzním pohybem se základna blížila první; nad pozemským převládala lunární přitažlivost; pád směrem k Měsíci začal, téměř nepostřehnutelně, ale doposud se přitažlivá síla zesílí, pád bude rozhodnější, projektil, natažený jeho základnou, obrátí svůj kužel na Zemi a padne s věkem - zvýšení rychlosti na povrch selenitového kontinentu; jejich cíle by pak bylo dosaženo. Teď nic nemohlo zabránit úspěchu jejich podnikání a nicholl a michel ardan sdíleli barbicaneovu radost.

Pak si povídali o všech jevech, které je udíraly jeden po druhém, zejména o neutralizaci zákonů váhy. Michel ardan, vždy nadšený, vyvodil závěry, které byly čistě fantazijní.

„ah, moji hodní přátelé,“ zvolal, „jaký pokrok bychom měli udělat, kdybychom na Zemi mohli odhodit část té váhy, část řetězce, který nás k ní váže; byl by to vězně nastaven na svobodu; už ne únava paží nebo nohou nebo, je-li pravdou, že aby mohl létat na zemském povrchu, aby se udržel zavěšený ve vzduchu pouze hrou svalů, vyžaduje sílu stokrát padesátkrát větší než ta který máme, jednoduchý akt vůle, rozmar by nás přivedl do vesmíru, kdyby neexistovala přitažlivost. ““

„jen tak,“ řekl nicholl s úsměvem; "Pokud se nám podaří potlačit váhu, protože potlačují bolest anestézií, změnilo by to tvář moderní společnosti!"

„Ano,“ vykřikl michel, plný svého předmětu, „zničte váhu a žádné další břemena!“

"dobře řečeno," odpověděl barbicane; "Ale kdyby nic nemělo váhu, nic by si nezachovalo na svém místě, ani tvůj klobouk na hlavě, hodný michel; ani tvůj dům, jehož kameny ulpívají jen na váze; ani člun, jehož stabilita na vlnách je způsobena pouze váha; ani oceán, jehož vlny by už nebyly vyrovnány pozemskou přitažlivostí; a nakonec ani atmosféra, jejíž atomy, které se již neudržují na svých místech, se v prostoru nerozptyluje! "

„to je únavné,“ odsekl michel; "nic jako tito faktičtí lidé za to, že jednoho přivedli zpět do holé reality."

"ale utěš se, micheli," pokračoval barbikane, "protože pokud neexistuje žádná koule, odkud jsou všechny zákony o hmotnosti zakázány, alespoň navštívíš ten, kde je mnohem méně než na Zemi."

"měsíc?"

"Ano, Měsíc, na jehož povrchových objektech váží šestkrát méně ncž na Zemi, jev, který lze snadno dokázat."

"a budeme to cítit?" zeptal se michel.

"očividně, protože dvě stě liber bude vážit jen třicet liber na povrchu měsíce."

"a naše svalová síla se nezmizí?"

"Vůbec ne; místo toho, abys skočil o jeden yard vysoko, zvedneš se osmnáct stop vysoko."

"ale my budeme pravidelnými herkuly na Měsíci!" vykřikl michel.

„ano,“ odpověděl nicholl; "protože pokud je výška selenitů úměrná hustotě jejich zeměkoule, budou stěží vysoké."

"lilliputians!" ejakulovaný michel; „Budu hrát roli gulliveru. Uvědomíme si bajku obrů. Toto je výhoda opuštění vlastní planety a přetečení slunečního světa.“

„na okamžik, michel,“ odpověděl barbikane; „pokud si přejete hrát roli gulliveru, navštivte pouze nižší planety, jako je rtuť, venuše nebo mars, jejichž hustota je o něco menší než hustota Země, ale nevážejte se na velké planety, jupiter, saturn "uranus, Neptun; protože se zde změní pořadí a stanete se lilliputianem."

"a na slunci?"

„na slunci, je-li jeho hustota třináct set dvacet čtyři tisíckrát větší a přitažlivost je dvacet sedmkrát větší než na povrchu naší planety, při zachování všeho v poměru by obyvatelé měli být nejméně dvě stě vysoké nohy. “

"holčičko!" vykřikl michel; "Neměl bych být nic víc než prasátko, krevety!"

„gulliver s obry," řekl nicholl.

"jen tak," odpověděl barbicane.

"A nebylo by zbytečné nosit nějaké kousky dělostřelectva k obraně."

„dobře," odpověděl nicholl; „vaše střely by neměly žádný vliv na slunce; po několika minutách by spadly zpět na Zemi."

"to je silná poznámka."

"To je jisté," odpověděl barbicane; „přitažlivost je na této obrovské kouli tak velká, že by vážil předmět o hmotnosti 70 000 liber na Zemi, ale 1 920 liber na povrchu slunce. Kdybyste na něj dopadli, vážili byste - uvidíme - asi 5 000 liber , hmotnost, kterou už nikdy nebudete moci zvýšit. "

"ďábel!" řekl michel; „člověk by chtěl přenosný jeřáb. Ale my budeme spokojeni s Měsícem pro současnost; tam alespoň vyřízneme skvělou postavu. Uvidíme o Slunci dál a kolem."

Kapitola ix

Důsledky odchylky

Barbicane se teď nebál vydání cesty, alespoň pokud jde o impulzivní sílu projektilu; jeho vlastní rychlost by ho nesla za neutrální linii; určitě by se nevrátil na Zemi; rozhodně by to nezůstalo nehybné na hranici přitažlivosti. Zbývala ještě jedna jediná hypotéza, a to příchod střely k cíli působením lunární přitažlivosti.

Ve skutečnosti to byl pokles o 8 296 lig na oběžné dráze, je pravda, kde se hmotnost mohla počítat pouze na jednu šestinu pozemské hmotnosti; přesto je to hrozný pád, proti kterému musí být neprodleně přijata všechna preventivní opatření.

Tato opatření byla dvojího druhu, někteří zmírnili šok, když se projektil měl dotknout lunární půdy, jiní zpomalili pád a následně ho učinili méně násilným.

Abych zmírnil šok, byla škoda, že barbikan již nebyl schopen používat prostředky, které tak šikovně oslabily šok při odjezdu, tj. Vodou používanou jako prameny a rozdělovací přepážky.

Oddíly stále existovaly, ale voda selhala, protože nemohly využít svou rezervu, což bylo vzácné, v případě, že by během prvních dnů měl být tekutý prvek nalezen hledající na měsíční půdě.

A tato rezerva by na jaro byla opravdu nedostačující. Vrstva vody uložená v projektilu v době zahájení na jejich cestě zabírala hloubku nejméně tři stopy a rozprostřela se po povrchu ne méně než padesát čtyři čtverečních stop. Kromě toho cisterna neobsahovala ani jednu pětinu; musí se proto vzdát tohoto účinného prostředku tlumení šoku příchodu. Naštěstí barbar, který nebyl spokojen s používáním vody, vybavil pohyblivý disk silnými pružinovými zátkami, které měly po rozbití vodorovných příček snížit náraz do základny. Tyto zástrčky stále existovaly; museli je pouze upravit a vyměnit pohyblivý disk; každý kus, snadno ovladatelný, protože jejich váha byla nyní téměř necítitelná, byl rychle namontován.

Různé kusy byly namontovány bez problémů, jedná se pouze o šrouby a šrouby; nástroje nechtěly, a brzy obnovený disk ležel na ocelových zátkách, jako stůl na nohou. Při výměně disku došlo k jedné nepříjemnosti, spodní okno bylo zablokováno; tak to bylo nemožné pro cestovatele pozorovat měsíc od toho otevření, zatímco oni byli sráženi kolmo na ni; ale byli povinni to vzdát; dokonce i po bočních otvorech stále viděli obrovské měsíční regiony, protože letoun vidí ze svého auta zemi.

Tato výměna disku byla nejméně hodinová práce. Bylo všech dvanáct, když byly všechny přípravy dokončeny. Barbicane vzal nová pozorování na sklon střely, ale k jeho rozhořčení se natolik neobrátil, aby spadl; zdálo se, že má křivku rovnoběžnou s lunárním diskem. Koule koule zářila nádherně do vesmíru, zatímco naproti, koule denního plamene ohněm.

Jejich situace je začala znepokojovat.

"dostáváme se k cíli?" řekl nicholl.

„Pojďme jednat, jako bychom se toho chystali dosáhnout," odpověděl barbikane.

„jsi skeptický," odsekl michel ardan. "dorazíme a to také rychleji, než se nám líbí."

Tato odpověď přinesla barbicane zpět k jeho přípravám a on se zabýval umístěním náčiní, které mělo přerušit jejich sestup. Můžeme si vzpomenout na scénu setkání, které se konalo ve městě Tampa na Floridě, když se kapitán nicholl přihlásil jako barbikánův nepřítel a michelský ardanův protivník. Aby kapitán Nicholl tvrdil, že projektil se rozbije jako sklo, michel odpověděl, že zlomil jejich pád pomocí správně umístěných raket.

Tak mohutný ohňostroj, který vezme svůj výchozí bod ze základny a praskne venku, by mohl pomocí zpětného rázu do jisté míry zkontrolovat rychlost střely. Tyto rakety měly hořet ve vesmíru, to je pravda; ale kyslík by je nezklamal, protože by se s ním mohli zásobovat, jako například sopky lunární, jejichž spalování ještě nebylo zastaveno kvůli atmosféře kolem měsíce.

Barbicane se proto dodal s těmito ohňostroji, uzavřenými v malých ocelových kanonech, které mohly být přišroubovány k základně střely. Uvnitř byly tyto zbraně v jedné rovině se dnem; venku vyčnívali asi osmnáct palců. Bylo jich dvacet. Otvor ponechaný na disku jim umožnil osvětlit zápas, s nímž byl každý z nich poskytnut. Celý účinek se projevil venku. Hořící směs už byla vrazil do každé zbraně. Pak neměli nic jiného než zvednout kovové nárazníky upevněné v základně a nahradit je zbraněmi, které těsně seděly na jejich místo.

Tato nová práce byla dokončena asi ve tři hodiny a po provedení všech těchto opatření zbývalo čekat. Ale projektil se znatelně blížil k Měsíci a zjevně podlehl svému vlivu do jisté míry; ačkoli jeho vlastní rychlost také nakreslila to šikmým směrem. Z těchto konfliktních vlivů vyústil v linii, která by se mohla stát tečnou. Ale bylo jisté, že projektil nepadne přímo na Měsíc; protože její spodní část by se měla kvůli své hmotnosti obrátit k ní.

Barbalonova neklid se zvýšil, když viděl, jak jeho projektil odolává vlivu gravitace. Neznámý se otevíral před ním, neznámý v meziplanetárním prostoru. Vědecký muž si myslel, že předvídal pouze tři možné hypotézy - návrat na Zemi, návrat na Měsíc nebo stagnaci na neutrální linii; a zde čtvrtá hypotéza, velká se všemi hrůzami nekonečna, vzrostla neprávem. Čelit tomu, aniž by se trhl, musí být rozhodným savantem jako barbicane, flegmatickou bytostí jako nicholl nebo odvážným dobrodruhem jako michel ardan.

Na toto téma byla zahájena konverzace. Ostatní muži by tuto otázku zvážili z praktického hlediska; zeptali by se sami sebe, kam je nosil jejich střela. Ne tak s těmito; hledali příčinu, která vyvolala tento účinek.

„tak jsme se odklonili od naší trasy," řekl michel; "ale proč?"

„Velmi se bojím," odpověděl nicholl, „že přes veškerá přijatá opatření nebyla kolumbie spravedlivě namířena. Dostatečná chyba, i když malá, by nás stačila vyhodit z přitažlivosti měsíce."

"pak museli mířit špatně?" zeptal se michel.

„Nemyslím si to," odpověděl barbicane. „kolmost pistole byla přesná, její směr k zenitu spotu byl nesporný; a Měsíc přecházející k zenitu spotu jsme ho měli dosáhnout v plném rozsahu. Existuje jiný důvod, ale uniká mi."

„nepřicházíme příliš pozdě?" zeptal se nicholl.

"příliš pozdě?" řekl barbicane.

„Ano," pokračoval nicholl. „V poznámce z cambridgeské observatoře se uvádí, že tranzit by měl být uskutečněn za devadesát sedm hodin, třináct minut a dvacet sekund; to znamená, že dříve nebude měsíc v označeném bodě a později jej prošel."

"true," odpověděl barbicane. "ale my jsme začali 1. Prosince, ve třinácti minutách a dvaceti pěti sekundách na jedenáct v noci; měli bychom dorazit na pátou o půlnoci, v přesném okamžiku, kdy bude měsíc plný; a teď jsme v 5. Prosince. Nyní je půl šesté večer, půl osmé by nás mělo vidět na konci naší cesty. Proč nepřijedeme? "

"Neměl by to být překročení rychlosti?" odpověděl nicholl; "protože teď víme, že její počáteční rychlost byla větší, než předpokládali."

"ne! Stokrát, ne!" odpověděl barbicane. „Překročení rychlosti, pokud by byl směr střely správný, by nám nezabránilo, abychom se dostali na Měsíc. Ne, došlo k odchylce. Byli jsme pryč z našeho kurzu."

„Kdo? Zeptal se nicholl.

„Nemůžu říct," odpověděl barbicane.

„Dobře, barbikane," řekl michel, „chcete znát můj názor na téma zjištění této odchylky?"

"mluvit."

„Nechtěl bych to dát půl dolaru, abych to věděl. Že jsme se odchýlili, je skutečnost., kam jde málo, brzy uvidíme. Nebo jiný."

Michel ardanova lhostejnost neobsahovala barbicane. Ne že by byl znepokojen budoucností, ale chtěl za každou cenu vědět, proč se jeho projektil odklonil.

Ale projektil pokračoval ve svém směru bokem k Měsíci, a tím se vyhodilo množství věcí. Barbicane mohl dokonce dokázat, prostřednictvím výšek, které sloužily jako orientační body na Měsíci, které byly vzdálené jen dva tisíce lig,, že jeho rychlost byla stále stejná - nový důkaz, že nedošlo k žádnému pádu. Jeho impulzivní síla stále převládala nad lunární přitažlivostí, ale kurs střely ji určitě přiblížil k Měsíci a mohli doufat, že v nejbližším bodě způsobí převažující váha rozhodující pokles.

Tři přátelé, kteří nemají nic lepšího, pokračovali ve svých pozorováních; ale ještě nemohli určit topografickou polohu satelitu; každá úleva byla vyrovnána pod odrazem slunečních paprsků.

Sledovali tak přes boční okna až do osmé hodiny v noci. Měsíc byl v jejich očích tak velký, že zaplnil polovinu nebeské klenby. Slunce na jedné straně a noční koule na druhé zaplavily projektil světlem.

V tu chvíli si barbicane myslel, že dokáže odhadnout vzdálenost, která je odděluje od jejich cíle, na maximálně 700 lig. Rychlost střely mu připadala více než 200 yardů, nebo asi 170 lig za sekundu. Pod dostředivou silou se základna střely sklonila směrem k měsíci; ale odstředivka stále převládala; a bylo pravděpodobné, že její pravoúhlý průběh bude změněn na křivku jakési povahy, jejíž povahu v současnosti nemohli určit.

Barbicane stále hledal řešení svého nerozpustného problému. Uplynuly hodiny bez jakéhokoli výsledku. Projektil se evidentně blížil k Měsíci, ale bylo také zřejmé, že se k ní nikdy nedostane. Pokud jde o nejbližší vzdálenost, ve které by ji prošla, musí to být výsledek dvou sil, přitažlivosti a odporu, které ovlivňují jeho pohyb.

„Žádám jen jednu věc," řekl michel; "abychom mohli projít dost blízko, abychom pronikli do jejích tajemství."

„prokletá věc, která způsobila, že se náš projektil odchýlil od svého průběhu," vykřikl nicholl.

A jako by na jeho mysl najednou narazilo světlo, barbikane odpověděl: „pak prokletý meteor, který prošel naší cestou."

"co?" řekl michel ardan.

"Co myslíš?" vykřikl nicholl.

„Myslím tím," řekl barbicane rozhodným tónem, „myslím tím, že naše odchylka je způsobena pouze naším setkáním s tímto bludným tělem."

„ale ani nás to nepřestávalo, jak prošlo," řekl michel.

„Co na tom záleží? Jeho hmotnost, ve srovnání s hmotou našeho projektilu, byla obrovská a její přitažlivost stačila k ovlivnění našeho kurzu."

"tak málo?" vykřikl nicholl.

„Ano, nicholl; ale jakkoli by to mohlo být málo," odpověděl barbicane, „ve vzdálenosti 84 000 lig už nechtěl, abychom už nás nechali minout měsíc."

Kapitola x

Pozorovatelé měsíce

Barbicane zjevně zasáhl jediný věrohodný důvod této odchylky. Bez ohledu na to, jak by to mohlo být, stačilo pozměnit průběh střely. Byla to smrtelná smrt. Odvážný pokus omylem omyl; a pokud by nějakým výjimečným událostem nemohli nikdy dosáhnout disku Měsíce.

Prošli by dostatečně blízko, aby dokázali vyřešit některé fyzické a geologické otázky do té doby nerozpustné? To byla otázka a jediná, která okupovala mysli těchto odvážných cestujících. Co se týče osudu, který si na sebe vzali, o tom ani nesnili.

Ale co by se s nimi stalo mezi těmito nekonečnými samotami, těmi, kteří by brzy chtěli vzduch? Ještě pár dní a padli v tomto putujícím střelu. Ale několik dní k těmto neohroženým chlapům bylo století; a věnovali veškerý svůj čas pozorování toho měsíce, kterého už nevěřili.

Vzdálenost, která poté oddělila projektil od satelitu, byla odhadnuta na asi dvě stě lig. Za těchto podmínek, pokud jde o viditelnost detailů disku, byli cestovatelé daleko od Měsíce než obyvatelé Země se svými výkonnými dalekohledy.

Skutečně víme, že nástroj namontovaný lordovou růží v Parsonstownu, který zvětšuje 6 500krát, přináší měsíc do zdánlivé vzdálenosti šestnácti lig. A víc než to, s mocným postaveným na vrcholku, je orbita noci, zvětšená 48 000 krát, přiblížena k méně než dvěma ligám a objekty, které mají průměr třicet stop, jsou vidět velmi zřetelně. Takže v této vzdálenosti nebylo možné přesně určit topografické detaily měsíce, pozorované bez brýlí. Oko zachytilo obrovský obrys těch obrovských depresí nevhodně nazývaných „moře", ale nedokázali rozpoznat jejich povahu. Vrcholky hor zmizely pod nádherným ozářením způsobeným odrazem slunečních paprsků. Oko, oslněné, jako by se naklánělo nad lázní roztaveného stříbra, se z ní nedobrovolně odvrátilo; ale podlouhlá forma koule byla zcela jasná. Vypadalo to jako gigantické vejce, s malým koncem otočeným k zemi. Měsíc, tekutý a poddajný v prvních dnech jeho formace, byl původně dokonalým koulí; ale brzy byl přitahován v přitažlivosti země, to podlouhlo pod vlivem gravitace. Když se stala družicí, ztratila svou přirozenou čistotu formy; její těžiště bylo před středem její postavy; a z této skutečnosti někteří savanti vyvozují závěr, že vzduch a voda se uchytili na opačném povrchu Měsíce, který není nikdy vidět ze Země. Tato změna v primitivní formě satelitu byla patrná jen na několik okamžiků. Vzdálenost projektilu od Měsíce se pod jeho rychlostí velmi rychle zmenšila, i když to bylo mnohem menší než jeho počáteční rychlost - ale osmkrát nebo devětkrát větší než ta, která poháněla naše expresní vlaky. Šikmý průběh střely, od samého šikmosti, dal michel ardan nějaké naděje na zasažení lunárního disku v nějakém bodě nebo jiném. Nemohl si myslet, že by toho nikdy nedosáhli. Ne! Nemohl tomu uvěřit; a tento názor často opakoval. Ale barbicane, který byl lepší soudce, mu vždy odpověděl nemilosrdnou logikou.

„Ne, michel, ne! Můžeme se dostat na Měsíc pouze pádem a nepadáme. Centipetální síla nás udržuje pod vlivem Měsíce, ale odstředivá síla nás neodolatelně odvádí pryč.“

Toto bylo řečeno tónem, který uhasil poslední naději michel ardan.

Část měsíce, ke které se projektil blížil, byla severní polokoule, část, kterou umístily selenografické mapy níže; pro tyto mapy jsou obecně nakresleny po obrysu daném brýlemi, a my víme, že oni obrátí objekty. Takový byl mappa selenographica boeer a moedler který barbicane konzultoval. Tato severní polokoule představovala obrovské pláně, poseté izolovanými horami.

O půlnoci byl měsíc plný. V tu chvíli měli cestující na to vystoupit, pokud by zlodějský meteor odklonil jejich směr. Koule byla přesně ve stavu určeném cambridgskou hvězdárnou. Bylo to matematicky na jeho perigee a na vrcholu dvacátého osmého rovnoběžka. Pozorovatel umístěný na dně obrovské kolumbie, směřující kolmo k obzoru, by zarámoval měsíc v ústech zbraně. Přímá čára nakreslená osou kusu by prošla středem noční koule. Netřeba říkat, že v noci 5. – 6. Prosince cestující nezachytili okamžitý odpočinek. Mohli by zavřít oči, když jsou tak blízko tohoto nového světa? Ne! Všechny jejich pocity byly soustředěny do jediné myšlenky: - viz! Zástupci Země, lidstva, minulosti i současnosti, všichni v nich soustředěni! Lidská rasa se jejich očima dívá na tyto lunární oblasti a proniká do tajemství jejich satelitu! Když šli z jednoho okna do druhého, naplnila jejich srdce zvláštní emoce. Jejich pozorování, reprodukovaná barbicanem, byla přísně stanovena. Aby je vzali, měli brýle; opravit je, mapy.

Pokud jde o optické nástroje, které měli k dispozici, měli vynikající mořské brýle speciálně konstruované pro tuto cestu. Oni měli zvětšovací schopnosti 100. Oni by tak přivedli Měsíc do vzdálenosti (zjevné) méně než 2000 lig od Země. Ale pak, ve vzdálenosti, která po dobu tří hodin ráno nepřesáhla šedesát pět mil, a na médiu prostém všech atmosférických poruch, by tyto nástroje mohly snížit lunární povrch na méně než 1 500 yardů!

Kapitola xi

Fantazie a realita

"viděl jsi někdy měsíc?" zeptal se ironicky profesora jednoho z jeho žáků.

"Ne, pane!" odpověděl žákovi ještě ironičtěji, „ale musím říci, že jsem to slyšel.“

V jistém smyslu může být vtipná odpověď žáka dána velkou většinou podprahových bytostí. Kolik lidí slyšelo mluvit o Měsíci, který ho nikdy neviděl - alespoň sklenicí nebo dalekohledem! Kolik jich nikdy nezkoumalo mapu jejich satelitu!

Při pohledu na selenografickou mapu nás zasáhne jedna zvláštnost. Na rozdíl od uspořádání, které bylo dodrženo pro uspořádání Země a Marsu, zaujímají kontinenty zejména jižní polokouli lunárního světa. Tyto kontinenty neukazují takové rozhodnuté, jasné a pravidelné hranice jako Jižní Amerika, Afrika a Indický poloostrov. Jejich hranatá, rozmarná a hluboce členitá pobřeží jsou bohatá na zálivy a poloostrovy. Připomínají jeden zmatek zvuku na ostrovech, kde je země příliš členitá. Jestliže navigace někdy existovala na povrchu měsíce, to muselo být úžasně obtížné a nebezpečné; a můžeme litovat selenitské námořníky a hydrografy; první, když se dostali na tato nebezpečná pobřeží, druhé, když vzali zvuk jeho bouřlivých břehů.

Můžeme si také všimnout, že v lunární sféře je jižní pól mnohem kontinentálnější než severní pól. Na druhé straně je jen jeden mírný pruh země oddělený od ostatních kontinentů rozlehlou moří. Směrem na jih oblékají kontinenty téměř celou polokouli. Je dokonce možné, že seleniti již vysadili vlajku na jednom ze svých pólů, zatímco franklin, ross, kane, dumont, d'urville a lambert ještě nikdy nedokázali dosáhnout tohoto neznámého bodu pozemského světa.

Pokud jde o ostrovy, jsou na povrchu Měsíce početné. Téměř všichni podlouhlé nebo kruhové, a jakoby vysledovali kompas, zdá se, že tvoří jedno obrovské souostroví, stejné jako ta okouzlující skupina ležící mezi Řeckem a Asií menší, a kterou mytologie ve starověku zdobila nejpůvabnějšími legendami. Nedobrovolně se na mysl vynoří jména naxos, tenedos a karpathos, a my marně hledáme ulyssesovu loď nebo „zastřihovač" argonautů. Takže to alespoň bylo v očích michel ardan. Pro něj to bylo řecké souostroví, které viděl na mapě. Očima jeho věcných společníků připomínal aspekt těchto pobřeží spíše rozlehlou zemi nových brunswicků a nova scotia a tam, kde Francouz objevil stopy hrdinů bajky, označovali tito Američané ty nejpříznivější body pro zřízení obchodů v zájmu lunárního obchodu a průmyslu.

Po putování po těchto obrovských kontinentech přitahuje oko stále větší moře. Nejen jejich formace, ale jejich situace a aspekt připomínají jeden z pozemských oceánů; ale opět, jako na Zemi, tato moře zabírají větší část zeměkoule. Ale ve skutečnosti se nejedná o tekuté prostory, ale o pláně, o jejichž povaze cestující doufali brzy určit. Astronomové, musíme připustit, zdobili tato předstíraná moře přinejmenším lichými jmény, která věda dodnes respektovala. Michel ardan měl pravdu, když tuto mapu porovnal s „kartou tendru", kterou vstal škrabář nebo cyrano de bergerac. „pouze," řekl, „už to není sentimentální karta sedmnáctého století, je to karta života, velmi úhledně rozdělena na dvě části, jednu ženskou, druhou mužskou; pravou polokouli pro ženy, levou pro muž."

V mluvení tak, michel přiměl jeho prozaické společníky pokrčil rameny. Barbicane a nicholl se podívali na lunární mapu z úplně jiného úhlu pohledu než jejich fantastického přítele. Jejich fantastický přítel byl nicméně trochu napravo. Soudce za sebe.

Na levé polokouli se táhne „moře mraků", kde je lidský rozum tak často ztroskotán. Nedaleko leží „moře dešťů", živené celou horečkou existence. Poblíž je „moře bouří", kde člověk vždy bojuje proti svým vášním, které vítězství příliš často získávají. Co je tedy na konci své kariéry opotřebované podvodem, poklady, nevěrou a celým tělem suchozemského utrpení? To obrovské „moře humorů" sotva změkčené několika kapkami vody z „zálivu rosy!" mraky, déšť, bouře a humory - obsahuje život člověka jen tyhle? A není to shrnuto těmito čtyřmi slovy?

Pravá polokoule, „zasvěcená dámám", uzavírá menší moře, jejichž významná jména obsahují každý incident ženské existence. Je tu „moře klidu", nad kterým se mladá dívka ohýbá; „jezero snů" odrážející radostnou budoucnost; „moře nektaru" s vlnami něhy a vánek lásky; "moře plodnosti;" "moře krizí;" pak „moře par", jehož rozměry jsou možná až příliš omezené; a konečně, toto obrovské „moře klidu", ve kterém je každá falešná vášeň, každý zbytečný sen, každá neuspokojená touha absorbována na délku a jejíž vlny se mírumilovně objevují v „jezeru smrti!".

Jaká zvláštní posloupnost jmen! Jaká jedinečná divize dvou hemisfér Měsíce se spojila jako muž a žena a formovala tuto sféru života do vesmíru! A nebyl to fantastický michel, který správně interpretoval fantazie starověkých astronomů? Ale zatímco jeho představivost tak vyrazila nad „moře", jeho hroboví společníci zvažovali věci geografickyji. Učili se tento nový svět ze srdce. Měřili úhly a průměry.

Kapitola xii

Orografické detaily

Jak jsme již dříve poznamenali, směr, který projektil uběhl, směřoval k severní polokouli měsíce. Cestující byli daleko od centrálního bodu, který by zasáhli, kdyby jejich kurz nebyl předmětem neodstranitelné odchylky. Bylo kolem půlnoci; a barbikane pak odhadli vzdálenost na sedm set padesát mil, která byla o něco větší než délka poloměru měsíce, a která by se zmenšovala, když postupovala blíž k severnímu pólu. Projektil pak nebyl v nadmořské výšce rovníku; ale přes desátou rovnoběžku a od této šířky, opatrně zaujatý na mapě k pólu, barbicane a jeho dva společníci mohli pozorovat měsíc za nejvýhodnějších podmínek. Skutečně pomocí brýlí byla výše uvedená vzdálenost zkrácena na něco málo přes čtrnáct mil. Dalekohled skalnatých hor přivedl Měsíc mnohem blíže; ale pozemská atmosféra jedinečně snížila svou sílu. Tak barbicane, zaslaný v jeho projektilu, s brýlemi k jeho očím, mohl chytit detaily, které byly pro pozemské pozorovatele téměř nepostřehnutelné.

„mí přátelé," řekl prezident vážným hlasem, „nevím, kam jdeme; nevím, jestli někdy uvidíme pozemský glóbus znovu. Přesto pokračujme, jako by naše práce jednoho dne užitečným pro naše spoluobčany. Udržujme naši mysl osvobozenou od všech ostatních úvah. Jsme astronomové; a tento projektil je místnost na univerzitě v Cambridge, nesený do vesmíru.

Toto řeklo, práce začala s velkou přesností; a věrně reprodukovali různé aspekty Měsíce v různých vzdálenostech, k nimž projektil dosáhl.

V době, kdy projektil byl stejně vysoký jako desátá rovnoběžka, severní šířka, se zdálo přísně sledovat dvacátý stupeň východní délky. Musíme zde učinit jednu důležitou poznámku s ohledem na mapu, kterou pozorovali. Na selenografických mapách, kde je z důvodu převrácení předmětů brýlemi na jih nad a na sever níže, zdá se přirozené, že na základě této inverze by východ měl být levou rukou a na západ doprava. Ale není tomu tak. Pokud by byla mapa obrácena vzhůru nohama a ukazovala měsíc, jak ji vidíme, východ by byl vlevo a západ doprava, na rozdíl od toho, co existuje na pozemských mapách. Toto je příčina této anomálie. Pozorovatelé na severní polokouli (řekněme v Evropě) vidí měsíc na jihu - podle nich. Když pozorují, obrátí zády k severu, obrácenou polohu k poloze, kterou zaujímají, když studují pozemskou mapu. Když otočili zády k severu, východ je po jejich levici a západ po jejich pravici. Pozorovatelům na jižní polokouli (například Patagonie), západ měsíce Měsíce by byl zcela vlevo a východ vpravo, protože jih je za nimi. To je důvod zjevného obrácení těchto dvou hlavních bodů, a musíme to mít na paměti, abychom mohli sledovat pozorování prezidenta Barbicana.

S pomocí Boeer a moedler's mappa selenographica dokázali cestující okamžitě rozeznat tu část disku uzavřenou v poli jejich brýlí.

"Na co se v tuto chvíli díváme?" zeptal se michel.

„v severní části,, moře mraků ",“ odpověděl barbikane. „Jsme příliš daleko na to, abychom poznali jeho povahu. Jsou tyto pláně složeny ze suchého písku, jak tvrdil první astronom? Nebo to nejsou podle pouhého názoru Warren de la rue nic jiného než obrovské lesy, které dodají Měsíci atmosféru, i když velmi nízká a velmi hustá? Že to budeme vědět z času na čas. Musíme nic tvrdit, dokud nebudeme v takové pozici. "

Toto „moře mraků“ je na mapách značně pochybně vyznačeno. Předpokládá se, že tyto rozlehlé pláně jsou posypány lávovými bloky ze sousedních sopek na pravé straně, ptolemy, purbach, arzachel. Ale projektil postupoval a rozumně se blížil. Brzy se objevily výšky, které vázaly toto moře na tuto severní hranici. Před nimi se zvedla hora zářící krásou, jejíž vrchol vypadal ztracen při výbuchu slunečních paprsků.

"to je -?" zeptal se michel.

"copernicus," odpověděl barbicane.

"Uvidíme copernicus."

Tato hora, umístěná v 9 @ severní šířky a 20 @ východní délky, se zvedla do výšky 10 600 stop nad povrchem měsíce. To je docela viditelné ze země; a astronomové to mohou studovat s lehkostí, zejména během fáze mezi poslední čtvrtinou a novým měsícem, protože pak jsou stíny vrhány podélně od východu na západ, což jim umožňuje měřit výšky.

Tento copernicus tvoří podle tycho brahe nejdůležitější z radiačního systému, který se nachází na jižní polokouli. Stoupá izolovaně jako gigantický maják na té části „moře mraků", které je ohraničeno „mořem bouří", a tak osvětluje svými nádhernými paprsky dva oceány najednou. Byl to pohled bez rovnocennosti, ty dlouhé světelné vlaky, tak oslnivé za úplňku, a které, projíždějící hraničním řetězcem na severu, sahají až k „dešti dešťů". V jednu hodinu pozemského rána projektil, jako balon nesený do vesmíru, přehlédl vrchol této vynikající hory. Barbicane dokázal dokonale rozpoznat jeho hlavní rysy. Copernicus je součástí řady prstencových hor prvního řádu, v rozdělení velkých kruhů. Jako kepler a aristarchus, které přehlížejí „oceán bouří", se občas zdálo jako brilantní bod skrz zamračené světlo a bylo vybráno za aktivitu sopky. Ale je to jen zaniklý - jako všichni na té straně měsíce. Jeho obvod ukazoval průměr asi dvacet dva lig. Brýle objevily stopy stratifikace způsobené postupnými erupcemi a sousedství bylo poseté sopečnými zbytky, které ještě některé krátery dusily.

„existuje," řekl barbikane, „několik druhů kruhů na povrchu Měsíce, a je snadné vidět, že copernicus patří do vyzařující třídy. Pokud jsme byli blíž, měli bychom vidět kužely zevnitř, které v dřívějších dobách bylo tolik ohnivých úst. Zvláštní zvědavost, a to bez výjimky na lunárním disku, je to, že vnitřní povrch těchto kruhů je obrácením vnějšku a na rozdíl od podoby pozemských kráterů. , pak že obecná křivka dna těchto kruhů dává kouli menšího průměru, než je Měsíc. "

"a proč tato zvláštní dispozice?" zeptal se nicholl.

„nevíme," odpověděl barbicane.

"jaké nádherné záření!" řekl michel. „Myslím, že by člověk nemohl vidět jemnější podívanou."

„Co byste tedy řekl," odpověděl barbikane, „pokud nás náhoda přinese na jižní polokouli?"

„No, měl bych říct, že to bylo ještě krásnější," odsekl

Michel ardan.

V tuto chvíli projektil visel kolmo na kruh. Obvod copernicus tvořil téměř dokonalý kruh a jeho strmé svahy byly jasně definovány. Dokázali dokonce rozlišit druhé zvonění. Kolem se rozprostírala šedivá pláň divokého vzhledu, na kterém byla každá úleva označena žlutě. Ve spodní části kruhu, jako by byl uzavřen v pouzdře na klenoty, jiskřil na jeden okamžik dva nebo tři eruptivní kužely, jako obrovské oslňující drahokamy. Směrem na sever byly schody sníženy depresí, která by pravděpodobně umožnila přístup do vnitřku kráteru.

Při procházení okolními pláněmi si barbicane všiml velkého počtu méně důležitých hor; a mimo jiné malý prsten zvaný chlapík lussac, jehož šířka měří dvanáct mil.

Směrem na jih byla rovina velmi plochá, bez jedné výšky, bez jedné projekce. Směrem na sever, naopak, dokud to nebylo ohraničeno „mořem bouří", připomínalo tekutý povrch rozrušený bouří, z níž kopce a dutiny tvořily sled vln náhle ztuhlých. Nad tím vším a ve všech směrech položte světelné čáry a všechny se sbíhají na vrchol copernicus.

Cestovatelé diskutovali o původu těchto podivných paprsků; ale oni nemohli určit jejich povahu víc než pozemští pozorovatelé.

„Ale proč," řekl nicholl, „neměly by tyto paprsky být jen ostruhy hor, které živěji odrážejí sluneční paprsky?"

"ne," odpověděl barbicane; "Kdyby tomu tak bylo, za určitých podmínek Měsíce by tyto hřebeny vrhaly stíny a žádné nevyhazovaly."

A tyto paprsky se skutečně objevily, pouze když byla denní koule v opozici vůči Měsíci, a zmizely, jakmile se paprsky staly šikmé.

"Ale jak se snažili vysvětlit tyto linie světla?" zeptal se michel; "Nemůžu uvěřit, že by spasitelé někdy uvízli kvůli vysvětlení."

„ano," odpověděl barbikane; „herschel předložila stanovisko, ale neodvážil se to potvrdit."

„nevadí. Jaký byl názor?"

„Myslel si, že tyto paprsky mohou být proudy chlazené lávy, která zářila, když na ně slunce tlouklo přímo. Může to tak být; ale nic nemůže být méně jisté. Kromě toho, pokud přejdeme blíže k tychu, budeme v lepší poloze zjistit příčinu tohoto záření. "

„víš, přátelé, co se ta obyčejná podívaná z výšky, kterou jsme, podobá?" řekl michel.

„ne," odpověděl nicholl.

„velmi dobře; se všemi těmi lávami, které se prodlužovaly jako rakety, to připomíná ohromnou hru spelikanů hozenou peletou. Tam chce, aby je hák vytáhl jeden po druhém."

„buď vážný," řekl barbikane.

„dobře, buďme vážní," odpověděl michel tiše; „A místo spelikánů, dejte nám kosti. Tato planina by pak nebyla ničím jiným než obrovským hřbitovem, na kterém by byly uloženy smrtelné pozůstatky tisíců vyhynulých generací.

„jeden je stejně dobrý jako druhý," odsekl barbicane.

„Mé slovo, je těžké tě potěšit," odpověděl michel.

„můj hodný příteli," pokračoval věcný barbicane, „záleží jen na tom, co se podobá, když nevíme, co to je."

„dobře odpověděl," zvolal michel. "to mě naučí rozumu s savany."

Projektil ale pokračoval s téměř jednotnou rychlostí kolem lunárního disku. Cestovatelé, jak si můžeme snadno představit, ani nesnívali o chvilkovém odpočinku. Každou minutu se změnila krajina, která utekla zpod jejich pohledu. Asi půl hodiny ráno, zahlédli vrcholky jiné hory. Barbicane, prohlížení jeho mapy, rozpoznal eratosthenes.

Byla to prstenová hora vysoká devět tisíc stop a jeden z těch kruhů tak četných na tomto satelitu. S ohledem na toto, barbicane související keplerův jedinečný názor na formování kruhů. Podle toho slavného matematika byly tyto kráterovité dutiny vykopány rukou člověka.

"za jakým účelem?" zeptal se nicholl.

„za velmi přirozený," odpověděl barbikane. "Selenité by mohli provést tato ohromná díla a vykopat tyto obrovské díry pro útočiště a štít před slunečními paprsky, které na ně bijí během patnácti po sobě jdoucích dnů."

„Seleniti nejsou blázni," řekl michel.

„jedinečný nápad," odpověděl nicholl; „ale je pravděpodobné, že kepler neznal skutečné rozměry těchto kruhů, protože jejich kopání by bylo pro selenity docela nemožné."

"proč? Pokud je hmotnost na povrchu měsíce šestkrát menší než na Zemi?" řekl michel.

"Ale pokud jsou selenity šestkrát menší?" odsekl výkřik.

"a pokud neexistují žádné selenity?" přidáno barbikane.

Tím byla diskuse ukončena.

Brzy eratosthenes zmizel pod horizontem, aniž by byl projektil dostatečně blízko, aby umožnil pozorné pozorování. Tato hora oddělila apeniny od Karpat. V lunární orografii rozeznali některé řetězy hor, které jsou rozmístěny hlavně na severní polokouli. Některé však zabírají také určité části jižní polokoule.

Asi ve dvě hodiny ráno zjistil barbicane, že jsou nad dvacátou lunární rovnoběžkou. Vzdálenost střely od Měsíce nebyla větší než šest set mil. Barbicane, nyní vnímající, že projektil se stále přibližuje k lunárnímu disku, nezoufal; pokud ji nedosáhne, alespoň odhalí tajemství její konfigurace.

Kapitola xiii

Měsíční krajiny

V půl šesté ráno byla střela přes třináctý lunární rovnoběžku a v účinné vzdálenosti pěti set mil, snížená brýlemi na pět. Přesto se zdálo nemožné, že by se někdy mohla dotknout kterékoli části disku. Jeho motivační rychlost, relativně tak umírněná, byla nevysvětlitelná pro prezidenta barbicana. V té vzdálenosti od Měsíce to muselo být značné, aby se mohl vyrovnat její přitažlivosti. Tady byl jev, jehož příčina jim znovu unikla. Kromě toho jim čas nevyšetřil příčinu. Veškerá měsíční úleva se pod očima cestujících znehodnocovala a neztratili by jediný detail.

Pod brýlemi se objevil disk ve vzdálenosti pěti mil. Co by na svém povrchu rozlišil letoun, nesený na tuto vzdálenost od Země? Nemůžeme říci, protože největší vzestup nebyl větší než 25 000 stop.

Toto je však přesný popis toho, co viděl barbicane a jeho společníci v této výšce. Na disku se objevily velké skvrny různých barev. Selenografové nesouhlasí s povahou těchto barev. Existuje několik, a spíše živě označených. Julius schmidt předstírá, že kdyby vyschly pozemské oceány, seleničský pozorovatel nedokázal na planetě rozlišit větší rozmanitost odstínů mezi oceány a kontinentálními pláněmi, než jsou ty, které jsou na Měsíci přítomné terestrickému pozorovateli. Podle něj je barva společná pro obrovské pláně známá pod názvem „moře" tmavě šedá smíchaná se zelenou a hnědou. Některé velké krátery mají stejný vzhled. Barbicane znal tento názor německého selenografa, názor sdílený boeerem a moedlerem. Pozorování prokázalo, že právo bylo na jejich straně, nikoli na straně některých astronomů, kteří připouštějí existenci pouze šedé na povrchu měsíce. V některých částech byla zelená velmi odlišná, například prameny, podle julius schmidt, od moří „klidu a humoru". Barbicane si také všiml velkých kráterů, bez jakýchkoli vnitřních kuželů, které vrhaly namodralý odstín podobný odrazu ocelového plechu čerstvě leštěného. Tyto barvy skutečně patřily k lunárnímu disku a nevyplývaly, jak říkají někteří astronomové, ani z nedokonalosti v objektivu brýlí, ani z vložení pozemské atmosféry.

V barbicaneově mysli neexistovala pochybnost o tom, jak to pozoroval vesmírem, a tak se nemohl dopustit žádné optické chyby. Považoval zavedení této skutečnosti za akvizici pro vědu. Byly nyní tyto zelené odstíny, které patří k tropické vegetaci, udržovány nízkou hustou atmosférou? Ještě nemohl říct.

Dále si všiml načervenalého nádechu, docela definovaného. Stejný stín byl předtím pozorován na dně izolované ohrady, známé pod názvem lichtenburský kruh, který se nachází v blízkosti hercynských hor, na hranicích měsíce; ale nemohli to říct.

Nebyly šťastnější, pokud jde o další zvláštnost disku, protože nemohli rozhodnout o jeho příčině.

Michel ardan se díval poblíž prezidenta, když si všiml dlouhých bílých čar, živě osvětlených přímými paprsky slunce. Byla to posloupnost světelných rýh, velmi odlišná od záření copernicus, které nebylo dříve; běželi spolu navzájem paralelně.

Michela se svou obvyklou připraveností spěchala na výkřik:

„podívej se! Kultivovaná pole!"

"kultivovaná pole!" odpověděl nicholl a pokrčil rameny.

"za všech okolností," zoral michel ardan; "Ale kdo dělníci musí být těmito selenity, a jaký obrovský voly musí využít ke svému pluhu, aby takové brázdy řezali!"

„Nejsou to rýhy," řekl barbikane; "jsou to trhliny."

"trhliny? Věci!" odpověděl michel mírně; "Ale co myslíš tím" roztržkami "ve vědeckém světě?"

Barbicane okamžitě osvětlil svého společníka, co věděl o měsíčních prasklinách. Věděl, že se jedná o druh brázdy nalezené na každé části disku, která nebyla horská; že tyto brázdy, obecně izolované, měřily od 400 do 500 lig na délku; že jejich šířka se pohybovala od 1 000 do 1 500 yardů a že jejich hranice byly přísně rovnoběžné; ale nevěděl nic o jejich formaci ani o jejich povaze.

Barbikane skrz jeho brýle pozoroval tyto trhliny s velkou pozorností. Všiml si, že jejich hranice byly tvořeny strmými poklesky; Byly to dlouhé paralelní hradby as trochou fantazie připustil existenci dlouhých řad opevnění, které vznesli seleničtí inženýři. Z těchto různých trhlin byly některé dokonale rovné, jako by byly oříznuty linií; jiní byli mírně zakřivení, i když stále udržovali své hranice paralelní; někteří se zkřížili, jiní prořízli krátery; zde se propletli obyčejnými dutinami, jako je posidonius nebo petavius; tam se rány mořem, jako je "moře klidu".

Tyto přírodní nehody přirozeně vzrušovaly představivost těchto pozemských astronomů. První pozorování tyto trhliny neobjevila. Zdálo se, že je neznal ani hevelius, kasin, la pronájem ani herschel. Byl to učenec, který v roce 1789 na ně poprvé upozornil. Jiní následovali kdo studoval je, jako pastor, gruithuysen, boeer a moedler. V této době je jejich počet sedmdesát; ale pokud byly spočítány, jejich povaha ještě nebyla stanovena; rozhodně to nejsou opevnění, víc než to jsou starobylé postele vyschlých řek; protože na jedné straně by vody, tak malé na povrchu měsíce, nemohly takové odtoky nikdy nosit pro sebe; a na druhé straně často překračují krátery velké výšky.

Musíme však dovolit, aby michel ardan měl „nápad", a aniž by to věděl, shodoval se v tomto ohledu s julius schmidt.

„proč," řekl, „neměly by tyto nezodpovědné projevy být jen jevem vegetace?"

"Co myslíš?" zeptal se rychle barbicane.

„nebuď se nadšený, můj důstojný prezident," odpověděl michel; „nebylo by možné, aby temné linie tvořící tuto baštu byly řádky stromů pravidelně rozmístěny?"

"Takže se držíš své vegetace?" řekl barbicane.

„Líbí se mi," odsekl michel ardan, „vysvětlím, co nedokážu vysvětlit spasitelé; přinejmenším má hypotéza má tu výhodu, že uvádí, proč tyto roztržky v určitých ročních obdobích mizí, nebo jak se zdá.

"az jakého důvodu?"

"z toho důvodu, že stromy se staly neviditelnými, když ztratily své listy, a byly znovu viditelné, když je znovu získaly."

„Vaše vysvětlení je geniální, můj milý společníku," odpověděl Barbicane, "ale nepřípustné."

"proč?"

"protože, tak řečeno, na povrchu Měsíce neexistují žádná roční období a v důsledku toho nemůže dojít k jevům vegetace, o kterých mluvíte."

Ve skutečnosti mírná šikmost lunární osy udržuje slunce v téměř stejné výšce v každé šířce. Nad rovníkovými oblastmi zářivá koule téměř vždy zabírá zenit a nepřekračuje hranice horizontu v polárních oblastech; tak, podle každé oblasti, vládne věčná zima, jaro, léto nebo podzim, jako v planetárním jupiteru, jehož osa je na své oběžné dráze nakloněna jen málo.

Jaký původ připisují těmto trhlinám? To je obtížně vyřešitelná otázka. Jsou určitě před formací kráterů a kruhů, protože několik se představilo průlomem svých kruhových hradeb. Tak to může být, že, s pozdějšími geologickými epochami, je to způsobeno rozšiřováním přírodních sil.

Ale projektil nyní dosáhl čtyřicátého stupně lunární šířky, ve vzdálenosti nepřesahující 40 mil. Skrz brýle se zdálo, že objekty jsou vzdálené jen čtyři míle.

V tomto bodě, pod jejich nohama, stoupal helicon s růží nahoře, vysoký 1520 stop, a kolem dokola se zvedaly mírné vyvýšeniny, obklopující malou část „moře dešťů" pod jménem irského zálivu. Pozemská atmosféra by musela být stokrát sedmdesátkrát průhlednější než je, aby astronomové mohli dokonale pozorovat povrch měsíce; ale v prázdnotě, ve které se střela vznášela, se mezi oko pozorovatele a pozorovaný předmět nevklouzla žádná tekutina. A ještě více, barbicane se ocitl ve větší vzdálenosti, než nejsilnější dalekohledy, jaké kdy předtím udělal, ať už lord Rosse nebo Rocky Mountains. Byl proto ve velmi příznivých podmínkách pro vyřešení této velké otázky týkající se obyvatelnosti Měsíce; ale řešení mu stále uniklo; nedokázal rozlišit nic jiného než pouštní postele, obrovské pláně a na sever vyprahlé hory. Žádná práce nezradila ruku člověka; jeho cesta neoznačila zřícenina; nebyla vidět žádná skupina zvířat, která by naznačovala život, a to ani v nižším stupni. V žádném případě tam nebyl život, v žádném případě nebyl vzhled vegetace. Ze tří království, která mezi sebou sdílejí pozemský glóbus, bylo na lunárně zastoupeno jediné a to minerál.

"ah, opravdu!" řekl michel ardan, trochu mimo tvář; "pak nevidíš nikoho?"

„ne," odpověděl nicholl; "dodnes, ne člověk, zvíře, strom! Koneckonců, ať už atmosféra ukrývala dno dutin, uprostřed kruhů nebo dokonce na opačné straně měsíce," nemůžeme se rozhodnout. "

„Kromě toho," dodal barbicane, „ani u těch nejpichlavějších očí nelze člověka rozlišit dále než tři a půl kilometru; takže pokud existují nějaké selenity, mohou vidět náš projektil, ale nemůžeme je vidět."

Směrem na čtyři ráno, ve výšce padesáté rovnoběžky, byla vzdálenost snížena na 300 mil. Nalevo vedla řada vrtošivých tvarů ležících v plném světle. Naproti tomu ležela černá díra připomínající obrovskou studnu, nepochopitelnou a ponurou, vyvrtanou do měsíční půdy.

Tato díra byla "černé jezero"; byl to pluto, hluboký kruh, který lze pohodlně studovat ze Země mezi poslední čtvrtinou a novým měsícem, když stíny padají ze západu na východ.

S touto černou barvou se zřídka setkáváme na povrchu satelitu. Zatím to bylo rozpoznáno pouze v hloubkách kruhu endymionu, na východ od „studeného moře", na severní polokouli a na dně grimaldiho kruhu, na rovníku, směrem k východní hranici koule .

Pluto je prstencová hora ležící v 51 @ severní šířky a 9 @ východní délky. Jeho obvod je dlouhý čtyřicet sedm mil a široký třicet dva.

Barbicane litoval, že neprocházeli přímo nad tímto obrovským otvorem. Objevila se propast, která by mohla pochopit, možná nějaký záhadný jev, který překvapí; ale směr střely nemohl být změněn. Musí se přísně podřídit. Nemohli vést balónek, ještě méně projektil, když byli uzavřeni uvnitř jeho zdí. Směrem k pěti ráno byly severní hranice „moře dešťů" dávno překročeny. Pohoří condamine a fontenelle zůstaly - jeden napravo, druhý na levé straně. Část disku začínající 60 @ se stala docela horskou. Brýle je přivedly do dvou kilometrů, méně než to, které oddělovalo vrchol hory Mont Blanc od hladiny moře. Celý region se svíjel hroty a kruhy. Směrem k 60 @ philolaus stál s výškou 5550 stop s jeho eliptickým kráterem, a při pohledu z této vzdálenosti, disk ukázal velmi fantastický vzhled. Krajina byla okům představena za velmi odlišných podmínek, než jsou podmínky na Zemi, a také vůči nim byla velmi podřadná.

Měsíc bez atmosféry, důsledky vyplývající z absence této plynné obálky již byly ukázány. Na jejím povrchu není soumrak; noc následující den a den následující noc s náhlou lampou zhasnutou nebo osvětlenou uprostřed hluboké tmy - žádný přechod z chladu na teplo, teplota klesá v okamžiku z bodu varu do chladu vesmíru.

Dalším důsledkem tohoto nedostatku vzduchu je to, že vládne absolutní tma, kde sluneční paprsky nepronikají. To, co se na Zemi nazývá difúze světla, ta světelná hmota, kterou vzduch drží v zavěšení, která vytváří soumrak a denní svit, které produkují umbra a penumbrae, a veškerá magie chiaro-oscuro, na měsíci neexistuje. . Proto tvrdost kontrastů, které připouštějí pouze dvě barvy, černé a bílé. Pokud by selenit měl zastínit oči před slunečními paprsky, obloha by se zdála naprosto černá a hvězdy by mu zářily jako v nejtemnější noci. Soudce dojmu vyvolaného barbicanem a jeho třemi přáteli touto podivnou scénou! Jejich oči byly zmatené. Už nemohli pochopit příslušné vzdálenosti různých plání. Měsíční krajina bez změkčení jevů chiarooscurocouldů by neměla být poskytována pozemským malířem krajiny; na bílé stránce by to byly skvrny inkoustu - nic víc.

Tento aspekt se nezměnil, i když byl projektil ve výšce 80 @ oddělen od měsíce pouze vzdáleností padesáti mil; ani když v pět hodin ráno uběhlo méně než dvacet pět kilometrů od hory gioja, vzdálenost zmenšená brýlemi na čtvrt míle. Zdálo se, jako by se na Měsíc mohla dotknout ruka! Zdálo se nemožné, že by jí projektil dlouho nezasáhl, třebaže jen na severním pólu, jehož brilantní oblouk byl tak jasně vidět na černé obloze.

Michel ardan chtěla otevřít jednu ze scuttles a vrhnout se na povrch měsíce! Velmi zbytečný pokus; Neboť pokud projektil nemohl dosáhnout žádného bodu, nemohl jej dosáhnout ani michel, nesený svým pohybem.

V tu chvíli, v šest hodin, se objevil lunární pól. Disk představil na pohled cestovatele jen jednu polovinu brilantně rozzářenou, zatímco druhá zmizela ve tmě. Najednou projektil překročil hranici ohraničení mezi intenzivním světlem a absolutní temnotou a v hluboké noci se vrhl!

Kapitola xiv

Noc tři sta padesát čtyři hodin a půl

V okamžiku, kdy k tomuto jevu došlo tak rychle, projektil obcházel severní pól Měsíce ve vzdálenosti méně než dvacet pět mil. Stačilo několik vteřin, aby se ponořilo do absolutní temnoty vesmíru. Přechod byl tak náhlý, bez stínu, bez gradace světla, bez utlumení světelných vln, že se zdálo, že koule zmizela silnou ranou.

"roztavil, zmizel!" zvolal michel ardan, vyděšený.

Ve skutečnosti nebyl ani odraz, ani stín. Na tomto disku už nebylo vidět nic, dříve tak oslňující. Tma byla úplná. A ještě více vykresleny paprsky hvězd. Byla to „ta temnota", ve které se šíří lunární noci, které trvají tři sta padesát čtyři hodin a půl v každém bodě disku, dlouhá noc vyplývající z rovnosti translačních a rotačních pohybů Měsíce. Projektil, ponořený v kuželovém stínu satelitu, nezažil působení slunečních paprsků více než kterýkoli z jeho neviditelných bodů.

V interiéru byla nejasnost úplná. Neviděli jeden druhého. Od této doby je nutné rozptýlit temnotu. Nicméně žádoucí barbicane by mohl být pro manžela plynu, jehož rezerva byla malá, musel se od něj zeptat fiktivního světla, drahé brilianty, kterou slunce poté odmítlo.

„ďábel vezměte zářící kouli!" zvolal michel ardan, „který nás nutí spotřebovat plyn, místo toho, abychom nám dávali své paprsky bezdůvodně."

„Nenechte nás obviňovat slunce," řekl nicholl, „není to jeho chyba, ale chyba měsíce, která přišla a umístila se jako obrazovka mezi nás a to."

"to je slunce!" pokračoval michel.

"je to měsíc!" odsekl výkřik.

Nečinný spor, který barbicane ukončil slovy:

„mí přátelé, není to chyba Slunce ani Měsíce; je to chyba projektilu, která ji namísto strnulého sledování nemotorně vynechala. Abych byla spravedlivější, je to chyba nešťastný meteor, který tak žalostně změnil náš první směr. "

"dobře," odpověděl michel ardan, "jak se záležitost vyřeší, pojďme se snídat. Po celé noci, kdy se budeme dívat, je spravedlivé se trochu stavět."

Tento návrh setkání bez rozporů, michel připravil krok v několika minutách. Ale jedli kvůli jídlu, pili bez přípitků, bez hurrahů. Odvážní cestovatelé, kteří byli odvezeni do temného prostoru, aniž by si zvykli na paprsky, cítili ve svých srdcích vágní nepokoj. „podivný" stín tak drahý k vítězství hugovo pero je svázal na všech stranách. Ale mluvili během nekonečné noci tři sta padesát čtyři hodin a půl, téměř patnáct dní, což zákon fyziky uložil obyvatelům Měsíce.

Barbicane dal svým přátelům nějaké vysvětlení příčin a důsledků tohoto podivného jevu.

"opravdu zvědavý," řekli; „protože, je-li každá polokoule měsíce zbavena slunečního světla po dobu patnácti dnů, nad tím, na které jsme nyní vznášeli, se ani po dlouhé noci ani neteší jakýkoli pohled na Zemi tak krásně osvětlený. Jedním slovem nemá měsíc (aplikovat toto označení na naši planetu), ale na jedné straně jejího disku. Nyní, pokud by tomu tak bylo u Země - pokud například Evropa nikdy neviděla Měsíc a ona byla viditelná pouze na antipodech, představte si sami sebe úžas. Evropské při příjezdu do Austrálie. "

„Cestou by udělali jen za to, že uvidí Měsíc!" odpověděl michel.

"velmi dobře!" pokračující barbicane, „že je úžas vyhrazen pro selenity, kteří obývají tvář měsíce naproti Zemi, tvář, která je pro naše krajany pozemského světa stále neviditelná."

"a což jsme měli vidět," dodal nicholl, "pokud jsme sem dorazili, když byl měsíc nový, to znamená o patnáct dní později."

„Přidám, abych změnil," pokračoval barbicane, „že obyvatelé viditelné tváře jsou přirozeně upřednostňováni, na úkor jejich bratří na neviditelné tváři. Druhá, jak vidíte, mají temné noci 354 hodiny, aniž by jediný paprsek prolomil temnotu. Druhý, naopak, když slunce, které vydalo své světlo po dobu patnácti dnů, klesne pod horizont, uvidíme, jak na opačném horizontu stoupá nádherná koule, je to Země, která je třináctkrát větší než ten malý měsíc, který známe - Země, která se vyvíjí v průměru dvou stupňů a která vrhá světlo třináctkrát větší, než je tomu u atmosférických vrstev - Země, která mizí pouze ve chvíli, kdy slunce znovu se objeví zase! "

"pěkně řečeno!" řekl michel, "možná trochu akademický."

„Z toho tedy vyplývá," pokračoval barbicane, aniž by pletl obočí, „že viditelná tvář disku musí být velmi příjemná na obývání, protože vždy vypadá buď na slunci, když je měsíc plný, nebo na zemi, když Měsíc je nový. "

„ale," řekl nicholl, „tuto výhodu musí dobře kompenzovat nepřekonatelné teplo, které s sebou světlo přináší."

„nepříjemnost je v tomto ohledu stejná pro obě tváře, protože zemské světlo je zjevně zbaveno tepla. Ale neviditelná tvář je stále více hledána žárem než viditelná tvář. Protože michel pravděpodobně nebude rozumět. "

„děkuji," řekl michel.

„opravdu," pokračoval barbicane, „když neviditelná tvář dostává současně světlo a teplo od slunce, je to proto, že Měsíc je nový; to znamená, že leží mezi sluncem a zemí. Pak, vzhledem k poloze, kterou zaujímá v opozici, když je plná, že je blíž ke Slunci dvojnásobkem své vzdálenosti od Země, a tato vzdálenost může být odhadnuta na dvě stotinu té části, která odděluje slunce od Země, nebo v kulatých číslech 400 000 mil. Takže ta neviditelná tvář je mnohem blíže ke slunci, když dostane své paprsky. "

„docela dobře," odpověděl nicholl.

„naopak," pokračoval barbicane.

„na okamžik," přerušil michel a přerušil hrobového společníka.

"co chceš?"

"Žádám o povolení pokračovat ve vysvětlení."

"a proč?"

"dokázat, že tomu rozumím."

„pojď s tebou," řekl barbicane s úsměvem.

„naopak," řekl michel, napodobující tón a gesta prezidenta, „naopak, když je viditelná tvář Měsíce osvětlena Sluncem, je to proto, že Měsíc je plný, tzn. Slunce vzhledem k Zemi. Vzdálenost, která ho odděluje od sálavé koule, se pak v kulatých číslech zvětšuje na 400 000 mil a teplo, které přijímá, musí být o něco menší. "

"velmi dobře řečeno!" vykřikl barbicane. "víš, micheli, že pro amatérky jsi inteligentní."

"Ano," odpověděl michel chladně, "jsme všichni tak na bulváru des italiens."

Barbicane vážně uchopil ruku svého přátelského společníka a pokračoval v výčtu výhod vyhrazených obyvatelům viditelné tváře.

Mimo jiné zmínil zatmění slunce, k nimž dochází pouze na této straně lunárního disku; protože, aby se mohly odehrát, je nutné, aby Měsíc byl v opozici. Tato zatmění, způsobená vložením Země mezi Měsíc a Slunce, mohou trvat dvě hodiny; během této doby se může pozemský glóbus na základě paprsků lámaných jeho atmosférou zdát jako černý bod na slunci.

„ano," řekl nicholl, „existuje polokoule, ta neviditelná polokoule, která je od přírody velmi špatně zásobená a velmi špatně ošetřená."

„nevadí," odpověděl michel; „Jestli se někdy staneme selenity, obýváme viditelnou tvář. Líbí se mi světlo."

„pokud náhodou," odpověděl nicholl, „atmosféra by měla být na druhé straně kondenzovaná, jak předstírají někteří astronomové."

„to by byla odměna," řekl michel.

Po snídani se pozorovatelé vrátili na své místo. Pokusili se vidět skrz potemnělé škrábance zhasnutím veškerého světla v projektilu; ale skrze temnotu nepronikla světelná jiskra.

Jeden nevysvětlitelný fakt zaujatý barbicane. Proč, když projel v tak krátké vzdálenosti měsíce - jen asi dvacet pět mil - proč projektil neklesl? Kdyby byla jeho rychlost obrovská, mohl pochopit, že k pádu by nedošlo; ale s relativně mírnou rychlostí nemohl být tento odpor vůči přitažlivosti měsíce vysvětlen. Byl projektil pod nějakým cizím vlivem? Udržel si to nějaký druh těla v éteru? Bylo zcela zřejmé, že nikdy nedosáhne žádného bodu měsíce. Kam to šlo? Šlo to dál nebo se přiblížilo k disku? Bylo to neseno v té hluboké temnotě nekonečnem vesmíru? Jak se mohli naučit, jak spočítat uprostřed této noci? Všechny tyto otázky činily barbicanem nesnadným, ale nedokázal je vyřešit.

Určitě tam byla neviditelná koule, možná jen pár mil daleko; ale on ani jeho společníci to neviděli. Pokud na jeho povrchu byl nějaký hluk, nemohli ho slyšet. Vzduch, to médium zvuku, chtěl vysílat sténání toho měsíce, které arabské legendy nazývají „mužem už napůl žulovým a stále dýchajícím".

Člověk musí připustit, že to stačilo k tomu, aby se ty pacienty s největší trpělivostí zhoršily. Byla to právě ta neznámá hemisféra, která jim kradla z očí. Tvář, která byla o patnáct dní dříve nebo o patnáct dní později, nebo by byla nádherně osvětlena slunečními paprsky, byla ztracena v naprosté temnotě. Za patnáct dní, kde by byl projektil? Kdo mohl říct? Kde by to šance na konfliktní atrakce přitahovaly? Zklamání z cestujících uprostřed této naprosté temnoty si lze představit. Veškeré pozorování lunárního disku bylo nemožné. Samotné souhvězdí si vyžádaly veškerou pozornost; a musíme dovolit, aby se astronomové faye, charconac a secchi nikdy nenašli v tak příznivých podmínkách pro jejich pozorování.

Nádhera tohoto hvězdného světa se vlastně nemohla vyrovnat, koupala se v čirém éteru. Jeho diamanty zasazené do nebeského trezoru skvěle jiskřily. Oko vzalo útočiště z jižního kříže na severní hvězdu, ty dvě souhvězdí, která za 12 000 let z důvodu posloupnosti rovnodenností rezignují na svou část polárních hvězd, jednu na vrcholku na jižní polokouli, jiné wega na severu. Imaginace se ztrácí v této vznešené nekonečnu, uprostřed kterého projektil gravitoval, jako nová hvězda vytvořená rukou člověka. Z přirozené příčiny tyto konstelace zářily jemným leskem; nezačínali, protože neexistovala atmosféra, která by díky zásahu do vrstev nerovnoměrně hustých a různých stupňů vlhkosti způsobovala tuto scintilaci. Tyto hvězdy byly měkké oči a dívaly se ven do temné noci uprostřed ticha absolutního prostoru.

Dlouho stáli cestovatelé ztlumení a sledovali souhvězdí, na kterém měsíc, jako obrovská obrazovka, vytvořil obrovskou černou díru. Ale nakonec je ze svých pozorování vytáhl bolestivý pocit. Tohle byla intenzivní zima, která brzy zakryla vnitřek sklenice škrábanců tlustou vrstvou ledu. Slunce již nezahřívalo projektil přímými paprsky, a tak postupně ztráta tepla uloženého v jeho stěnách. Toto teplo se rychle vypařovalo do vesmíru zářením a výsledkem byla výrazně nižší teplota. Vlhkost v interiéru se při kontaktu se sklem změnila na led, což bránilo veškerému pozorování.

Nicholl konzultoval teploměr a viděl, že klesl na sedmnáct stupňů (° C) pod nulou. [3] tak, že navzdory mnoha důvodům k ekonomizaci, barbicane, poté, co prosil světlo od plynu, byl také povinen prosit o teplo. Nízká teplota střely už nebyla vydržitelná. Jeho nájemníci by byli zmrzlí k smrti.

[3] 1 @ fahrenheit.

"studna!" pozoroval michel, „nemůžeme si rozumně stěžovat na monotónnost naší cesty! Jakou rozmanitost jsme měli, alespoň co se týče teploty. Nyní jsme oslepeni světlem a nasyceni žárem, jako indičtí pampové! Nyní se vrhli do hluboké tmy, uprostřed chladu, jako je esquimaux severního pólu. Ne, opravdu! Nemáme právo si stěžovat; příroda dělá zázraky v naší cti. "

„ale," zeptal se nicholl, „jaká je venkovní teplota?"

„přesně to planetárního prostoru," odpověděl barbikane.

„pak," pokračoval michel ardan, „nebyl by ten čas udělat pokus, o který bychom se neodvážili pokusit, když jsme byli utopeni v paprscích slunce?

„je to nyní nebo nikdy," odpověděl barbicane, „protože jsme v dobré pozici, abychom mohli ověřit teplotu prostoru, a zjistit, zda jsou výpočty podle Fourierovy nebo Pouilletu přesné."

„v každém případě je zima," řekl michel. „Vidíš! Pára vnitřku kondenzuje na brýlích škrábanců. Pokud pád pokračuje, pára našeho dechu bude padat kolem sněhu kolem nás."

„připravme teploměr," řekl barbikane.

Můžeme si představit, že obyčejný teploměr by za daných okolností, za kterých byl tento přístroj vystaven, nedal žádný výsledek. Rtuť by byla zmrzlá ve své kouli, protože pod 42 @ Fahrenheita pod nulou již není kapalná. Ale barbicane se vybavil duchovým teploměrem na wafferdinově systému, který dává minima příliš nízkých teplot.

Před zahájením experimentu byl tento nástroj porovnán s běžným nástrojem a poté byl barbikan připraven jej použít.

"Jak se k tomu vydáme?" zeptal se nicholl.

„Nic není snazší," odpověděl michel ardan, který se nikdy neztratil. „Rychle otevíráme rutinu; nástroj vyhodíme; následuje projektil s příkladnou poslušností; za čtvrt hodiny po tom ho vtáhni."

"rukou?" zeptal se barbikane.

„rukou," odpověděl michel.

„Tak tedy, příteli, nevystavujte se," odpověděl barbikane, „protože ruka, kterou znovu vtáhnete, nebude nic jiného než pařez zmrazený a deformovaný strašlivým chladem."

"opravdu!"

„Budete se cítit, jako byste měli strašlivé popálení, jako je železo, při bílém žáru; protože to, zda teplo opouští naše těla svižně nebo svižně, je to totéž. Kromě toho si nejsem vůbec jistý, že objekty, které jsme vyhodili, nás stále sledují. "

"proč ne?" zeptal se nicholl.

„protože pokud procházíme atmosférou nejmenší hustoty, budou tyto objekty retardovány. Znovu zabrání temnota našemu vidění, pokud se stále vznáší kolem nás. Abychom se však nevystavili ztrátě našeho teploměru, upevní to a my ho pak snadněji stáhneme zpět. "

Byla dodržena rada barbicane. Přes škrtící klapku rychle otevřenou, Nicholl vyhodil nástroj, který držel krátký kabel, aby mohl být snadněji natažen. Škvíra nebyla otevřena déle než vteřina, ale ta druhá stačila na to, aby nechala nejintenzivnější chlad.

"ďábel!" zvolal michel ardan, „je dost chladno, abych zamrzl bílého medvěda."

Barbicane čekal, dokud neuplyne půl hodiny, což bylo více než dost času na to, aby nástroj mohl klesnout na úroveň okolní teploty. Pak to bylo rychle zataženo.

Barbicane vypočítal množství lihovin přetékajících do malé lahvičky připájené ke spodní části nástroje a řekl:

"sto a čtyřicet stupňů Celsia [4] pod nulou!"

[4] 218 stupňů Fahrenheita pod nulou.

M. Pouillet měl pravdu a Fourier se mýlil. To byla nepochybná teplota hvězdného prostoru. To je snad to, že z lunárních kontinentů, když koule noci ztratila zářením veškeré teplo, které do ní vylilo patnáct dní slunce.

Kapitola xv

Hyperbola nebo parabola

Možná bychom mohli být ohromeni tím, že najdeme barbikana a jeho společníky, kteří jsou tak zaneprázdněni budoucností vyhrazenou pro ně v jejich kovovém vězení, které je neslo nekonečnem vesmíru. Místo toho, aby se ptali, kam jdou, prošli experimentováním času, jako by byli tiše nainstalovaní ve své vlastní studii.

Můžeme odpovědět, že muži tak silně smýšlející byli nad takovými úzkostmi - že se o takové maličkosti netrápili - a že měli co dělat, než aby svou budoucností zaujali svou mysl.

Pravda byla taková, že nebyli vládci jejich projektilu; nemohli ani zkontrolovat její průběh, ani změnit směr.

Námořník může podle potřeby změnit hlavu své lodi; letadlo může svému balónu dát svislý pohyb. Naopak neměli nad svým vozidlem žádnou moc. Každý manévr byl zakázán. Odkud se tak dá nechat věci samy, nebo jak říkají námořníci, „nech ji běžet".

Kde se ocitli v tuto chvíli, v osm hodin ráno, kdy povolali Zemi 6. Prosince? Velmi jistě v sousedství Měsíce a dokonce dost blízko, aby na ně vypadala jako obrovská černá obrazovka na nebeské klenbě. Pokud jde o vzdálenost, která je oddělovala, nebylo možné to odhadnout. Projektil, držený nějakou nespočetnou silou, byl do čtyř mil od pasení severního pólu satelitu.

Ale od vstupu do kužele stínu za poslední dvě hodiny se vzdálenost zvětšila nebo zmenšila? Každý bod zájmu chtěl odhadnout směr i rychlost střely.

Možná rychle opouští disk, takže brzy opustí čistý stín. Možná, opět, na druhé straně by se to mohlo přiblížit natolik, že za krátkou dobu by mohlo zasáhnout nějaký vrchol na neviditelné polokouli, což by bezpochyby ukončilo cestu na úkor cestujících.

Debata na toto téma vyvstala a michel ardan, vždy připraven s vysvětlením, dal za svůj názor, že projektil, držený lunární přitažlivostí, by skončil padáním na povrch zemského povrchu jako aerolit.

„Za prvé, příteli," odpověděl barbikane, „každý aerolit nespadne na zem; je to jen malá část, a pokud jsme přešli do aerolitu, nemusí nutně následovat, že bychom měli někdy dosáhnout povrchu Měsíce. "

"Ale jak se dostaneme dostatečně blízko?" odpověděl michel.

„čistá chyba," odpověděl barbicane. „Neviděl jste v určitých ročních obdobích střílet hvězdy, které se vrhají po obloze tisíci?"

"Ano."

„no, tyto hvězdy, nebo spíše korpuskula, svítí pouze tehdy, když jsou zahřívány klouzáním po atmosférických vrstvách. Nyní, když vstoupí do atmosféry, projdou nejméně ve vzdálenosti čtyřiceti mil od Země, ale jen zřídka na něj padnou." totéž s naším projektilem. Může se přiblížit velmi blízko k Měsíci a ještě na něj nepadnout. „"

„Ale pak," zeptal se michel, „budu zvědavý, jak bude naše ering vozidlo působit ve vesmíru?"

„Vidím, ale dvě hypotézy," odpověděl barbikane, po chvilkové reflexi.

"co jsou?"

"projektil má na výběr mezi dvěma matematickými křivkami a bude sledovat jednu nebo druhou podle rychlosti, se kterou je animován, a které v tuto chvíli nemohu odhadnout."

„ano," řekl nicholl, „bude to následovat buď parabola, nebo hyperbola."

"jen tak," odpověděl barbicane. "s určitou rychlostí převezme parabolu a s větší hyperbolou."

„Líbí se mi ta velká slova," zvolal michel ardan; „člověk přímo ví, co znamenají. A modli se, co je tvoje parabola, pokud chceš?"

"příteli," odpověděl kapitán, "parabola je křivka druhého řádu, výsledek části kužele protínané rovinou rovnoběžnou s jednou ze stran."

"AH AH!" řekl michel spokojeným tónem.

„je to skoro," pokračoval nicholl, „kurz popsaný bombou vypuštěnou z malty."

"perfektní! A hyperbola?"

"hyperbola, michel, je křivka druhého řádu, vytvořená průnikem kuželové plochy a roviny rovnoběžné s její osou, a tvoří dvě větve oddělené od sebe navzájem, přičemž obě se neurčitě usměrňují ve dvou směrech."

"je to možné!" zvolal michel ardan vážným tónem, jako by mu řekli o nějaké závažné události. „Co se mi ve vaší definici hyperboly (líbí se mi říci hyperblague) líbí, je to, že je stále ještě temnější než slovo, které předstíráte."

Nicholl a barbicane se nestarali o zábavu michel ardan. Byli hluboko ve vědecké diskusi. Jakou křivku by projektil následoval? Byl jejich koníček. Jeden udržoval hyperbola, druhý parabola. Dali si navzájem důvody štětiny s x. Jejich argumenty byly vyjádřeny v jazyce, který přiměl michel skočit. Diskuse byla horká a ani jedna se nevzdala své zvolené křivky svému protivníkovi.

Tento vědecký spor trval tak dlouho, že michel učinil velmi netrpělivým.

„Teď, pánové cosine, přestanete házet paraboly a hyperboly na hlavy druhé? Chci pochopit jedinou zajímavou otázku v celé záležitosti. Budeme sledovat jednu nebo druhou z těchto křivek? Dobře. Ale kam povedou? Nám do?"

„nikde," odpověděl nicholl.

"jak, nikde?"

"zjevně," řekl barbicane, "jsou to otevřené křivky, které mohou být natrvalo prodlouženy na neurčito."

"ah, savants!" křičel michel; "A co pro nás znamená jeden nebo druhý od okamžiku, kdy víme, že nás stejně vedou do nekonečného prostoru?"

Barbicane a nicholl nemohli snášet úsměv. Právě vytvářeli „umění pro umění". Nikdy nebyl tak nečinný, že otázka byla vznesena v tak nevhodné chvíli. Zlověstná pravda zůstala, že ať už je hyperbolicky nebo parabolicky nesen, projektil už nikdy neuvidí Zemi ani měsíc.

Co by se stalo s těmito odvážnými cestovateli v nejbližší budoucnosti? Kdyby nezemřeli hladem, nezemřeli žízní, v některých dnech, kdy by selhal plyn, zemřeli kvůli nedostatku vzduchu, ledaže by je nejprve zabil chlad. Přesto, jak důležité to bylo k úspoře plynu, nadměrná samostrost okolní teploty je donutila spotřebovat určité množství. Přísně vzato, mohli by se obejít bez svého světla, ale ne bez svého tepla. Naštěstí kalorie generovaná reisetovým a regnautovým aparátem trochu zvýšila teplotu vnitřku střely a bez velkých výdajů ji dokázala udržet snesitelnou.

Ale pozorování se nyní stala velmi obtížnou. Vlhkost střely kondenzovala na oknech a okamžitě ztuhla. Tato oblačnost musela být neustále rozptýlena. V každém případě by mohli doufat, že budou moci objevit některé jevy nejvyššího zájmu.

Ale do této doby zůstal disk hloupý a tmavý. Neodpověděl na mnoho otázek kladených těmito horlivými myslí; záležitost, která čerpala tento odraz z michelu, očividně spravedlivého:

"Pokud někdy začneme tuto cestu znovu, uděláme dobře, když si vybereme čas, kdy je měsíc plný."

„určitě," řekl Nicholl, „tato okolnost bude příznivější. Dovoluji, aby měsíc, ponořený do slunečních paprsků, nebyl během tranzitu viditelný, ale místo toho bychom měli vidět zemi, která by byla plná. A co je více, pokud bychom byli nakresleni kolem Měsíce, protože v tuto chvíli bychom měli mít alespoň výhodu, že neviditelná část jejího disku je nádherně osvětlená. "

„dobře řečeno, nicholl," odpověděl michel ardan. "Co si myslíš, barbicane?"

„Myslím, že," odpověděl vážný prezident: „Pokud někdy začneme tuto cestu znovu, začneme ve stejnou dobu a za stejných podmínek. Předpokládejme, že jsme dosáhli svého cíle, nebylo by lepší najít kontinenty za denního světla, než je země ponořená do naprosté temnoty? Nebyla by naše první instalace provedena za lepších okolností? Ano, evidentně. Pokud jde o neviditelnou stranu, mohli jsme ji navštívit v našich průzkumných výpravách na lunární planetě. Čas úplňku byl dobře zvolen, ale měli jsme dorazit na konec; a abychom toho dosáhli, neměli jsme na silnici utrpět žádnou odchylku. ""

„Nemám k tomu co říct," odpověděl michel ardan. „Tady je však ztracená dobrá příležitost pozorovat druhou stranu měsíce."

Projektil však nyní ve stínu popisoval nevyčíslitelný průběh, který jim žádná zraková značka neumožní zjistit. Změnil se její směr, buď vlivem lunární přitažlivosti, nebo působením nějaké neznámé hvězdy? Barbicane nemohl říct. Ale došlo ke změně relativní polohy vozidla; a barbicane to ověřil asi čtyři ráno.

Změna spočívala v tom, že základna střely se otočila k povrchu Měsíce, a byla tak držena kolmicí procházející její osou. Přitažlivost, to znamená hmotnost, způsobila tuto změnu. Nejtěžší část střely se naklonila k neviditelnému disku, jako by na něj dopadla.

Padal? Dosahovali cestující tolik žádaného cíle? Ne. A pozorování sign-point, sám o sobě zcela nevysvětlitelný, ukázalo barbikane, že jeho projektil se blížil k Měsíci, a že se posunul sledováním téměř soustředné křivky.

Tímto bodem byla světelná jasnost, kterou Nicholl najednou spatřil, na hranici horizontu tvořeného černým diskem. Tento bod nemohl být zmaten hvězdou. Byla to načervenalá žhavost, která se stupňovitě zvýšila, což je rozhodný důkaz, že se střela k ní posune a nepadá normálně na povrch měsíce.

"sopka! Je to sopka v akci!" plakal nicholl; „disemboweling vnitřních ohňů měsíce! Ten svět není úplně uhasen.“

„Ano, erupce,“ odpověděl barbicane, který tento jev pečlivě studoval ve své noční sklenici. "co by to mělo být, ne-li sopka?"

„ale pak,“ řekl michel ardan, „aby se toto spalování udrželo, musí existovat vzduch. Atmosféra tedy obklopuje tuto část měsíce.“

„možná ano,“ odpověděl barbicane, „ale ne nutně.

Sopka může rozkladem určitých látek poskytovat svůj vlastní kyslík, a tak házet plameny do vesmíru. Zdá se mi, že deflagrace je díky intenzivní brilanci látek při spalování produkována v čistém kyslíku. Nesmíme spěchat, abychom hlásali existenci měsíční atmosféry. “

Ohnivá hora musela být umístěna asi 45 @ jižní šířky na neviditelné části disku; ale k barbikánově velké nelibosti se křivka, kterou projektil popisoval, držela daleko od bodu naznačeného erupcí. Nemohl tedy přesně určit jeho povahu. Půl hodiny poté, co byl spatřen, tento světelný bod zmizel za temným horizontem; ale ověření tohoto jevu mělo značný dopad v jejich selenografických studiích. Ukázalo se, že ze střev této planety ještě nezmizelo veškeré teplo; a kde existuje teplo, kdo může potvrdit, že zeleninové království, nay, dokonce ani samotné zvířecí království, dosud neodolalo všem ničivým vlivům? Existence této sopky v erupci, kterou tito pozemští spasitelé bezpochyby viděli, by bezpochyby vyvolala mnoho teorií příznivých pro závažnou otázku obživy měsíce.

Barbicane se nechal těmito odrazy unést. Zapomněl se v hlubokém duchu, ve kterém byl tajemný osud lunárního světa nejvyšší. Chtěl spojit dohromady skutečnosti pozorované do té doby, kdy ho nový incident svižně vzpomněl na realitu. Tento incident byl více než kosmický jev; šlo o ohrožené nebezpečí, jehož důsledkem by mohlo být v krajním případě katastrofální katastrofa.

Najednou se uprostřed éteru v hluboké tmě objevila obrovská masa. Bylo to jako měsíc, ale zářící měsíc, jehož brilantnost byla ještě netolerantnější, protože ostře řezala strašlivou temnotu vesmíru. Tato hmota kruhového tvaru vrhla světlo, které naplnilo projektil. Formy barbikanu, nicholl a michel ardan, koupané v bílých plátech, předpokládaly tento živý spektrální vzhled, který lékaři vytvářejí fiktivním světlem alkoholu napuštěného solí.

"holčičko!" zvolal michel ardan, „jsme ohavní. Co je to špatně podmíněný měsíc?"

„meteor," odpověděl barbikane.

"meteor hořící ve vesmíru?"

"Ano."

Tato střelecká koule se najednou objevila ve stínu ve vzdálenosti nejvýše 200 mil, měla by podle barbicanu mít průměr 2 000 yardů. Postupovalo rychlostí asi jednu míli a půl za sekundu. Přerušilo cestu střely a musí se k ní dostat za několik minut. Jak se blížil, stal se obrovským rozměrem.

Představte si, pokud je to možné, situaci cestujících! Je nemožné to popsat. Navzdory své odvaze, své zpívané žláze, své neopatrnosti nebezpečí byli němí, nehybní se ztuhlými končetinami, kořistí strašlivého teroru. Jejich projektil, jehož průběh nemohli změnit, spěchal přímo na tuto zapálenou hmotu, intenzivnější než otevřená ústa pece. Vypadalo to, jako by byli sráženi k propasti ohně.

Barbicane se zmocnil rukou svých dvou společníků a všichni tři se dívali skrz jejich polootevřená víčka na asteroid zahřátý na bílou žáru. Pokud v nich nebyla myšlenka zničena, pokud jejich mozek stále fungoval uprostřed tohoto úžasu, museli se vzdát ztracených.

Dvě minuty po náhlém objevení meteoru (pro ně dvě staletí úzkosti) se zdálo, že projektil téměř udeřil, když ohnivá koule praskla jako bomba, ale bez toho, aby v tom prázdnotě, kde je zvuk, míchání vrstev vzduchu nebylo možné vytvořit.

Nicholl vykřikl a on a jeho společníci spěchali k praskání. Jaký pohled! Co pero může popsat? Jaká paleta je dostatečně bohatá na barvy, aby reprodukovaly tak velkolepou podívanou?

Bylo to jako otevření kráteru, jako rozptyl ohromné požáru. Tisíce světelných fragmentů se rozžhavily a ozářily prostor jejich ohněmi. Každá velikost, každá barva se tam promísila. Byly paprsky žluté a světle žluté, červené, zelené, šedé - koruna ohňostrojů všech barev. Z obrovské a hodně obávané zeměkoule nezůstalo nic jiného než tyto fragmenty nesené ve všech směrech, nyní se z nich staly asteroidy, některé planoucí jako meč, jiné obklopené bělavým mrakem a jiné, které za nimi zanechávají vlaky brilantního kosmického prachu.

Tyto žhavé bloky se kříže a udeřily jeden druhého, rozptylovaly stále menší fragmenty, z nichž některé zasáhly projektil. Jeho levá škrabka byla dokonce prasklá násilným šokem. Zdálo se, že se vznáší uprostřed krupobití houfnic, z nichž nejmenší by ho mohl okamžitě zničit.

Světlo, které saturovalo éter, bylo tak úžasně intenzivní, že michel, přitahující barbicane a nicholl k oknu, zvolal „neviditelný měsíc, konečně viditelný!“

A skrze zářící emanaci, která trvala několik sekund, si všichni tři všimli záhadného disku, který oko člověka nyní vidělo poprvé. Co mohli rozlišit na dálku, kterou nedokázali odhadnout? Některé prodloužené pruhy podél disku, skutečné mraky vytvořené uprostřed velmi uzavřené atmosféry, z níž se vynořily nejen všechny hory, ale také projekce menšího významu; jeho kruhy, zející krátery, rozmístěné tak jako na viditelném povrchu. Pak ohromné prostory, už ne vyprahlé pláně, ale reálná moře, oceány, široce rozšířené, odrážející na jejich kapalném povrchu veškerou oslnivou magii ohňů vesmíru; a konečně na povrchu kontinentů velké tmavé masy, vypadající jako obrovské lesy pod rychlým osvětlením brilantnosti.

Byla to iluze, chyba, optická iluze? Mohli by dát vědecký souhlas pozorování tak povrchně získané? Odvážil se vyjádřit k otázce jeho obývatelnosti po tak malém záblesku neviditelného disku?

Ale blesky v prostoru ustupovaly o stupně; jeho náhodná brilantnost zmizela; asteroidy se rozptýlily v různých směrech a zhasly v dálce.

Éter se vrátil do své obvyklé temnoty; hvězdy, které se na okamžik zatměly, znovu zazářily v nebeské klenbě a disk, tak rychle unáhlený, byl znovu pohřben v neproniknutelné noci.

Kapitola xvi

Jižní polokoule

Projektil právě unikl strašlivému nebezpečí a velmi nepředvídanému. Kdo by si pomyslel na takové setkání s meteory? Tato nevyrovnaná těla by mohla cestujícím způsobit vážné nebezpečí. Byli s nimi tolik pískových břehů nad mořem éteru, které, méně šťastné než námořníci, nemohli uniknout. Ale stěžovali si tito dobrodruzi na prostor? Ne, ne od té doby, co jim příroda dala nádherný pohled na kosmický meteor vypuklý z expanze, protože tento nenapodobitelný ohňostroj, který žádný ruggieri nedokázal napodobit, rozsvítil na několik sekund neviditelnou slávu měsíce. V tom záblesku se jim začaly zobrazovat kontinenty, moře a lesy. Přinesla tedy atmosféra do této neznámé tváře své životodárné atomy? Otázky stále nerozpustné a navždy uzavřené proti lidské zvědavosti!

Bylo odpoledne půl třetí. Projektil sledoval svůj zakřivený směr kolem měsíce. Změnil svůj kurz meteor znovu? Mělo se tomu tak bát. Projektil však musí popsat křivku neměnně určenou zákony mechanického uvažování. Barbicane byl nakloněn věřit, že tato křivka bude spíše parabola než hyperbola. Ale připouštět parabolu, projektil musel rychle projít kuželem stínu promítnutým do prostoru naproti slunci. Tento kužel je skutečně velmi úzký, úhlový průměr Měsíce je tak malý ve srovnání s průměrem denní dráhy; a do této doby se střela vznášela v tomto hlubokém stínu. Bez ohledu na to, jaká byla jeho rychlost (a nemohlo to být zanedbatelné), pokračovalo období okultizace. To bylo zřejmé, ale snad by tomu tak nebylo v údajně rigidně parabolické trajektorii - nový problém, který trápil barbarský mozek, uvězněn, protože byl v kruhu neznámých, které nedokázal rozmotat.

Ani jeden z cestujících nepomyslel na okamžitý odpočinek. Každý sledoval neočekávaný fakt, který by mohl vrhnout nějaké nové světlo na jejich uranografické studie. Asi v pět hodin michel ardan distribuoval pod jménem večeře několik kusů chleba a studeného masa, které byly rychle spolknuty, aniž by jeden z nich opustil škrábanec, jehož sklenice byla neustále utápěna kondenzací páry.

Asi čtyřicet pět minut po pěti večer, Nicholl, vyzbrojený sklenicí, zaměřený na jižní hranici Měsíce a ve směru, který následoval projektil, se na temný štít oblohy stříhaly některé světlé body. Vypadali jako sled ostrých bodů prodloužených do chvějící se linie. Byly velmi jasné. Tak se objevila koncová čára Měsíce, když byla v jednom ze svých oktantů.

Nemohli se mýlit. Už to nebyl jednoduchý meteor. Tento světelný hřeben neměl barvu ani pohyb. Ani to nebyla erupce sopky. A barbicane neváhal to vyslovit.

"slunce!" zvolal.

"co! Slunce?" odpověděl nicholl a michel ardan.

„Ano, moji přátelé, je to samotný zářivý orb, který osvětluje vrchol hory na jižních hranicích měsíce. Zjevně se přibližujeme k jižnímu pólu."

„poté, co prošel severním pólem," odpověděl michel. "Vytvořili jsme tedy obvod našeho satelitu?"

"Ano, můj dobrý michel."

„Tak už žádné hyperbolasy, žádné paraboly, žádné další otevřené křivky, které by se bály?"

"Ne, ale uzavřená křivka."

"který se nazývá--"

„elipsa. Místo toho, aby se ztratila v meziplanetárním prostoru, je pravděpodobné, že projektil popíše eliptickou oběžnou dráhu kolem Měsíce."

"Vskutku!"

"a že se z ní stane její satelit."

"Měsíc měsíce!" vykřikl michel ardan.

„Jen bych vás chtěl pozorovat, můj hodný příteli," odpověděl

Barbicane, „že jsme za to přesto ztraceni."

„Ano, jiným způsobem a mnohem příjemněji," odpověděl neopatrný francouzák svým nejpřátelštějším úsměvem.

Kapitola xvii

Tycho

V šest večer projel projektil jižní pól ve vzdálenosti méně než čtyřiceti mil, vzdálenost rovnající se vzdálenosti, která již dosáhla na severním pólu. Eliptická křivka byla přísně prováděna.

V tuto chvíli cestující znovu vstoupili do požehnaných paprsků slunce. Ještě jednou viděli ty hvězdy, které se pomalu pohybují z východu na západ. Zářící koule byla zasažena trojnásobnou vraždou. Se svým světlem také vysílalo teplo, které brzy propíchlo kovové stěny. Sklo obnovilo svůj obvyklý vzhled. Vrstvy ledu se roztavily, jako by okouzlováním; a okamžitě, kvůli ekonomice, byl plyn uhasen, vzduchový přístroj sám spotřeboval své obvyklé množství.

"ah!" řekl Nicholl: „tyto paprsky tepla jsou dobré. S jakou netrpělivostí musí seleniti čekat na opětovné objevení se koule dne."

„Ano," odpověděl michel ardan, „pohlcující, protože to byl skvělý éter, světlo a teplo, je v nich obsažen veškerý život."

V tuto chvíli se spodní část střely poněkud odklonila od lunární plochy, aby sledovala mírně prodlouženou eliptickou oběžnou dráhu. Od této chvíle, kdyby byla Země plná, mohl ji vidět barbar a jeho společníci, ale ponořená do slunečního záření byla docela neviditelná. Další podívaná upoutala jejich pozornost, pozornost jižní části Měsíce, kterou do brýlí přivedli do 450 yardů. Znovu neopustili škrábance a zaznamenali každý detail tohoto fantastického kontinentu.

Úbočí doerful a leibnitz tvořily dvě oddělené skupiny velmi blízko jižního pólu. První skupina se rozprostírala od pólu k osmdesáté čtvrté rovnoběžce, na východní straně koule; druhý obsadil východní hranici, sahající od 65 ° zeměpisné šířky k pólu.

Na jejich vroubkovaně vytvořeném hřebenu se objevily oslnivé plachty, jak zmínil pere secchi. S větší jistotou než proslulý římský astronom, barbicane umožnilo rozpoznat jejich povahu.

„jsou sníh," zvolal.

"sníh?" opakované nicholl.

„Ano, nicholl, sníh; jehož povrch je hluboce zamrzlý. Podívejte se, jak odrážejí světelné paprsky. Chlazená láva by nikdy nevydala takový intenzivní odraz. Pak musí existovat voda, na měsíci musí být vzduch. Prosím, ale skutečnost již nemůže být zpochybněna. " ne, to nemohlo být. A pokud by měl barbikan znovu spatřit Zemi, jeho poznámky budou svědčit o této velké skutečnosti v jeho selenografických pozorováních.

Tyto pohoří laskavé a leibnitzové stoupaly uprostřed plání středního rozsahu, které byly ohraničeny neurčitou posloupností kruhů a prstencových valů. Tyto dva řetězce jsou jediné, s nimiž se v této oblasti kruhů setkáváme. Poměrně, ale mírně vyznačené, hodí sem a tam několik ostrých bodů, z nichž nejvyšší vrchol dosahuje nadmořské výšky 24 600 stop.

Projektil byl však nad touto krajinou vysoko a projekce zmizela v intenzivní brilanci disku. A do očí cestujících se znovu objevil ten původní aspekt měsíční krajiny, syrový v tónu, bez gradace barev a bez stupňů stínu, zhruba černé a bílé, z touhy po rozptylu světla.

Ale pohled na tento pustý svět je nezklamal jejich podivností. Pohybovali se po této oblasti, jako by byli neseni dechem nějaké bouře, sledovali výšky, jak se pod jejich nohama kazí, propíchávají dutiny očima, klesají do trhlin, lezou na hradby, ozývají tyto záhadné díry a vyrovnávají všechny trhliny. Ale žádná stopa vegetace, žádný vzhled měst; nic než stratifikace, postele lávy, přetékání vyleštěné jako obrovská zrcadla, odrážející sluneční paprsky s ohromující brilancí. Nic nepatří k živému světu - všechno do mrtvého světa, kde se laviny, které se valily z vrcholů hor, bezhlukově rozptylovaly na dně propasti, udržovaly pohyb, ale chtěly zvuk. V každém případě to byl obraz smrti, aniž by bylo možné říci, že tam život vůbec existoval.

Michel ardan si však myslel, že poznal hromadu ruin, na které upozornil barbicane. Bylo to asi 80. Rovnoběžka, ve 30 @ zeměpisné délce. Tato hromada kamenů, poměrně pravidelně umisťovaná, představovala rozlehlou pevnost s výhledem na dlouhou trhlinu, která v dřívějších dobách sloužila jako postel k řekám prehistorických dob. Nedaleko toho se zvedl do výšky 17 400 stop krátkého prstencového pohoří, které se rovnalo asijskému kavkazu. Michel ardan se svým obvyklým zápalem udržoval „důkazy" své pevnosti. Pod ním rozeznal rozebrané hradby města; tady ještě neporušený oblouk portika, pod jejich základnou ležely dva nebo tři sloupy; dále posloupnost oblouků, které musely podepřít potrubí akvaduktu; v jiné části zapuštěné sloupy gigantického mostu narazily do nejhrubších částí trhliny. To všechno rozlišoval, ale s takovou fantazií na první pohled a přes brýle tak fantastické, že musíme nedůvěřovat jeho pozorování. Ale kdo by mohl tvrdit, kdo by se odvažoval říci, že přátelský člověk opravdu neviděl to, co by jeho dva společníci neviděli?

Okamžiky byly příliš vzácné na to, aby byly obětovány v nečinné diskusi. Selenitské město, ať už imaginární nebo ne, už dávno zmizelo. Vzdálenost střely od lunárního disku byla na vzestupu a detaily půdy byly ztraceny ve zmateném zmatku. Reliéfy, kruhy, krátery a pláně zůstaly samy a stále jasně ukazovaly své hranice. V tuto chvíli vlevo ležel jeden z nejkrásnějších kruhů lunární orografie, jedna ze kuriozit tohoto kontinentu. Bylo to newton, který barbicane bez problémů rozpoznal, odkazem na selekgrafický mappa.

Newton se nachází v přesně 77 @ jižní šířky a 16 @ východní délky. Tvoří prstencový kráter, jehož hradby stoupající do výšky 21 300 stop se zdály neprůchodné.

Barbicane přiměl své společníky, aby pozorovali, že výška této hory nad okolní plání nebyla ani zdaleka rovná hloubce kráteru. Tato obrovská díra byla nad veškerým měřením a tvořila pochmurnou propast, jejíž dno sluneční paprsky nikdy nedosáhly. Tam, podle humboldta, vládne naprostá tma, kterou světlo slunce a Země nemůže zlomit. Mytologové by to mohli udělat z úst pekla.

„newton," řekl barbicane, „je nejoptimálnějším typem těchto prstencových hor, z nichž Země nemá žádný vzorek. Dokazují, že utváření měsíce pomocí chlazení je způsobeno násilnými příčinami; na chvíli pod tlakem vnitřních ohňů reliéfy stoupají do značné výšky, hloubky se stahují hluboko pod úroveň měsíce. "

„Nepopírám fakt," odpověděl michel ardan.

Několik minut po průchodu newtonem projektil přímo přehlédl prstencovité hory moret. V určité vzdálenosti obcházel vrcholky blancanů a kolem půl sedmé večer dosáhl kruhu clavius.

Tento kruh, jeden z nejpozoruhodnějších z disku, se nachází v 58 @ jižní šířky a 15 @ východní délky. Jeho výška se odhaduje na 22 950 stop. Cestovatelé ve vzdálenosti dvaceti čtyř mil (zmenšeni na čtyři brýlemi) mohli obdivovat tento obrovský kráter jako celek.

„suchozemské sopky," řekl barbikane, „jsou ve srovnání s Měsícem jen kopcovité kopce. Měřením starých kráterů vytvořených prvními erupcemi vesuvu a etny je najdeme jen o málo více než tři míle daleko. Canal měří šest kilometrů napříč; v Ceylandu je kruh ostrova čtyřicet mil, což je považováno za největší na světě. Jaké jsou tyto průměry proti průměru klaviusu, který v tuto chvíli přehlížíme? "

"jaká je jeho šířka?" zeptal se nicholl.

„je to 150 mil," odpověděl barbicane. „Tento kruh je určitě nejdůležitější na Měsíci, ale mnoho dalších měří 150, 100 nebo 75 mil."

„ah, moji přátelé," zvolal michel, „můžete si představit, co teď musela být tato klidná koule noci, když její krátery, plné hromů, zvracely současně kouř a plamenné jazyky. A teď, co se rozkládá! Tento měsíc není ničím jiným než tenkým jatečně upraveným tělem ohňostrojů, jejichž ostny, rakety, hady a slunce po vynikající brilantnosti odešly, ale bohužel zlomené případy. Kdo může říci příčinu, důvod, hybná síla těchto kataklyzmat? "

Barbicane neposlouchal michel ardan; uvažoval o těchto hradbách clavia, které tvořily velké hory rozložené na několik kilometrů. Na dně ohromné dutiny dorovnal stovky malých uhasených kráterů, hádal půdu jako cedník a přehlížel vrchol o výšce 15 000 stop.

Kolem pláně se zdálo pusté. Nic tak suchého jako tyto reliéfy, nic tak smutného jako tyto ruiny hor a (pokud se tak můžeme vyjádřit) tyto fragmenty vrcholů a hor, které posypaly půdu. Zdálo se, že satelit na tomto místě praskl.

Projektil stále postupoval a toto hnutí nezmizelo. Kruhy, krátery a vykořeněné hory se navzájem neustále prosazovaly. Už žádné pláně; už žádné moře. Nikdy nekončící Švýcarsko a Norsko. A konečně, v cvalu této oblasti trhlin, nejkrásnější hory na lunárním disku, oslňující tycho, ve kterém potomstvo uchová jméno slavného dánského astronoma.

Při pozorování úplňku na bezmračné obloze nikdo nezaznamenal tento brilantní bod jižní polokoule. Michel ardan použil každou metaforu, kterou jeho představivost mohla dodat, aby ji označil. Pro něj bylo toto tycho ohniskem světla, středem ozáření, kráterem zvracením paprsků. Byla to pneumatika brilantního kola, asterie obklopující disk stříbrnými chapadly, obrovské oko plné plamenů, sláva vyřezávaná pro pluto hlavu, hvězda spouštěná rukou tvůrce a drcená na tvář měsíce!

Tycho vytváří takovou koncentraci světla, že ji obyvatelé Země mohou vidět bez brýlí, i když ve vzdálenosti 240 000 mil! Představte si tedy jeho intenzitu pro oko pozorovatelů umístěných ve vzdálenosti pouhých padesáti mil! Viděl skrz tento čistý ether, jeho brilantnost byla tak netolerovatelná, že barbicane a jeho přátelé byli povinni černit své brýle plynovým kouřem dříve, než mohli snášet nádheru. Pak potichu, sotva vyslovili obdiv, pohlédli a uvažovali. Všechny jejich pocity, všechny jejich dojmy, byly soustředěny v tomto pohledu, protože v každé násilné emoci je celý život soustředěn na srdce.

Tycho patří do systému vyzařujících hor, jako aristarchus a copernicus; ale je to ze všeho nejkompletnější a nejrozhodnější, což ukazuje bezpochyby strašlivou sopečnou akci, ke které má vzniknout Měsíc. Tycho se nachází v 43 @ jižní šířky a 12 @ východní délky. Jeho centrum je obsazeno kráterem širokým padesát mil. Zaujímá mírně eliptický tvar a je obklopen ohradou prstencových opevnění, která na východě a na západě přehlíží vnější planinu z výšky 15 000 stop. Je to skupina mont polotovarů, umístěných kolem jednoho společného středu a korunovaných vyzařujícími paprsky.

To, co tato neporovnatelná hora opravdu je, se všemi projekcemi sbíhajícími se k ní a vnitřními výkyvy kráteru, fotografie sama o sobě nemohla nikdy představovat. Skutečně je to za úplňku, kdy je tycho vidět v celé své kráse. Pak všechny stíny zmizí, zkrácení perspektivy zmizí a všechny důkazy zbělí - nepříjemný fakt: pro tuto podivnou oblast by bylo úžasné, kdyby bylo reprodukováno s fotografickou přesností. Je to jen skupina dutin, kráterů, kruhů, síť hřebenů; pak, pokud to oko vidělo, celá vulkanická síť vrhla na tuto zaplavenou půdu. Pak lze pochopit, že bubliny této centrální erupce si udržely svou první podobu. Krystalizovali ochlazením, mají stereotypní aspekt, který Měsíc dříve představoval, když byl pod plutonskými silami.

Vzdálenost, která oddělovala cestovatele od prstencových vrcholů tycho, nebyla tak velká, ale mohli zachytit hlavní detaily. Dokonce i na hrázi, která tvořila opevnění tycho, hory visící na vnitřku a na vnějších svazích boky stoupaly v příbězích jako gigantické terasy. Zdálo se, že jsou vyšší o 300 nebo 400 stop na západ než na východ. Žádný přírodní pozemní tábor nemohl vyrovnat tato přirozená opevnění. Město postavené na dně této kruhové dutiny by bylo naprosto nepřístupné.

Nepřístupné a úžasně rozšířené přes tuto půdu pokrytou malebnými projekcemi! Příroda skutečně neopustila dno kráteru rovné a prázdné. Vlastnil svou vlastní orografii, horský systém, díky čemuž byl svět sám o sobě. Cestovatelé dokázali jasně rozlišit kužely, centrální kopce, pozoruhodné polohy půdy, přirozeně umístěné pro přijetí šéfkuchařů selenitské architektury. Bylo zde vyznačeno místo pro chrám, tady na zemi fóra, na tomto místě plán paláce, na jiné náhorní plošině pro citadelu; Celá přehlédla centrální hora 1500 stop. Obrovský kruh, ve kterém se mohl starověký Řím držet v celém rozsahu desetkrát.

"ah!" zvolal michel ardan, nadšený při pohledu; „jaké velké město by mohlo být postaveno v tomto horském kruhu! Klidné město, mírové útočiště, přes veškeré lidské utrpení. Jak klidné a izolované ty misantropy, ty nenávisti lidstva tam mohou žít a všichni, kteří mají nechuť k sociálnímu život!"

„všechno! Pro ně by to bylo příliš malé," odpověděl barbicane jednoduše.

Kapitola xviii

Vážné otázky

Projektil však prošel enceinte tycha a barbicane a jeho dva společníci pozorně sledovali brilantní paprsky, které slavná hora tak zvědavě prolétla nad obzorem.

Co to bylo za zářnou slávu? Jaký geologický jev navrhl tyto žhavé paprsky? Tato otázka zabírala barbarskou mysl.

Pod jeho očima běžel ve všech směrech světelné rýhy, zvednuté na okrajích a konkávní ve středu, asi dvanáct mil, jiné široké třicet mil. Tyto skvělé vlaky se na některých místech rozšířily do vzdálenosti 600 mil od tycha a zdálo se, že pokrývají, zejména směrem na východ, severovýchod a sever, polovinu jižní polokoule. Jedna z těchto trysek se rozprostírala až k kruhu neandrů, situovaných na 40. Poledníku. Další, mírnou zatáčkou, rozbila „nektarové moře", které se po okruhu 800 mil rozbilo na řetěz pyrenejí. Jiní, směrem na západ, pokrývali „moře mraků" a „moře humoru" světelnou sítí. Jaký byl původ těchto zářivých paprsků, které zářily na pláních i na reliéfech, v jakékoli výšce? Všechno začalo ze společného centra, kráteru tycho. Vyskočili z něj. Herschel přisoudila svou brilanci proudům lávy ztuhlé chladem; stanovisko, které však nebylo obecně přijato. Jiní astronomové viděli v těchto nevysvětlitelných paprscích určitý druh morainů, řady nevyzpytatelných bloků, které byly vyhozeny v době tychovské formace.

"a proč ne?" zeptal se Nicholl barbicane, který tyto různé názory vztahoval a odmítal.

„protože pravidelnost těchto světelných linií a násilí nezbytné k přenášení sopečné hmoty na takové vzdálenosti jsou nevysvětlitelné."

"eh! Jove!" odpověděl michel ardan, „zdá se mi dost snadné vysvětlit původ těchto paprsků."

"Vskutku?" řekl barbicane.

„opravdu," pokračoval michel. „stačí říct, že je to obrovská hvězda, podobná hvězdě vytvořené koulí nebo kamenem hodeným na skleněný čtverec!"

"studna!" odpověděl barbicane, s úsměvem. "A jaká ruka by byla dostatečně silná na to, aby házela kouli tak, aby byla taková šok?"

„ruka není nutná," odpověděl nicholl, vůbec ne zmatený; "a pokud jde o kámen, předpokládejme, že se jedná o kometu."

"ah! Tyhle zneužívané komety!" vykřikl barbicane. „můj statečný michel, tvoje vysvětlení není špatné, ale tvoje kometa je zbytečná. Šok, který způsobil, že nájemné musí mít nějaké zevnitř hvězdy. Násilné zkrácení lunární kůry za chlazení může stačit k otisknutí této gigantické hvězda."

„kontrakce! Něco jako bolení na lunárním břiše." řekl

Michel ardan.

„Kromě toho," dodal barbicane, „tento názor je názorem anglického savanta, nasmythu a zdá se mi, že dostatečně vysvětluji záření těchto hor."

"ten nasmyth nebyl blázen!" odpověděl michel.

Dlouho cestující, kteří takový pohled nikdy nemohli unavit, obdivovali nádheru tycha. Jejich projektil, nasycený světelnými záblesky ve dvojitém ozáření Slunce a Měsíce, musel vypadat jako žhnoucí koule. Najednou přešli z nadměrného chladu na intenzivní teplo. Příroda je tedy připravovala, aby se stali selenity. Stát se selenity! Tato myšlenka znovu vynesla otázku obživy měsíce. Po tom, co viděli, mohli to cestovatelé vyřešit? Rozhodnou se pro nebo proti tomu? Michel ardan přesvědčil své dva přátele, aby si vytvořili názor, a přímo se jich zeptal, jestli si myslí, že lidé a zvířata jsou zastoupeni v lunárním světě.

„Myslím, že můžeme odpovědět," řekl barbikane; „ale podle mého nápadu by otázka neměla být kladena v této podobě. Žádám ji, aby byla položena jinak."

„řekni to svým vlastním způsobem," odpověděl michel.

„tady to je," pokračoval barbikane. „Problém je dvojitý a vyžaduje dvojité řešení. Je obyvatelný Měsíc? Byl Měsíc vůbec obyvatelný?"

"dobrý!" odpověděl nicholl. "nejprve se podívejme, zda je měsíc obyvatelný."

„Abych řekl pravdu, nevím o tom nic," odpověděl michel.

„a já odpovím záporně," pokračoval barbicane. „ve svém skutečném stavu, s okolní atmosférou, rozhodně velmi sníženou, její moře z větší části vyschla, její nedostatečná zásoba vody omezená, vegetace, náhlé změny chladu a tepla, její dny a noci 354 hodin - měsíc nezdá se mi obývatelný, ani se nezdá být náchylný k vývoji zvířat, ani nestačí pro přání existence, jak tomu rozumíme. ""

„souhlasil," odpověděl nicholl. "Ale není Měsíc obyvatelný pro tvory jinak organizované než my?"

„Na tuto otázku je těžší odpovědět, ale pokusím se; a zeptám se nicholl, jestli se zdá, že pohyb je nezbytným výsledkem života, ať už je jeho organizace jakákoli?"

"bezpochyby!" odpověděl nicholl.

„potom, můj hodný společník, odpověděl bych, že jsme pozorovali lunární kontinent ve vzdálenosti nejvýše 500 yardů a že se nám zdálo, že se nám nic nehýbe po povrchu Měsíce. Byla by zrazena přítomnost jakéhokoli druhu života. Svými doprovodnými značkami, jako jsou potápěčské budovy a dokonce i ruiny. A co jsme viděli? Všude a vždy geologická díla přírody, nikdy dílo člověka. Pokud tedy existují zástupci zvířecí říše na Měsíci , museli uprchnout do těch nepochopitelných dutin, které oko nemůže dosáhnout; což nemůžu připustit, protože musely mít stopy svého průchodu na těch pláních, které musí atmosféra zakrýt, byť mírně zvýšenou. Tyto stopy nejsou nikde viditelné. … zbývá jen jedna hypotéza o živé rase, jejíž pohyb, kterým je život, je cizí. "

„Dalo by se také říci, živé bytosti, které nežijí," odpověděl michel.

„jen tak," řekl barbicane, „což pro nás nemá smysl."

"pak můžeme vytvořit svůj názor?" řekl michel.

„ano," odpověděl nicholl.

"velmi dobře," pokračoval michel ardan, "vědecká komise shromážděná v projektilu střeleckého klubu poté, co založila svůj argument na nedávno pozorovaných skutečnostech, jednomyslně rozhodla o otázce obývatelnosti měsíce -" ne! Měsíc je neobyvatelný. ""

Toto rozhodnutí zaslal prezident barbicane do svého zápisníku, kde lze vidět proces zasedání 6. Prosince.

„nyní," řekla nichik, „napadneme druhou otázku, nezbytný doplněk první. Ptám se čestné komise, pokud není měsíc obyvatelný, byla někdy obývaná, občanská barbicane?"

„moji přátelé," odpověděl barbicane, „nevybral jsem tuto cestu, abych si vytvořil názor na minulé obyvatelstvo našeho satelitu, ale dodám, že naše osobní postřehy mi v tomto stanovisku pouze potvrzují. , že Měsíc byl obýván lidskou rasou organizovanou jako naše vlastní; že vyprodukovala zvířata anatomicky tvarovaná jako suchozemská zvířata: ale dodám, že tyto rasy, lidské i zvířecí, měly svůj den a nyní jsou navždy zaniklé! "

"pak," zeptal se michel, "Měsíc musí být starší než Země?"

"Ne!" řekl barbicane rozhodně, „ale svět, který zestárl rychleji a jehož formování a deformace byly rychlejší. Relativně, organizační síla hmoty byla mnohem násilnější v nitru měsíce než ve vnitrozemí zemského povrchu - skutečný stav tohoto prasklého, zkrouceného a prasklého disku to hojně dokazuje. Měsíc a Země nebyly původně nic jiného než plynné hmoty. Tyto plyny přešly do kapalného stavu pod různými vlivy a pevné hmoty se později vytvořily. Ale určitě byla naše koule stále plynná nebo tekutá, když měsíc ztuhl ochlazením a stal se obyvatelným. ""

„Věřím tomu," řekl nicholl.

„pak," pokračoval barbikane, „obklopila ji atmosféra, vody obsažené v této plynné obálce se nemohly odpařit. Pod vlivem vzduchu, vody, světla, slunečního tepla a centrálního tepla se vegetace zmocnila kontinentů připravených přijímat to a rozhodně se o tomto období projevil život, protože příroda se zbytečně neutrácí a musí být nutně obýván svět tak úžasně vytvořený pro bydlení. ““

„ale,“ řekl nicholl, „mnoho jevů, které jsou vlastní naší družici, by mohlo stísnit expanzi království zvířat a zeleniny. Například jeho dny a noci 354 hodin?“

„U pozemských pólů vydrží šest měsíců,“ řekl michel.

"argument malé hodnoty, protože póly nejsou obývány."

„Podívejme se, přátelé,“ pokračoval barbicane, „že pokud ve skutečném stavu Měsíce jeho dlouhé noci a dlouhé dny vytvořily rozdíly v teplotě, které nelze organizovat, nebylo tomu tak v historickém časovém období. Disk s tekutinovým pláštěm, pára se usazovala ve tvaru mraků, tato přirozená obrazovka temperovala zápal slunečních paprsků a udržovala noční záření. Světlo, jako teplo, se může rozptýlit ve vzduchu, a tudíž rovnost mezi vlivy, které již neexistují, nyní, když atmosféra téměř úplně zmizela. A teď vás ohromím. “

"udivuje nás?" řekl michel ardan.

"Pevně věřím, že v době, kdy byl Měsíc osídlen, netrvalo noci a dny 354 hodin!"

"a proč?" zeptal se Nicholl rychle.

"protože s největší pravděpodobností pak rotační pohyb Měsíce na její ose nebyl rovný její revoluci, rovnost, která během patnácti dnů představuje každou část jejího disku působení sluneční paprsky."

„udělil,“ odpověděl nicholl, „ale proč by neměly být tyto dva pohyby stejné, protože jsou opravdu?“

"protože tato rovnost byla určena pouze pozemskou přitažlivostí. A kdo může říci, že tato přitažlivost byla dostatečně silná, aby změnila pohyb Měsíce v té době, kdy byla Země stále tekutá?"

„jen tak,“ odpověděl nicholl; "A kdo může říci, že Měsíc byl vždy satelitem Země?"

„A kdo může říct,“ zvolal michel ardan, „že Měsíc před Zemí neexistoval?“

Jejich představivost je přenesla do neurčité oblasti hypotéz. Barbicane se je snažil omezit.

„ty spekulace jsou příliš vysoké,“ řekl; „problémy naprosto neřešitelné. Nenechte se na ně vejít. Přiznejme si pouze nedostatečnost prvotní přitažlivosti; a potom nerovností dvou pohybů rotace a revoluce se mohly dny a noci na Měsíci navzájem uspět jak se navzájem na zemi uspěchali. Kromě toho i bez těchto podmínek byl život možný. ““

"a tak," zeptal se michel ardan, "lidstvo zmizelo z Měsíce?"

„ano,“ odpověděl barbikane, „poté, co bezpochyby zůstal trvale po miliony staletí; jakmile se atmosféra stává vzácnou, disk se stal neobyvatelným, protože se pozemský glóbus jednoho dne zchladí.“

"chlazením?"

"určitě," odpověděl barbicane; „když vnitřní ohně zhasly a žhavá látka se koncentrovala, měsíční kůra se ochladila. Postupně se tyto jevy projevily ve mizení organizovaných bytostí a zmizením vegetace. Brzy byla atmosféra vzácná, pravděpodobně stažen pozemskou přitažlivostí; poté letecký odlet dýchatelného vzduchu a zmizení vody pomocí odpařování. V tomto období už se měsíc stal neobyvatelným, již nebyl obýván. Byl to mrtvý svět, jak ho dnes vidíme. ““

"a říkáte, že stejný osud je na Zemi k dispozici?"

"s největší pravděpodobností."

"ale když?"

"když zchladnutí její kůry způsobí, že bude neobyvatelná."

"a vypočítali čas, který bude naše nešťastná koule potřebovat k vychladnutí?"

"rozhodně."

"a ty tyto výpočty znáte?"

"dokonale."

„ale promluvte, můj neohrabaný savant," zvolal michel ardan, „protože mě netrpělivě vaříte!"

„velmi dobře, můj dobrý michel," odpověděl barbicane tiše; „víme, jaké snížení teploty Země prochází v průběhu jednoho století. Podle některých výpočtů bude tato průměrná teplota po období 400 000 let snížena na nulu!"

"čtyři sta tisíc let!" vykřikl michel. „ah! Znovu dýchám. Opravdu jsem se bála slyšet tě; představovala jsem si, že bychom neměli žít víc než 50 000 let."

Barbicane a nicholl se nemohli smát nad nepříjemností svého společníka. Pak nicholl, který chtěl ukončit diskusi, položil druhou otázku, která byla právě zvážena.

"Byl měsíc obýván?" zeptal se.

Odpověď byla jednomyslně kladná. Ale během této diskuse, plodná v poněkud nebezpečných teoriích, projektil rychle opouštěl Měsíc: linie vymizely z očí cestujících, hory byly v dálce zmatené; a ze všech úžasných, podivných a fantastických podob pozemského satelitu brzy nezůstalo nic než nezničitelná vzpomínka.

Kapitola xix

Boj proti nemožnému

Na dlouhou dobu se barbicane a jeho společníci tiše a smutně dívali na ten svět, který viděli jen z dálky, když mumy viděly zemi canaan, a které opouštěly, aniž by se k ní mohly kdykoli vrátit. Poloha střely s ohledem na Měsíc se změnila a základna se nyní obrátila na Zemi.

Tato změna, kterou barbicane ověřil, je nepřekvapila. Pokud by projektil měl gravitovat kolem satelitu na eliptické oběžné dráze, proč se jeho nejtěžší část neotočila směrem k němu, když se Měsíc obrátí na Zemi? To bylo obtížné.

Když sledovali průběh střely, viděli, že po opuštění Měsíce následoval kurz analogický tomu, který sledoval, když se k ní přibližoval. Popisoval velmi dlouhou elipsu, která by se s největší pravděpodobností rozšířila do bodu stejné přitažlivosti, kde jsou neutralizovány vlivy Země a jejího satelitu.

Takový byl závěr, který barbicane velmi správně vyvodil z již pozorovaných skutečností, přesvědčení, které s ním oba jeho přátelé sdíleli.

"a až dorazíme do tohoto mrtvého bodu, co se stane s námi?" zeptal se michel ardan.

„nevíme," odpověděl barbicane.

"Ale předpokládám, že si můžeme vyvodit hypotézy?"

„dva," odpověděl barbikane; "Buď bude rychlost střely nedostatečná a zůstane navždy nehybná na této dvojité přitažlivosti --—"

„Upřednostňuji další hypotézu, ať už to bude cokoli," přerušil michel.

„nebo," pokračoval barbicane, „jeho rychlost bude dostatečná a bude pokračovat ve svém eliptickém průběhu, aby se navždy gravitovala kolem noční koule."

„revoluce vůbec ne utěšující," řekl michel, „přejít do stavu skromných služebníků na Měsíc, na který jsme zvyklí dívat se jako na naši služebnou. Takže to je pro nás osud?"

Neodpověděl ani barbicane ani nicholl.

„neodpovídáš," pokračoval netrpělivě michel.

„není co odpovědět," řekl nicholl.

"není co zkusit?"

„Ne," odpověděl barbikane. "předstíráte, že bojujete proti nemožným?"

„Proč ne? Zmenšuje se jeden francouzák a dva Američané z takového slova?"

"ale co bys udělal?"

"potlačte tento pohyb, který nás odvádí pryč."

"podmanit si to?"

„ano," pokračoval michel, oživoval se, „nebo to jinak upravoval a použil k dosažení našich vlastních cílů."

"a jak?"

„to je tvoje záležitost. Pokud dělostřelci nejsou páni svých projektilů, nejsou to dělostřelci. Pokud má střela velet střelci, měli bychom lépe střelit střelce do zbraně. Má víra! Jemné savany! Kteří nevědí, co je stát se z nás poté, co mě uvedete --—"

"přimět tě!" vykřikl barbicane a nicholl. "přimět tě!"

Co tím myslíš?"

„žádné vyloučení," řekl michel. "Nestěžuju si, výlet mě potěšil a projektil se mnou souhlasí; ale udělejme vše, co je lidsky možné, abych někam spadl, i když jen na měsíci."

„Žádáme o nic lepšího, můj hodný michel," odpověděl barbicane, „ale znamená to, že nás selháme."

"nemůžeme změnit pohyb střely?"

"Ne."

"ani snížit jeho rychlost?"

"Ne."

"Ani odlehčením, protože odlehčují přetíženou loď?"

"co byste vyhodili?" řekl nicholl. "Nemáme na palubě žádný předřadník a skutečně se mi zdá, že pokud by byl odlehčen, šlo by to mnohem rychleji."

"pomalejší."

"rychlejší."

„ani pomalejší ani rychlejší," řekl barbikane a přál si, aby jeho dva přátelé souhlasili; „protože my vznášíme prostor a nemůžeme dále uvažovat o specifické hmotnosti."

"velmi dobře," vykřikl michel ardan rozhodným hlasem; "pak jejich pozůstatky, ale jedna věc."

"Co je to?" zeptal se nicholl.

„snídaně," odpověděl chladný, odvážný francouzský dělník, který toto řešení vždy přinesl v nejtěžším bodě.

V každém případě, pokud by tato operace neměla žádný vliv na průběh střely, mohla by být alespoň vyzkoušena bez obtíží a dokonce i se stomachovým úspěchem. Michel rozhodně neměl nic jiného než dobré nápady.

Ráno se snídaní ve dvě; na hodině záleželo jen málo. Michel sloužil své obvyklé pochoutce, korunovanou slavnou lahví vytaženou z jeho soukromého sklepa. Pokud se jejich myšlenky nevytlačily na jejich mozek, musíme zoufalství chambertina z roku 1853. Opakování skončilo, pozorování začalo znovu. Kolem střely, v neměnné vzdálenosti, byly předměty, které byly vyhozeny. Zjevně, ve svém translačním pohybu kolem Měsíce, neprošel žádnou atmosférou, protože specifická hmotnost těchto různých objektů by zkontrolovala jejich relativní rychlost.

Na straně pozemské sféry nebylo nic vidět. Země byla jen jeden den stará, byla nová v noci předtím ve dvanáct; a dva dny musí uplynout, než jeho půlměsíc, osvobozený od slunečních paprsků, bude sloužit jako hodiny pro selenity, protože ve svém rotačním pohybu každý z jeho bodů po dvaceti čtyřech hodinách znovu naladí stejný lunární poledník.

Na straně měsíce byl pohled jiný; Orb zářila v celé své kráse uprostřed nespočetných souhvězdí, jejichž čistotu nemohly její paprsky trápit. Na disku se roviny již vracely do temného odstínu, který je vidět ze Země. Druhá část nimbusu zůstala brilantní a uprostřed této obecné brilantnosti svítilo tycho prominentně jako slunce.

Barbicane neměl žádný prostředek k odhadování rychlosti střely, ale uvažování ukázalo, že se musí podle zákonů mechanického uvažování rovnoměrně snižovat. Poté, co přiznal, že projektil popisoval orbitu kolem Měsíce, musí být tato orbita nutně eliptická; věda dokazuje, že tomu tak musí být. Žádné motivní tělo obíhající kolem přitahujícího těla selže v tomto zákoně. Každá oběžná dráha popsaná ve vesmíru je eliptická. A proč by projektil střelného klubu měl uniknout tomuto přirozenému uspořádání? V eliptických drahách přitahuje přitažlivé tělo vždy jedno z ohnisek; takže v jednom okamžiku je satelit blíže a v jiném dále od koule, kolem které gravituje. Když je Země nejblíže slunci, je v jejím perihelionu; a ve svém apheliu v nejvzdálenějším bodě. Když už mluvíme o Měsíci, je nejblíže k Zemi ve svém perigee a nejdále od ní ve svém apogee. Používat analogické výrazy, kterými je jazyk astronomů obohacen, pokud projektil zůstává jako satelit Měsíce, musíme říci, že je ve svém „aposelenu" v jeho nejvzdálenějším bodě a v „periselenu" v jeho nejbližším bodě . Ve druhém případě by projektil dosáhl maximální rychlosti; a v jeho prvním minimu. Zjevně se pohyboval ke svému aposelenitickému bodu; a barbicane měl důvod si myslet, že jeho rychlost by klesala až do tohoto bodu, a pak se zvyšoval o stupně, když se blížil k Měsíci. Tato rychlost by se dokonce stala nulovou, pokud by se tento bod spojil se stejnou přitažlivostí. Barbicane studoval důsledky těchto různých situací a přemýšlel, co z toho může vyvodit, když byl hrubě vyrušen výkřikem z michel ardan.

"holčičko!" zvolal: „Musím přiznat, že jsme dole pravicové simpletony!"

„Neříkám, že nejsme," odpověděl barbicane; "ale proč?"

"protože máme velmi jednoduchý způsob kontroly této rychlosti, která nás nese od Měsíce, a nepoužíváme ji!"

"a co to znamená?"

"použít zpětný ráz obsažený v našich raketách."

"Hotovo!" řekl nicholl.

"Tuto sílu jsme ještě nevyužili," řekl barbikane, "je to pravda, ale uděláme to."

"když?" zeptal se michel.

„Až přijde čas. Pozorujte, přátelé, že v poloze obsažené projektilem, šikmá poloha vzhledem k lunárnímu disku, by naše rakety mohly mírně změnit svůj směr, aby jej otočily z Měsíce, místo aby se přibližovaly blíže ? "

„jen tak," odpověděl michel.

„Počkejte tedy. Nějakým nevysvětlitelným vlivem projektil otočí svou základnu směrem k Zemi. Je pravděpodobné, že v bodě stejné přitažlivosti bude jeho kuželová čepice strmě směřována rigidně k měsíci; v tu chvíli můžeme doufat že jeho rychlost bude nulová; pak bude okamžik, kdy budeme jednat, a pod vlivem našich raket bychom možná mohli vyprovokovat pád přímo na povrch lunárního disku. "

"Bravo!" řekl michel. "co jsme neudělali, co jsme nemohli udělat na našem prvním průchodu v mrtvém bodě, protože projektil byl pak obdarován příliš velkou rychlostí."

„velmi dobře odůvodněné," řekl nicholl.

„Počkejme trpělivě," pokračoval barbikane. "dávat každou šanci na naši stranu a po tolika zoufalství mohu říci, že si myslím, že dosáhneme svého konce."

Tento závěr byl signálem pro michel ardanovy boky a hurrah. A žádné z odvážných kozáků si nevzpomnělo na otázku, kterou oni sami vyřešili negativně. Ne! Měsíc není obýván; Ne! Měsíc pravděpodobně není obyvatelný. A přesto se pokusili vše, aby se k ní dostali.

Jedna jediná otázka zbývá vyřešit. V jakém přesném okamžiku by projektil dosáhl bodu stejné přitažlivosti, na který si cestovatelé musí zahrát svou poslední kartu. Aby to bylo možné spočítat během několika sekund, barbicane musel odkazovat pouze na své poznámky a počítat s různými výškami na měsíčních paralelách. Tak čas potřebný k překonání vzdálenosti mezi mrtvým bodem a jižním pólem by se rovnal vzdálenosti oddělující severní pól od mrtvého bodu. Hodiny představující ujetý čas byly pečlivě zaznamenány a výpočet byl snadný. Barbicane zjistil, že tohoto bodu bude dosaženo v jednu ráno v noci ze 7. Na 8. Prosince. Takže pokud by nic nezasahovalo do jeho průběhu, dosáhlo by daného bodu za dvacet dvě hodiny.

Rakety byly primárně umístěny ke kontrole pádu střely na Měsíc, a teď je chtěly zaměstnat pro přímo opačný účel. V každém případě byli připraveni a museli jen čekat, než na ně zapálí oheň.

„Protože už není co dělat," řekl nicholl, „podám návrh."

"Co je to?" zeptal se barbikane.

"Navrhuji jít spát."

"jaký pohyb!" zvolal michel ardan.

„Je to čtyřicet hodin, co jsme zavřeli oči," řekl nicholl.

"Některé hodiny spánku obnoví naši sílu."

"nikdy," přerušil michel.

"dobře," pokračoval nicholl, "každý podle svého vkusu; půjdu spát." a natáhl se na gauči, brzy chrápal jako čtyřicet osm liber.

"ten nicholl má hodně rozumu," řekl barbicane; "V současné době budu následovat jeho příklad." několik okamžiků poté, co jeho pokračující basy podporovaly kapitánův baryton.

"určitě," řekl michel ardan a ocitl se sám, "tito praktičtí lidé mají někdy nejvhodnější nápady."

A s dlouhými nohama nataženými a jeho velké paže sklopené pod hlavou, michel zase spal.

Ale tento spánek nemohl být mírumilovný ani trvalý, mysl těchto tří mužů byla příliš obsazená a několik hodin poté, asi sedm ráno, byli všichni tři ve stejnou chvíli pěšky.

Projektil stále opouštěl Měsíc a jeho kuželovitou část stále více přibližoval k ní.

Vysvětlitelný jev, ale ten, který naštěstí sloužil

Konce barbicane.

O sedmnáct hodin déle a nastal okamžik k akci.

Den vypadal dlouhý. Bez ohledu na to, jak by cestující mohli být odvážní, byli velmi ohromeni přístupem toho okamžiku, který by rozhodl o všem - buď urychlí jejich pád na Měsíc, nebo je navždy zřetězí na neměnnou orbit. Spočítali hodiny, když pro své přání prošli příliš pomalu; barbicane a nicholl byli tvrdě ponořeni do svých výpočtů, michel šel a přicházel mezi úzkými zdmi a pozoroval ten neprůhledný měsíc s dychtivým okem.

Občas si vzpomněly na Zemi vzpomínky. Ještě jednou uviděli své přátele z klubu zbraní a nejdražší ze všech, jt maston. V tuto chvíli musí čestný sekretář obsadit svůj příspěvek na skalnatých horách. Kdyby viděl střelu sklem svého gigantického dalekohledu, co by si myslel? Poté, co viděl, jak mizí za jižním pólem měsíce, uvidí, jak se znovu objeví u severního pólu! Musí tedy být satelitem satelitu! Dal jt maston tuto neočekávanou zprávu světu? Bylo to rozuzlení tohoto velkého podniku?

Ale den uplynul bez incidentu. Dorazila pozemská půlnoc. Začalo 8. Prosince. O hodinu víc a bude dosaženo stejné přitažlivosti. Jakou rychlost by potom projektil oživil? Nemohli to odhadnout. Ale žádná chyba nemohla narušit výpočty barbicanu. V jednu ráno by tato rychlost měla být a byla nulová.

Kromě toho by další jev označil bod zastavení střely na neutrální linii. Na tomto místě by byly zrušeny dvě atrakce, lunární a pozemská. Objekty by už „nevážily". Tento pozoruhodný fakt, který tolik překvapil barbicane a jeho společníky v jejich odchodu, by se po návratu opakoval za stejných podmínek. V tuto chvíli musí jednat.

Již kuželovitý vrchol střely byl už citlivě otočen směrem k lunárnímu disku, prezentovaný takovým způsobem, aby využil celou zpětnou ráz vytvářenou tlakem raketového aparátu. Šance byly ve prospěch cestujících. Pokud by byla jeho rychlost v tomto mrtvém bodě zcela zrušena, stačilo by k určení jeho pádu rozhodný pohyb směrem k Měsíci.

„pět minut na jednu," řekl nicholl.

„vše je připraveno," odpověděl michel ardan a nasměroval zapálený zápas na plamen plynu.

"Počkejte!" řekl barbicane a držel svůj chronometr v ruce.

V tu chvíli hmotnost neměla žádný účinek. Cestující pocítili v sobě celé zmizení. Byli velmi blízko neutrálního bodu, pokud se ho nedotkli.

„jednu hodinu," řekl barbikane.

Michel ardan použil osvětlený zápas na vlak ve spojení s raketami. Uvnitř nebyla slyšet žádná detonace, protože tam nebyl vzduch. Ale skrz škrabky viděl barbikane prodloužený kouř, jehož plameny okamžitě zhasly.

Projektil utrpěl určitý šok, který byl v interiéru cítit.

Tři přátelé se dívali a poslouchali, aniž by mluvili, a stěží dýchali. Někdo mohl slyšet tlukot jejich srdcí uprostřed tohoto dokonalého ticha.

"padáme?" zeptal se michel ardan na délku.

"ne," řekl nicholl, "protože dno střely se neotáčelo k lunárnímu disku!"

V tuto chvíli se barbikane, opouštějící skřipec, obrátil ke svým dvěma společníkům. Byl strašně bledý, jeho čelo vrásčité a jeho rty se zkrátily.

"padáme!" řekl.

"ah!" vykřikl michel ardan, „na měsíc?"

"na Zemi!"

"ďábel!" zvolal michel ardan a filozoficky dodal: „no, když jsme přišli do tohoto střelu, byli jsme velmi pochybní, pokud jde o lehkost, s jakou bychom se z toho měli dostat!"

A nyní tento strašný pokles začal. Udržovaná rychlost nesla projektil za mrtvý bod. Exploze raket nemohla odvrátit její průběh. Tato rychlost v pohybu ji přinesla přes neutrální linii a při návratu udělala totéž. Fyzikální zákony ji odsoudily, aby projela každým bodem, kterým už prošla. Byl to hrozný pád z výšky 160 000 mil a žádné pružiny ho nezlomily. Podle zákonů střelby musí projektil zasáhnout Zemi rychlostí rovnající se rychlosti, s jakou opustil ústa kolumbie, rychlostí 16 000 yardů za poslední sekundu.

Ale za účelem srovnání některých údajů se počítá s tím, že předmět hozený z vrcholu věží notre dame, jehož výška je pouhých 200 stop, dorazí na chodník rychlostí 240 mil za hodinu. Zde musí projektil zasáhnout Zemi rychlostí 115 200 mil za hodinu.

"jsme ztraceni!" řekl michel chladně.

„velmi dobře! Pokud zemřeme," odpověděl barbicane s jistým náboženským nadšením, „výsledky našich cest se budou ohromně šířit. Je to jeho vlastní tajemství, které nám Bůh řekne! Nic neví, ani o strojích, ani o motorech! Bude identifikováno s věčnou moudrostí! "

„ve skutečnosti," přerušil michel ardan, „celý svět nás může dobře utěšit za ztrátu té nižší koule, která se nazývala měsíc!"

Barbicane zkřížil ruce na prsou, s pohybem vznešené rezignace a zároveň řekl:

"vůle nebe bude hotová!"

Kapitola xx

Ozvučení susquehanna

Dobře, poručíku a naše zvuky? "

„Myslím, pane, že se operace blíží ke konci," odpověděl poručík bronsfield. "Ale kdo by si pomyslel, že najde takovou hloubku tak blízko u pobřeží a jen 200 mil od amerického pobřeží?"

„rozhodně, bronsfield, je tu velká deprese," řekl kapitán blomsberry. "na tomto místě je podmořské údolí, které nosí proud ponížený, který sukne na pobřeží Ameriky až k úžině Magellan."

„tyto velké hloubky," pokračoval poručík, „nejsou pro pokládání telegrafních kabelů příznivé. Hladina dna, jako je ta, která podporuje americký kabel mezi valentií a newfoundlandem, je mnohem lepší."

„Souhlasím s tebou, bronsfield. S tvým svolením, poručíku, kde jsme teď?"

"Pane, v tuto chvíli máme 3 508 sáhů linie a míček, který táhne znějící vodítko, se ještě nedotkl dna; protože kdyby ano, tak by to vyšlo samo o sobě."

„potokový aparát je velmi geniální," řekl kapitán blomsberry; "dává nám velmi přesné zvuky."

"dotek!" V tu chvíli vykřikl jeden z mužů na předním kolečku, který tuto operaci řídil.

Kapitán a poručík namontovali čtvrtí paluby.

"jakou hloubku jsme měli?" zeptal se kapitán.

„tři tisíce šest set dvacet sedm sáhů," odpověděl poručík a vložil jej do svého zápisníku.

„no, bronsfield," řekl kapitán, „výsledek sundám. Nyní vytáhni na ozvučenou linku. Bude to práce několika hodin. Za tu dobu může technik zapálit pece, a budeme připraveni začněte, jakmile skončíte. Je deset hodin a s vaším svolením, poručíku, se vracím. "

"udělej to, pane; udělej to!" odpověděl poručík povinně.

Kapitán susquehanny, jak statečný muž, jak je třeba, a skromný služebník jeho důstojníků, se vrátil do své kajuty, vzal si brandygrog, který vydělával za správce bez konce chvály, a otočil se, aniž by musel pochválil svého sluhu na lůžkách a klidně spal.

Bylo pak deset v noci. Jedenáctý den měsíce

Prosinec se blížil ke konci v nádherné noci.

Susquehanna, korveta 500 koňských sil, sjednocených

Námořnictvo států, bylo obsazeno vydáváním zvuků v pacifiku

Oceán asi 200 mil od amerického pobřeží, poté

Dlouhý poloostrov, který se táhne po pobřeží Mexika.

Vítr klesal o stupně. Ve vzduchu nedošlo k žádnému rušení. Praporec nehybně visel z hlavního vozu s galvanickým sloupem.

Kapitán jonathan blomsberry (bratranec německý plukovník blomsberry, jeden z nejhorlivějších příznivců střeleckého klubu, který se oženil s tetou kapitána a dcerou váženého obchodníka kentucky) - kapitán blomsberry si nemohl přát za jemnější počasí, ve kterém aby ukončil své delikátní operace ozvučení. Jeho korveta necítila ani tu největší bouři, která jim díky zametání skupin mraků na skalnatých horách umožnila sledovat průběh slavného střely.

Všechno šlo dobře a se zápalem presbyteriánů nezapomněl poděkovat za to nebe. Série zvuků, které provedla susquehanna, měla za cíl nalezení příznivého místa pro položení podmořského kabelu, který by propojil havajské ostrovy s americkým pobřežím.

Byl to skvělý závazek, vyvolaný podnětem silné společnosti. Jeho generální ředitel, inteligentní cyrusové pole, zamýšlel dokonce pokrýt všechny ostrovy oceánu rozsáhlou elektrickou sítí, obrovským podnikem a jedním hodným amerického génia.

Corvette susquehanna byl svěřen první operace ozvučení. Bylo to v noci z 11. Na 12. Prosince v přesně 27 @ 7 'severní šířky a 41 @ 37' západní délky na poledníku Washingtonu.

Měsíc, pak v posledním čtvrtletí, začal stoupat nad obzor.

Po odchodu kapitánské blomsberry poručík a někteří důstojníci stáli spolu na zadku. Při pohledu na měsíc se jejich myšlenky obrátily k té kouli, kterou uvažovaly oči celé polokoule. Nejlepší námořní brýle nemohly odhalit projektil putující kolem jeho polokoule, a přesto všechny směřovaly k brilantnímu disku, na který se miliony očí dívaly ve stejnou chvíli.

„Byli pryč deset dní," řekl poručík bronsfield konečně. "co se z nich stalo?"

„dorazili, poručíku," zvolal mladý midshipman, „a dělají to, co všichni cestovatelé dělají, když přijedou do nové země, na procházku!"

„Ach, jsem si tím jistý, jestli mi to řekneš, můj mladý příteli," řekl poručík bronsfield s úsměvem.

„ale," pokračoval další důstojník, „jejich příchod nelze zpochybnit. Projektil měl dorazit na Měsíc, když je plný o půlnoci. Nyní jsme v 11. Prosinci, což znamená šest dní. A šestkrát dvacet- čtyři hodiny, bez tmy, by měl člověk čas se pohodlně usadit. Líbí se mi, když vidím své statečné krajany utopené na dně nějakého údolí, na hranicích selenitového potoka, blízko střely napůl pohřbené jeho pádem uprostřed sopečného odpadu, kapitán nicholl zahajoval nivelační operace, prezident Barbicane psal své poznámky a michel ardan balzamoval měsíční samoty parfémem svého——— "

„Ano! Musí to tak být, je to tak!" zvolal mladý midshipman, propracovaný k nadšenému nadšení tímto ideálním popisem svého nadřízeného.

„Chtěl bych tomu uvěřit," odpověděl poručík, který byl docela nepohodlný. „Bohužel přímé zprávy z lunárního světa stále chtějí."

„prosím, promiňte, poručíku," řekl midshipman, „ale nemůžu

Prezident barbicane napsat? "

Tato odpověď přivítala výbuch smíchu.

"žádná písmena!" rychle pokračoval v mladém muži. "poštovní správa tam má co dohlížet."

"Možná to není chyba telegrafické služby?" zeptal se ironicky jeden z důstojníků.

"Ne nutně," odpověděl midshipman, vůbec ne zmatený. "ale je velmi snadné vytvořit grafickou komunikaci se zemí."

"a jak?"

"pomocí dalekohledu na vrcholku dlouhé. Víte, že to přináší měsíc do čtyř mil od skalnatých hor a že na jeho povrchu ukazuje objekty jen devět stop v průměru. Velmi dobře; nechte naše pracovité přátele postavit obra abeceda; nechte je psát slova tři sáhy dlouhé a věty tři míle dlouhé, a pak nám mohou poslat zprávy o sobě. "

Mladý midshipman, který měl jistou představivost, byl hlasitě tleskán; poručík bronsfield umožňující tuto myšlenku byl možný, ale pozoroval, že pokud by těmito prostředky mohli přijímat zprávy z lunárního světa, nemohli by poslat žádné z pozemského, ledaže by seleniti neměli k dispozici nástroje, které by umožňovaly vzdálené pozorování.

"evidentně," řekl jeden z důstojníků; „Ale co se stalo s cestovateli? Co udělali, co viděli, že nás především musí zajímat. Kromě toho, pokud experiment uspěje (což nepochybuji), zkusí to znovu. Kolumbie je stále potopená v půdě Floridy. Nyní je to jen otázka prachu a výstřelu; a pokaždé, když je měsíc u jejího zenitu, může jí být poslán náklad návštěvníků. ""

„Je jasné," odpověděl poručík bronsfield, „že jt maston se jednoho dne připojí ke svým přátelům. "

„Jestli mě bude mít," zvolal midshipman, „jsem připraven!"

„oh! Dobrovolníci nebudou chtít," odpověděl bronsfield; "A pokud by to bylo dovoleno, polovina obyvatel Země by emigrovala na Měsíc!"

Tato konverzace mezi důstojníky susquehanna byla udržována až do téměř jednoho rána. Nemůžeme říci, jaké trápné systémy byly prozrazeny, jaké nekonzistentní teorie rozšířily tito odvážní duchové. Od pokusu barbicane se Američanům nic nezdalo nemožné. Již navrhli výpravu, nejen savanů, ale celé kolonie směrem k selenitským hranicím, a kompletní armádu, sestávající z pěchoty, dělostřelectva a kavalérie, aby dobili lunární svět.

V jednu dopoledne nebylo vytažení sondy ještě dokončeno; Stále bylo venku 1 670 sáhů, což by vyžadovalo několik hodin práce. Podle rozkazů velitele byly požáry zapáleny a stoupala pára. Susquehanna mohla začít tak okamžitě.

V tu chvíli (bylo to sedmnáct minut kolem jedné ráno) se poručík bronsfield připravoval opustit hodinky a vrátit se do své kajuty, když jeho pozornost upoutal vzdálený syčivý zvuk. Jeho soudruzi a sám si nejprve mysleli, že toto syčení bylo způsobeno uvolněním páry; ale zvedli hlavu, zjistili, že hluk byl produkován v nejvyšších oblastech vzduchu. Neměli čas se navzájem ptát, než se syčení syčelo strašlivě intenzivním, a najednou se v jejich oslnivých očích objevil obrovský meteor, zapálený rychlostí jeho průběhu a jeho třením atmosférickými vrstvami.

Tato ohnivá hmota rostla jejich očím a s hlukem hromu padla na čelenku, kterou rozbila blízko stonku, a pohřbila se ve vlnách ohlušujícím řevem!

Pár stop blíž a susquehanna by se se všemi na palubě spojila!

V tuto chvíli se objevil kapitán blomsberry, oblečený napůl a vrhl se na palubu předpovědi, kam všichni důstojníci spěchali, zvolal, „s vaším svolením, pánové, co se stalo?"

A midshipman, který se dělal jako ozvěna těla, zvolal: „Veliteli, jsou to„ oni se zase vracejí! "

Kapitola xxi

Vzpomněl si jt maston

"to je` oni 'se vrátí znovu! " řekl mladý midshipman a každý mu rozuměl. Nikdo nepochyboval, ale že meteor byl projektil střeleckého klubu. Pokud jde o cestující, které uzavřela, názory na jejich osud byly rozděleny.

"jsou mrtví!" řekl jeden.

"jsou naživu!" řekl další; "Kráter je hluboký a šok byl zmírněn."

„ale museli hledat vzduch," pokračoval třetí řečník; "museli zemřít na udusení."

"spálil!" odpověděl čtvrtý; „projektil nebyl ničím jiným než žhnoucí hmotou, když procházel atmosférou."

"co na tom záleží!" zvolali jednomyslně; "žijící nebo mrtví, musíme je vytáhnout!"

Ale kapitán blomsberry shromáždil své důstojníky a „s jejich svolením" držel radu. Musí se rozhodnout, co se má udělat okamžitě. Ty unáhlenější byly pro dohonění střely. Obtížná operace, i když ne nemožná. Ale korveta neměla žádné řádné strojní zařízení, které musí být pevné i silné; tak bylo rozhodnuto, že by měli dát do nejbližšího přístavu a informovat střelecký klub o pádu střely.

Toto odhodlání bylo jednomyslné. Musel být projednán výběr přístavu. Sousední pobřeží nemělo žádné kotvení na 27 @ zeměpisné šířky. Výše, nad poloostrovem Monterey, stojí důležité město, z něhož se jmenuje; ale na hranicích dokonalé pouště to nebylo spojeno s interiérem sítí telegrafických drátů a elektřina sama o sobě mohla tyto důležité zprávy dostatečně rychle rozšířit.

O několik stupňů výše otevřel záliv san francisco. Prostřednictvím hlavního města zlaté země by komunikace s jádrem unie byla snadná. A za méně než dva dny mohla susquehanna vyvstáním vysokého tlaku dorazit do tohoto přístavu. Musí tedy začít okamžitě.

Ohně byly vytvořeny; mohli okamžitě vyrazit.

Dva tisíce sáhů řádků byly stále venku, což kapitán

Blomsberry, který si nepřeje ztrácet drahocenný čas při přepravě,

Rozhodl se snížit.

„Připevníme konec k bóji," řekl, „a ta bóje nám ukáže přesné místo, kde projektil spadl."

"Kromě toho," odpověděl poručík bronsfield, "máme přesnou situaci - 27 @ 7 'severní šířky a 41 @ 37' západní délky."

„dobře, pane bronsfielde," odpověděl kapitán, „nyní, s vaším svolením, bude čára přerušena."

Do oceánu byla vržena silná bóje posílená několika rány. Konec lana byl k němu pečlivě připoután; a, ponechán pouze na vzestupu a pádu vln, bóje by se od místa rozumně neodchýlila.

V tuto chvíli inženýr poslal, aby informoval kapitána, že pára je vzhůru a mohli začít, za což příjemná komunikace mu kapitán poděkoval. Kurs byl pak dán na sever-severovýchod a korveta, oblečená, nasměrovaná plnou parou přímo na san francisco. Byly tři ráno.

Čtyři sta padesát kilometrů; pro dobrou loď, jako je susquehanna, to nebylo nic. Za třicet šest hodin překonala tuto vzdálenost; a 14. Prosince, v sedmadvacet minut kolem jedné v noci, vstoupila do zátoky san francisco.

Při pohledu na loď národního námořnictva, která dorazila plnou rychlostí, se zlomenou čelenkou, byla veřejnost zvědavá. Na nábřeží se brzy shromáždil hustý dav a čekal, až se vystoupí.

Po obsazení kotvy vstoupil kapitán blomsberry a poručík bronsfield do osmičkové frézy, která je brzy přivedla na pevninu.

Skočili na nábřeží.

"telegraf?" zeptali se, aniž by odpověděli na jednu z tisíce otázek, které jim byly adresovány.

Důstojník přístavu je vedl do telegrafní kanceláře prostřednictvím haly diváků. Vstoupily blomsberry a bronsfield, zatímco dav se navzájem rozdrtil u dveří.

O několik minut později byl vyslán čtyřnásobný telegram - první námořnímu tajemníkovi ve Washingtonu; druhý po viceprezidentovi klubu zbraní, baltimore; třetí na hon. Jt maston, long's peak, rocky mountains; a čtvrtý do sub-ředitele cambridge observatoře, massachusetts.

Bylo formulováno následovně:

V 20 @ 7 'severní šířky a 41 @ 37' západní délky, 12. Prosince, v sedmnáct minut po jedné hodině ráno, padl projektil kolumbie do pacifiku. Posílejte instrukce - blomsberry, veliteli susquehanna.

Pět minut poté se to celé město san francisco dozvědělo. Před šestou večer různé státy odboru slyšely velkou katastrofu; a po půlnoci, skrz lano, celá evropa poznala výsledek velkého amerického experimentu. Nepokusíme se představit účinek, který toto neočekávané rozuzlení vyvolává na celý svět.

Po obdržení telegramu námořní tajemník telegrafoval susquehaně, aby počkal v zátoce san francisco, aniž by uhasil její ohně. Ve dne i v noci musí být připravena dát se na moře.

Cambridgeova observatoř svolala zvláštní setkání; a s tímto vyrovnáním, které obecně rozlišuje učená těla, pokojně diskutovali o vědeckých souvislostech otázky. V klubu zbraní došlo k výbuchu. Všichni střelci byli shromážděni. Viceprezident Hon. Wilcome byl v aktu čtení předčasného odeslání, ve kterém jt maston a belfast oznámil, že projektil byl právě viděn v gigantickém reflektoru dlouhého vrcholu, a také, že byl držen lunární přitažlivostí a hrál roli pod satelit do lunárního světa.

V tomto bodě známe pravdu.

Ale při příchodu Blomsberryovy expedice, tak rozhodně v rozporu s telegramem jt maston, se v lůně střeleckého klubu vytvořily dvě strany. Na jedné straně byli ti, kteří připustili pád střely a následně návrat cestujících; na druhé straně ti, kdo věřili v pozorování dlouhého vrcholu, dospěli k závěru, že velitel susquehanny udělal chybu. K posledně uvedenému předstíraný projektil nebyl nic jiného než meteor! Nic jiného než meteor, střílecí koule, která na jejím pádu rozbila luky korvety. Bylo obtížné odpovědět na tento argument, protože rychlost, s jakou byla animována, musela pozorování velmi ztížit. Velitel susquehanny a její důstojníci mohli udělat chybu v dobré víře; jeden argument byl však ve prospěch toho, že pokud projektil spadl na Zemi, jeho místo setkání s pozemskou planetou by se mohlo uskutečnit pouze v této 27 @ severní šířce a (s ohledem na čas, který uplynul) a rotační pohyb Země) mezi 41 a 42 @ západní délky. V každém případě bylo v kulovém klubu rozhodnuto, že blomsberry bratři, bilsby a major elphinstone by měli jít rovnou na san francisco a konzultovat, jak zvýšit střelu z hlubin oceánu.

Tito oddaní muži vyrazili najednou; a železnice, která brzy přejde celou střední Ameriku, je odvezla až ke sv. Louis, kde na ně čekali rychlé poštovní autobusy. Téměř ve stejnou chvíli, kdy námořní tajemník, místopředseda klubu zbraní a podřízený observatoře obdrželi výpravu od san francisco, byl čestný jt maston vystaven největšímu vzrušení, jaké kdy zažil jeho život, vzrušení, které ani prasknutí jeho pet zbraně, která ho víc než jednou skoro stála jeho život, ho nezpůsobilo. Můžeme si pamatovat, že sekretářka klubu zbraní začala brzy po projektilu (a téměř stejně rychle) pro stanici na dlouhém vrcholu, ve skalnatých horách, j. Belfast, ředitel observatoře v Cambridge, doprovázel ho. Dorazili tam, oba přátelé se nainstalovali najednou a nikdy neopustili vrchol svého obrovského dalekohledu. Víme, že tento gigantický nástroj byl vytvořen podle reflexního systému, nazývaného anglickým „čelním pohledem". Toto uspořádání podrobilo všechny objekty pouze jednomu odrazu, a proto byl pohled mnohem jasnější; výsledkem bylo, že když byli pozorováni, jt maston a belfast byly umístěny v horní části nástroje a nikoli ve spodní části, na které dosáhly kruhovým schodištěm, mistrovským dílem lehkosti, zatímco pod nimi otevřely kovovou studnu zakončeno kovovým zrcadlem, které měří hloubku dvě stě osmdesát stop.

Právě na úzké plošině umístěné nad dalekohledem prošli oba savanti svou existencí a provedli den, který před jejich očima skrýval Měsíc a mraky, které ji tvrdě zahalily během noci.

Jaká byla jejich radost, když po několika dnech čekání, v noci z 5. Prosince, spatřili vozidlo, které neslo své přátele do vesmíru! K tomuto potěšení se podařilo velký podvod, když,

když věřili na zběžné pozorování, zahájili svůj první telegram na světě, chybně potvrzujíc, že projektil se stal satelitem měsíce a gravitoval na neměnné oběžné dráze.

Od té chvíle se nikdy neprojevil jejich očím - zmizení o to snadněji vysvětlitelné, jak to pak procházelo za neviditelným diskem měsíce; ale když nastal čas, aby se znovu objevil na viditelném disku, můžeme si představit netrpělivost vzteklého jt mastonu a jeho neméně netrpělivého společníka. Každou minutu noci si mysleli, že střelu ještě jednou viděli, a neviděli ji. Od této doby neustále debaty a násilné spory mezi nimi potvrzují, že projektil nelze vidět, a maston tvrdí, že „vystrčil oči".

"je to projektil!" opakovaný jt maston.

„ne," odpověděl belfast; "je to lavina oddělená od měsíční hory."

"dobře, uvidíme to zítra."

„Ne, už to neuvidíme. Je nesen do vesmíru."

"Ano!"

"Ne!"

A v těchto chvílích, kdy pršely rozpory jako krupobití, znamenala známá podrážděnost sekretářky klubu zbraní trvalé nebezpečí pro čestného zvonice. Existence těchto dvou by se brzy stala nemožnou; ale nečekaná událost zkrátila jejich věčné diskuse.

Během noci, od 14. Do 15. Prosince, byli dva neslučitelní přátelé zaneprázdněni pozorováním lunárního disku, jt maston zneužíval naučeného zvonice jako obvykle, který byl po jeho boku; sekretářka zbraňového klubu, která tisíckrát udržovala projektil a dodala, že viděl michel ardanovu tvář, jak se dívá skrz jeden ze škrábanců, a zároveň prosazuje svůj argument řadou gest, která jeho impozantní háček se stal velmi nepříjemným.

V tuto chvíli se na nástupišti objevil belfastův služebník (bylo deset v noci) a vydal mu expedici. Byl to velitel telegramu susquehanna.

Belfast roztrhl obálku, přečetl a vykřikl.

"co!" řekl jt maston.

"projektil!"

"studna!"

"padl na zem!"

Odpověděl mu další výkřik, tentokrát dokonalý vytí. Otočil se k jt mastonovi. Nešťastný muž se bezohledně opřel o kovovou trubici a zmizel v obrovském dalekohledu. Pád dvě stě osmdesát stop! Belfast, zděšený, spěchal k otvoru reflektoru.

Vydechl. JT maston, chycený kovovým háčkem, držel jeden z prstenů, které dalekohled spojily, a vyslovil strašné výkřiky.

Zvolal belfast. Byla přinesena pomoc, nářadí bylo spuštěno, a zvedli, ne bez problémů, neslušného tajemníka střeleckého klubu.

Bez zranění se znovu objevil na horním otvoru.

"ah!" řekl, „kdybych zlomil zrcadlo?"

„zaplatili byste za to," odpověděl belfast přísně.

"a ten prokletý projektil padl?" zeptal se jt maston.

"do pacifiku!"

"Pojďme!"

Čtvrt hodiny poté, co oba savanti sestupovali po úbočí skalnatých hor; a dva dny poté, ve stejnou dobu jako jejich přátelé z klubu zbraní, dorazili na san francisco, když na silnici zabili pět koní.

Elphinstone, bratři blomsberry a bilsby se k nim vrhli, když dorazili.

"co uděláme?" zvolali.

„dohonte projektil," odpověděl jt maston, „a čím dříve, tím lépe."

Kapitola xxii

Vzpamatoval se z moře

Místo, kde se projektil potopil pod vlnami, bylo přesně známo; ale strojní zařízení, které by ho uchopilo a přivedlo na hladinu oceánu, stále chtělo. Musí být nejprve vynalezen a poté vyroben. Američtí inženýři se s takovými maličkostmi nemohli trápit. Drapákové žehličky, jakmile se jednou upevnily, si pomocí své jistoty zajistily, že ji navzdory své hmotnosti zvýšily, což bylo sníženo hustotou kapaliny, do které byla ponořena.

Ale dohnat projektil nebyl jediný, na co by se mělo myslet. Musí jednat rychle v zájmu cestujících. Nikdo nepochyboval, že stále žijí.

„Ano," opakoval jt maston nepřetržitě, jehož důvěra získala nad každým, „naši přátelé jsou chytří lidé a nemohli padnout jako simpletoni. Jsou naživu, docela naživu, ale pokud to chceme najít, musíme se pospíchat. Jídlo a voda mě neznepokojují, mají dost dlouho. Ale vzduch, vzduch, to budou brzy chtít; tak rychle, rychle! "

A šli rychle. Vybavili susquehanna pro svůj nový cíl. Její výkonné strojní zařízení bylo přivedeno na dopravní řetězy. Hliníkový projektil váží pouze 19 250 liber, což je hmotnost velmi nižší než hmotnost transatlantického kabelu, který byl natažen za podobných podmínek. Jedinou obtížností bylo vylovit válcovou kónickou střelu, jejíž stěny byly tak hladké, že nezachytily háčky. Z tohoto důvodu se mechison techniku spěchal na san francisco a nechal na automatickém systému upevnit několik obrovských drapáků, což by nikdy nepustilo projektil, kdyby se mu jednou podařilo chytit ho ve svých silných drápech. Byly také připraveny potápěčské šaty, které prostřednictvím tohoto nepropustného krytu umožnily potápěčům pozorovat dno moře. Také na palubu umístil zařízení se stlačeným vzduchem, které bylo navrženo velmi chytře. Existovaly dokonalé komory propíchnuté škrábanci, které by s vodou vpuštěnou do určitých oddílů dokázaly zatáhnout do velkých hloubek. Tyto přístroje byly v san francisco, kde byly použity při stavbě podmořských vlnolamů; a naštěstí to bylo tak, protože nebyl čas na výstavbu. Ale navzdory dokonalosti strojního zařízení, navzdory vynalézavosti savanů pověřených jejich používáním nebyl úspěch operace zdaleka jistý. Jak velké byly šance na ně, projektil byl 20 000 stop pod vodou! A i kdyby to bylo přivedeno na povrch, jak by cestující nesli hrozný šok, který asi 20 000 stop vody pravděpodobně dostatečně nezlomil? V každém případě musí jednat rychle. Jt maston spěchal dělníky ve dne v noci. Byl připraven obléknout si potápěčské šaty sám nebo vyzkoušet vzduchový aparát, aby znovu prozkoumal situaci svých odvážných přátel.

Ale navzdory veškeré pečlivosti, která se projevila při přípravě různých motorů, navzdory značné částce, kterou vláda unie dala k dispozici střeleckému klubu, uplynulo pět dlouhých dnů (pět století!) Před dokončením příprav. Během této doby bylo veřejné mínění nadšené na nejvyšší hřiště. Telegramy byly neustále vyměňovány po celém světě pomocí vodičů a elektrických kabelů. Úspora barbicanu, nicholl a michel ardan byla mezinárodní záležitost. Každý, kdo se přihlásil do klubu zbraní, se přímo zajímal o blaho cestujících.

Na délku byly na palubu položeny přepravní řetězy, vzduchové komory a automatické drapáky. Jt maston, inženýrská munice a delegáti klubu zbraní už byli ve svých kabinách. Museli začít, což dělali 21. Prosince, v osm hodin v noci, korvetové setkání s krásným mořem, severozápadním větrem a dost ostrým chladem. Celá populace san francisco byla shromážděna na nábřeží, velmi vzrušená, ale tichá, rezervující jejich hurrahs pro návrat. Pára byla úplně nahoře a šroub susquehanny je svižně vynesl z zálivu.

Není nutné spojovat rozhovory na palubě mezi důstojníky, námořníky a cestujícími. Všichni tito muži měli jen jednu myšlenku. Všechna tato srdce bila pod stejnou emocí. Zatímco oni spěchali, aby jim pomohli, co dělali barbicane a jeho společníci? Co se z nich stalo? Dokázali se pokusit o odvážný manévr znovu získat svobodu? Nikdo nemohl říct. Pravda je, že každý pokus musel selhat! Tento kovový vězení ponořený téměř čtyři kilometry pod oceánem vzdoroval veškerému úsilí jeho vězňů.

Na 23. Místě, v osm ráno, po rychlém průchodu byla susquehanna na smrtelném místě. Musí počkat až do dvanácti, aby přesně počítali. Bóje, ke které byla ozvánací linka připoutána, dosud nebyla rozpoznána.

Ve dvanácti se kapitán blomsberry za pomoci svých důstojníků, kteří pozorování řídili, počítal za přítomnosti delegátů střeleckého klubu. Pak nastal okamžik úzkosti. Podle její pozice se susquehanna zjistila, že je několik minut na západ od místa, kde projektil zmizel pod vlnami.

Kurz lodi byl poté změněn tak, aby bylo dosaženo tohoto přesného bodu.

Za čtyřicet sedm minut po dvanácti dorazili k bóji; bylo v perfektním stavu a muselo se změnit, ale málo.

"nakonec!" zvolal jt maston.

"můžeme začít?" zeptal se kapitán blomsberry.

"bez ztráty sekundy."

Byla učiněna všechna opatření, aby korveta zůstala téměř úplně nehybná. Než se pokusil chytit projektil, chtěl inženýrský mistr najít přesnou polohu na dně oceánu. Ponorkový aparát určený pro tuto výpravu byl zásobován vzduchem. Práce těchto motorů nebyla bez nebezpečí, protože na 20 000 stop pod hladinou vody a pod tak velkým tlakem byly vystaveny zlomeninám, jejichž důsledky by byly strašné.

Jt maston, bratři blomsberry a inženýr murchison, bez ohledu na tato nebezpečí, zaujali svá místa ve vzduchové komoře. Velitel, vyslaný na jeho mostě, řídil operaci, připraven zastavit nebo vytáhnout řetězy na sebemenší signál. Šroub byl dodán a celá síla strojního zařízení shromážděného na válci by rychle přitáhla přístroj na palubu. Sestup začal v pětadvacet minut kolem jedné v noci a komora, tažená pod nádržemi plnými vody, zmizela z hladiny oceánu.

Emoce důstojníků a námořníků na palubě byly nyní rozděleny mezi vězně v projektilu a vězně v podmořském aparátu. Co se týče posledně jmenovaných, zapomněli se na sebe a přilepili k oknům škrábanců a pozorně sledovali tekutou hmotu, kterou prošli.

Sestup byl rychlý. V sedmnáct minut kolem druhé se jt maston a jeho společníci dostali na dno pacifiku; ale neviděli nic jiného než vyprahlou poušť, která již nebyla animována faunou ani flórou. Podle světla svých lamp, vybavených výkonnými reflektory, mohli do značné míry vidět tmavé postele oceánu, ale projektil nebyl nikde vidět.

Netrpělivost těchto odvážných potápěčů nelze popsat a když měli elektrickou komunikaci s korvetou, vydali signál, na kterém se již shodli, a pro prostor míle se susquehanna pohybovala komorou po několika yardech nad dnem.

Tak prozkoumali celou podmořskou planinu, podvedeni na každém kroku optickými iluzemi, které téměř zlomily jejich srdce. Tady se zdálo, že je to vyhledávaná střecha skála, projekce ze země; ale jejich chyba byla brzy objevena, a pak byli v zoufalství.

"Ale kde jsou? Kde jsou?" vykřikl jt maston. A ubohý muž hlasitě volal na nicholl, barbicane a michel ardan, jako by ho jeho nešťastní přátelé mohli slyšet nebo mu odpovědět prostřednictvím tak neproniknutelného média! Pátrání pokračovalo za těchto podmínek, dokud vadný vzduch nutil potápěče k vzestupu.

Vytahování začalo asi šest večer a neskončilo před půlnocí.

„zítra," řekl jt maston, když se postavil na most korvety.

„Ano," odpověděl kapitán Blomsberry.

"a na jiném místě?"

"Ano."

Jt maston nepochyboval o svém konečném úspěchu, ale jeho společníci, kteří již nepodporovali vzrušení z prvních hodin, pochopili všechny potíže podniku. Co se na san francisco zdálo snadné, zdálo se, že tady v širokém oceánu je téměř nemožné. Šance na úspěch se rychle snižovala; a právě od náhody se dalo očekávat setkání s projektilem.

Následující den, 24., byla navzdory únavě předchozího dne operace obnovena. Korveta postupovala několik minut na západ a aparát, vybavený vzduchem, nesl stejné průzkumníky do hlubin oceánu.

Celý den prošel bezvýsledným výzkumem; mořské dno bylo poušť. 25. Výsledek nepřinesl žádný jiný výsledek ani 26. Výsledek.

Bylo to skličující. Mysleli na ty nešťastníky, kteří byli zavřeni v projektilu na dvacet šest dní. Snad v tu chvíli zažívali první přístup k udusení; to znamená, že kdyby unikli nebezpečí jejich pádu. Vzduch byl utracen a bezpochyby se vzduchem celá jejich morálka.

„možná vzduch," odpověděl jt maston rozhodně, „ale jejich morálka nikdy!"

28., po dalších dvou dnech hledání, byla veškerá naděje pryč.

Tento projektil byl jen atomem v obrovském množství oceánu.

Musí se vzdát veškeré myšlenky, že to najde.

Ale jt maston neslyšel o odchodu. Neopustil by místo, aniž by alespoň objevil hrob svých přátel. Ale velitel blomsberry už nemohl vydržet a navzdory výkřikům hodného sekretáře byl povinen vydat rozkaz k plachtění.

29. Prosince v devět hodin susquehanna, která míří na severovýchod, pokračovala ve své cestě do zálivu san francisco.

Bylo deset ráno; korveta byla pod napařením, protože litovalo, že opustilo místo, kde došlo ke katastrofě, když námořník seděl na hlavní galerii, sledoval moře a náhle vykřikl:

"bóje na závětří luk!"

Důstojníci se dívali ve vyznačeném směru a pomocí svých brýlí viděli, že signalizovaný objekt má vzhled jednoho z těch bójí, které se používají k označení průchodů zátok nebo řek. Ale, jedinečně řečeno, vlajka plovoucí ve větru překonala jeho kužel, který se vynořil pět nebo šest stop z vody. Tato bóje zářila pod paprsky slunce, jako by byla vyrobena ze stříbrných talířů. Velitel blomsberry, jt maston a delegáti klubu zbraní byli namontováni na most a zkoumali tento objekt náhodně na vlnách.

Všichni vypadali s horečnatou úzkostí, ale tiše. Nikdo se neodvážil vyjádřit myšlenky, které přišly na mysl všech.

Korveta se přiblížila k délce dvou kabelů od objektu.

Celou posádkou se otřásl otřes. Ta vlajka byla

Americká vlajka!

V tuto chvíli bylo slyšet dokonalé vytí; byl to statečný jt maston, který právě padl do hromady. Zapomněl na jedné straně, že jeho pravá paže byla nahrazena železným háčkem, a na druhé straně, že jeho pouzdro na mozek pokrývala jednoduchá čepice z gutaperče, udělal si hroznou ránu.

Spěchali k němu, zvedli ho, obnovili ho k životu.

A jaká byla jeho první slova?

"Ah! Trebly Brutes! Quadruply idioti! Quintuply boobies, že jsme!"

"Co je to?" zvolal každý kolem sebe.

"Co je to?"

"pojď, promluv!"

„Je to, simpletony," vytí strašlivá sekretářka, „je to, že projektil váží jen 19 250 liber!"

"studna?"

"a že vytěsní dvacet osm tun, jinými slovy 56 000 liber, a to následně vznáší!"

Ah! Jaký stres položil hodný muž na sloveso „plavat!" a byla to pravda! Všichni, ano! Všichni tito savanti zapomněli na tento základní zákon, konkrétně na to, že se projektil, po jeho pádu do největších hlubin oceánu, musí kvůli své specifické lehkosti přirozeně vrátit na povrch. A teď se tiše vznášelo na milost vln.

Lodě byly položeny na moře. Jt maston a jeho přátelé se do nich vrhli! Vzrušení bylo na jeho vrcholu! Každé srdce hlasitě bilo, zatímco postupovali k projektilu. Co to obsahovalo? Žijící nebo mrtví?

Žijí, ano! Žijí, alespoň pokud smrt nezasáhne

Barbicane a jeho dva přátelé od doby, kdy zvedli vlajku.

Na lodích vládlo hluboké ticho. Všichni byli dech.

Oči už neviděly. Jedna ze škvílek střely byla otevřená.

Některé kusy skla zůstaly v rámu, což ukazuje, že to bylo

Bylo rozbité. Tato škrabka byla ve skutečnosti pět stop nad vodou.

Vedle lodi přišla loď, jt maston, a jt maston spěchal k rozbitému oknu.

V tu chvíli uslyšeli jasný a veselý hlas, hlas

Michel ardan, zvoucí v přízvuku triumfu:

"všechny bílé, barikády, bílé všechny!"

Barbicane, michel ardan a nicholl hráli na domino!

Kapitola xxiii

Konec

Můžeme si vzpomenout na intenzivní soucit, který doprovázel cestovatele při jejich odjezdu. Pokud na začátku podniku vzbudili takovou emoce ve starém i novém světě, s jakým nadšením by se dostali po návratu! Miliony diváků, kteří se setkali s floridským poloostrovem, nespěchali, aby se setkali s těmito vznešenými dobrodruhy? Ty legie cizinců, spěchající ze všech částí světa na americké pobřeží, opustili by unii, aniž by viděli barbicane, nicholl a michel ardan? Ne! A vášnivá vášeň veřejnosti musela platně reagovat na velikost podniku. Lidská stvoření, která opustila pozemskou sféru, a po této podivné plavbě do nebeského prostoru se vrátila, nemohla být přijata jako proroké elie, kdyby se vrátil na Zemi. Vidět je nejprve a pak je slyšet, taková byla univerzální touha.

Barbicane, michel ardan, nicholl a delegáti klubu zbraní, kteří se bez prodlení vrátili do baltimoru, byli přijati s nepopsatelným nadšením. Poznámky prezidenta Barbicaneovy cesty byly připraveny k předání veřejnosti. Newyorský herald koupil rukopis za cenu dosud neznámou, která však musela být velmi vysoká. Během zveřejnění „cesty na Měsíc" skutečně prodej tohoto papíru činil pět milionů kopií. Tři dny po návratu cestujících na Zemi byl znám nejmenší detail jejich výpravy. Nezůstalo nic jiného než vidět hrdiny tohoto nadlidského podniku.

Expedice barbikanu a jeho přátel kolem Měsíce jim umožnila opravit mnoho přijatých teorií týkajících se pozemského satelitu. Tito spasitelé pozorovali de visu a za zvláštních okolností. Věděli, jaké systémy by měly být odmítnuty, co si ponechalo, pokud jde o utváření této koule, její původ, její obyvatelnost. Jeho minulost, přítomnost a budoucnost se dokonce vzdala svých posledních tajemství. Kdo by mohl vznést námitky proti svědomitým pozorovatelům, kteří ve vzdálenosti necelých dvaceti čtyř mil označili tu zvědavou horu tycha, nejpodivnější systém lunární orografie? Jak odpovědět na ty spasitele, jejichž pohled pronikl do propasti pluto kruhu? Jak protirečí těm odvážným, kterým šance na jejich podnikání přinesly neviditelnou tvář disku, kterou dosud žádné lidské oko nevidělo? Teď je řada na nich, aby uvalili na tuto selenografickou vědu určité omezení, které rekonstruovalo lunární svět, protože maličký kostra fosílie, a řekl: „Měsíc byl tento, obyvatelný svět, obývaný před Zemí. Měsíc je to je svět neobyvatelný a nyní neobydlený. "

Na oslavu návratu nejslavnějšího člena a jeho dvou společníků se klub zbraní rozhodl dát banket, ale banket hodný dobyvatelů, hodný amerického lidu, a za takových podmínek, aby všichni obyvatelé unie mohli přímo podílet se na tom.

Všechny hlavní linie železnic ve státech byly spojeny létajícími kolejemi; a na všech platformách lemovaných stejnými vlajkami a zdobenými stejnými ornamenty byly položeny stoly a všechny sloužily podobně. V určitých hodinách, postupně vypočítaných, označených elektrickými hodinami, které současně bily vteřiny, byla populace vyzvána, aby zaujala svá místa u banketových stolů. Na čtyři dny, od 5. Do 9. Ledna, byly vlaky zastaveny, protože jsou v neděli na železnici Spojených států, a každá silnice byla otevřená. Jeden motor jen plnou rychlostí, tažící triumfální kočár, měl právo cestovat po čtyři dny po železnici Spojených států.

Motor byl obsluhován řidičem a šlapačem a zvláštním laskavostí nesl hon. Jt maston, tajemník klubu zbraní. Kočár byl vyhrazen pro prezidenta barbicane, plukovníka Nicholl a michel ardan. V píšťalce řidiče, uprostřed hurrahů a všech obdivujících výprav amerického jazyka, vlak opustil platformu baltimoru. Cestoval rychlostí sto šedesát mil za hodinu. Ale jaká byla tato rychlost ve srovnání s rychlostí, která nesla tři hrdiny z úst kolumbie?

Tak zrychlili z jednoho města do druhého a na své cestě našli u stolu celou populaci, zasalutovali je stejnými aklamacemi a lavovali stejné statečnosti! Takto cestovali východem unie, Pennsylvánie, Connecticutu, Massachusetts, Vermontu, Maine a New Hampshire; sever a západ newyorkem, ohiem, michiganem a wisconsinem; návrat na jih illinois, missouri, arkansas, texas a louisiana; šli na jihovýchod alabamou a floridou, šli nahoru po Gruzii a Carolinas, navštívili centrum u tennessee, kentucky, virginia a indiana, a poté, co opustili washingtonskou stanici, znovu vstoupili na Baltimore, kde po čtyři dny jeden pomysleli si, že Spojené státy americké byly usazeny na jedné obrovské banketě a zdravily je současně se stejnými hurrahy! Apoteóza byla hodná těchto tří hrdinů, které by bajka zařadila do pozice polobohů.

A nyní povede tento pokus, bezprecedentní v análkách cest, k praktickému výsledku? Bude navázána přímá komunikace s Měsícem? Položí někdy základy cestování po solárním světě? Půjdou z jedné planety na druhou, z jupiteru na rtuť a po chvíli z jedné hvězdy na druhou z polární na sirius? Umožní nám tento způsob lokomoce navštívit ty slunce, které se rojí v nebi?

Na takové otázky nelze odpovědět. Ale s vědomím odvážné vynalézavosti anglosaské rasy by nikdo nebyl překvapen, kdyby se Američané pokusili využít pokus prezidenta Barbicana.

Tak, nějaký čas po návratu cestujících, veřejnost přijala s výraznou laskavostí oznámení společnosti, omezený, s kapitálem sto miliónů dolarů, rozdělený do sto tisíc akcií každý tisíc dolarů, pod jménem „národní společnosti interstelární komunikace". Prezident, barbicane; místopředseda, kapitán nicholl; sekretářka, jt maston; ředitel pohybů, michel ardan.

A protože je součástí amerického temperamentu předvídat všechno v podnikání, dokonce i neúspěch, byli předem nominováni čestný harry trolloppe, soudní komisař a frankis drayton, smírčí soudce!

CPSIA information can be obtained
at www.ICGtesting.com
Printed in the USA
BVHW041908030120
568482BV00010B/465/P